DANIELA ARNOLD

DEINE PERFEKTE LÜGE

DANIELA ARNOLD

DEINE PERFEKTE LÜGE

SYLT-THRILLER

86179 Augsburg, Almenrauschstr. 6a

www.daniela-arnold.com

Umschlaggestaltung: Kristin Pang

Umschlagabbildung: Collage mit Motiven von Shutterstock.com und stock.adobe.com

shutterstock 1072286300 (Strand) Murat Yelkenli, shutterstock 1686745408 (Leuchtturm) m.mphoto, shutterstock 191763710 (Mädchen) Versta, shutterstock 1444596503 (Riss) Cafe Racer, Adobestock 91158304 (Wellen) andrej pol, Adobestock 226022928 (Haare) Valua Vitaly, Adobestock 312674073 (Struktur in Typo) LeitnerRAdobestock 22566699 (Blut) Kerstin Schöne

Buchsatz/Innendesign: Depositfoto 632786 (Leuchtturm m. Möwen)

Lektorat: Inca Vogt

Korrektorat: Ilka Bredemeier

Buchsatz: Inca Vogt

ISBN: 9798376776971

Imprint: Independently published

ÜBER DIE AUTORIN

Die Thriller-Autorin Daniela Arnold wurde 1974 geboren und lebt mit ihrer Familie im schönen Bayern. Daniela Arnold hat Journalismus studiert und viele Jahre als freie Autorin für zahlreiche und namhafte Zeitschriften gearbeitet.

Sie schrieb mit ***Lügenkind*** und ***Scherbenbrut*** zwei Kindle-Top 1 Bestseller und Bild-Bestseller.

Mit ihrem Thriller ***Die Nacht gehört den Schatten*** schaffte es die Autorin unter die Finalisten des Kindle Storyteller Award 2020.

Deine perfekte Lüge ist der 39. Thriller der Bestseller-Autorin.

ÜBER DAS BUCH

Ein grausiger Fund im Wald

Eine Hochzeit auf Sylt, die vollkommen aus dem Ruder läuft

Eine alte Schuld, die endlich beglichen werden muss

Fünfzehn Jahre sind vergangen, seit Tildas und Isalies Freundschaft zerbrach. Dabei hatten sich die Freundinnen einst versprochen, immer füreinander da zu sein. Bis heute kann Tilda sich nicht erklären, was in jenem Sommer dazu führte, dass das Unglück so unbarmherzig über sie hereinbrach und alles zerstörte, woran sie glaubten.

Umso überraschter ist Tilda, als Isalie sie zu ihrer Hochzeit einlädt und sie bittet, ihre Trauzeugin zu werden. Hoffend auf eine zweite Chance für ihre Freundschaft, sagt Tilda zu. Doch auf Sylt angekommen, begreift sie schnell, dass dies ein entsetzlicher Fehler war.

Einer der Gäste scheint ihrer aller schmutzige Geheimnisse zu kennen. Eine Person, die über Leichen geht und droht, alles, was in jenem verhängnisvollen Sommer geschah, ans Licht zu zerren.

Für meine Freundinnen Ina und Lisa,
und natürlich wie immer,
für Tim

PROLOG

Sein Herzschlag beschleunigte sich, als er sie aus der Tür des winzigen Reihenhauses kommen sah.

Sie trug die Haare offen, ganz wie er es mochte. Nur am Hinterkopf hatte sie zwei seitliche Strähnen mit einer Klammer festgehalten, was ihre mädchenhaften Züge betonte und ihr schmales Gesicht noch zarter erscheinen ließ. Ihr blondes Haar schimmerte in der Junisonne beinahe weiß. Fast glaubte er, das Funkeln ihrer grünen Augen erkennen zu können.

Seit Jahren himmelte er sie nur aus der Ferne an, fotografierte sie, sehnte sich nach einer Berührung von ihr, träumte davon, wie es wäre, wenn sie ihn plötzlich wahrnähme, auf ihn zukäme, ihn anspräche.

In Gedanken hatte er unzählige Gespräche mit ihr geführt. Dabei hatte sie ihn lächelnd angesehen, ihren Kopf in den Nacken geworfen und ein engelsgleiches Lachen ausgestoßen, das ihn tief im Innern berührte.

»Du bist so witzig«, hatte sie gesagt, ihre Hand ausgestreckt, ihm sanft über die Wange gestreichelt. Und er … Er hatte sein Gesicht noch fester in ihre Handfläche geschmiegt, ihren blumigen Duft in sich aufgesogen, den Kopf leicht gedreht, dass er mit seinem Mund fast ihre Hand berührte.

In einer anderen Wunschvorstellung war sie auf ihn zugekommen, hatte ihn schüchtern angelächelt und ihn gefragt, ob er Lust hätte, mit ihr ein Eis essen zu gehen.

Später hatten sie mit ihren Waffeltüten auf der Mauer neben dem Eiscafé gesessen und er hatte ihr zugesehen, wie sie ihr Erdbeereis, das perfekt mit ihren vollen, dunkelroten Lippen harmonierte, mit der Zunge schleckte.

Er seufzte, als die Realität ihn einholte.

Sie konnte genauso gut Schokoladeneis lieben oder Vanille.

In Wahrheit wusste er rein gar nichts über sie, hatte nicht ein einziges Wort mit ihr gewechselt. Stattdessen war es jetzt, über die Sommermonate, zu einer – zugegebenermaßen – fragwürdigen Passion für ihn geworden, sie zu beobachten. Von seinem momentanen Standort aus hatte er sowohl ihre Haustür als auch das Fenster ihres Zimmers im ersten Stock des kleinen Hauses im Blick. Um nicht aufzufallen, benutzte er für seine Observation anstelle seines alten Opel Astra einen zum Camper umgebauten Transporter. Die hinteren Scheiben des Wagens waren getönt, sodass er ungehindert nach draußen sehen konnte, aber niemand, der zufällig vorbei kam, ihn entdeckte.

Das ideale Versteck, wie er fand, nachdem er festgestellt hatte, dass weitere Camping-Fahrzeuge in der Umgebung parkten. Für die Nachbarn war sein Van sicher nur einer von vielen.

Aufgeregt beobachtete er, wie sie einen Blick in ihre große Tasche warf, bevor sie sich diese über die Schulter hängte und beschwingt auf ihn zukam. Als sie genau auf

Höhe seines Fensters war und vorbeilief, sprang sein Kopfkino wieder an.

»He, mein Schatz«, begrüßte sie ihn lächelnd, warf ihr Haar zurück, beugte sich vor, um in den Van einzusteigen. Sie stellte die Tasche auf den Boden, schlang ihre Arme um seinen Hals, küsste ihn.

Ihm wurde heiß und kalt zugleich.

Keine Sekunde später spürte er, wie sein Schwanz zu pulsieren begann.

Er stöhnte leise, schloss die Augen.

Ob sie wohl noch Jungfrau war?

Entrückt gab er sich der Vorstellung hin, dass er der Erste war ...

Immerhin beobachtete er sie regelmäßig seit über einem Jahr. Nie war ihm aufgefallen, dass es da jemanden gab. In der Schule hatte er sie nicht ein einziges Mal mit einem Jungen herumalbern sehen und auch privat hatte er keinen Kerl bemerkt, der bei ihr klingelte.

Ab und an fuhr sie mit dem Bus und der Straßenbahn quer durch die Stadt. Dabei hatte er sie ein paar Mal aus den Augen verloren. Aber was hieß das schon? Er war sich ziemlich sicher, dass sie sich bei diesen Ausflügen nicht mit einem geheimnisvollen Freund traf. Vielleicht war sie auf dem Weg zum Arzt, besuchte eine Freundin, ging ins Fitnessstudio oder zu einem Kurs.

In einem Punkt war er sich absolut sicher. Obwohl sie beide noch nicht ein Wort miteinander gewechselt hatten, sie ihn kein einziges Mal wirklich angesehen hatte, wusste er, dass sie beide unwiderruflich zusammengehörten, ja, sogar für einander bestimmt waren. Dieses wunderschöne und gottgleiche Wesen gehörte einzig und allein ihm.

Er seufzte, als sie um die Ecke bog und er sie aus den

Augen verlor. Langsam zählte er bis zwanzig, dann kletterte er nach vorne auf den Fahrersitz, startete den Transporter, fuhr langsam los.

Als er das Fahrzeug um die Kurve lenkte, sah er gerade noch, wie sie in etwa fünfzig Metern Entfernung auf den Beifahrersitz eines dunklen Mercedes stieg und davonfuhr.

Sein Herzschlag beschleunigte sich.

Das war neu.

Nie zuvor hatte er gesehen, wie sie in ein fremdes Auto gestiegen war.

Mit wem fuhr sie da nur mit?

Viel zu hastig trat er auf das Gaspedal, musste sich beherrschen, nicht dicht aufzufahren. Um seinen Blick zu schärfen, kniff er die Augen zusammen. Doch die Sonne blendete ihn so stark, dass er nur menschliche Umrisse in dem Mercedes erkennen konnte. Frustriert schlug er aufs Lenkrad ein und fluchte.

Als der Wagen vor ihm den Blinker setzte und er begriff, dass sie dabei waren, auf die Schnellstraße abzubiegen, stieß er scharf die Luft aus.

Was jetzt?

Eine rote Ampel, an der sie beide halten mussten, verschaffte ihm etwas Luft. Ungeduldig auf das Lenkrad eintrommelnd überlegte er: Die Geschwindigkeit zu halten, um ihnen weiter zu folgen, würde schwierig werden. Aber er musste es zumindest versuchen.

Entschlossen setzte er ebenfalls den Blinker und fuhr langsam an, als die Ampel umschaltete. Dabei ließ er dem Mercedes einen kleinen Vorsprung, bevor er ihn überholte. Kurz darauf wechselte er auf die Mittelspur, um unbeachtet an ihm dranzubleiben.

Der Mercedes zog links an ihm vorbei. Er beschleunigte gleichfalls, blieb aber in der Mitte.

Gott sei Dank war wenig Verkehr, sodass er das Fahrzeug mit ihr an Bord nicht aus den Augen verlor, als es vom linken Fahrstreifen zur Mitte und nach rechts wechselte. Sie waren kurz vor der nächsten Ausfahrt und setzten den Blinker.

Er folgte ihnen, wechselte nach rechts, blinkte gleichfalls, wurde langsamer.

Erst als er sich hinter ihnen auf der Ausfahrt befand, stieß er erleichtert den Atem aus. Auf seiner Stirn stand der Schweiß, selbst seine Handflächen schwitzten von der Anspannung.

Langsam folgte er ihnen, bis der Mercedes in einen Feldweg einbog.

Scheiße, dachte er.

Wenn er ihnen folgte, würden sie auf ihn aufmerksam werden. Und das wiederum bedeutete, dass es mit der Beobachtung ihres Hauses vorbei wäre. Schweren Herzens fuhr er weiter, blieb aber in gebührendem Abstand zu dem Schotterweg stehen.

Er überlegte. Wohin wollte sie?

Was genau befand sich am Ende des Weges?

Soviel er wusste, gab es in dieser Gegend nur einige Kieswerke und Baggerseen, die alle nicht zum Baden geeignet waren. Im Gegenteil, Baden war hier überall streng untersagt.

Er schüttelte den Kopf, überlegte kurz, fällte eine Entscheidung. Dann kletterte er im Wagen nach hinten, schlüpfte in die Arbeitsweste seines Vaters, die unter dem Bett im Stauraum lag, schulterte einen Rucksack und machte sich zu Fuß auf den Weg.

Falls jemand ihn bemerkte, würde er behaupten, dass er in einem der Kieswerke arbeitete und auf dem Weg zum Spätdienst war.

Er lief los, wurde immer schneller. Obwohl er sie nicht mehr sehen konnte, nicht mal genau wusste, wo sie war, fühlte er das magische Band zwischen ihnen. Es zog ihn zu ihr hin, er würde sie finden.

Am Ende des Feldwegs überquerte er eine kleine Wiese, die in eine Baumlichtung überging. Dahinter erkannte er in etwa hundert Metern Entfernung mehrere hoch aufgeschüttete Erdhügel, die mittlerweile von mannshohen Büschen überwuchert waren.

Er hastete weiter, kämpfte sich den Hang durch die Büsche hinauf, fluchte leise, als eine Ansammlung von Disteln ihm Waden und Arme aufriss.

Auf der anderen Seite angekommen, kletterte er nach unten, lauschte.

Zumindest den Mercedes musste er doch sehen.

Oder hatte der Fahrer oder die Fahrerin ihn irgendwo versteckt abgestellt, um nicht entdeckt zu werden?

Unten angekommen, schlich er sich leise am Ufer entlang, schlug sich durch die Büsche, hielt den Atem an, damit ihm kein Laut entwich.

Er wusste nicht genau, wie lange er schon den Baggersee umrundete, als er endlich etwas hörte. Ihr vertrautes Lachen klang in seinen Ohren wie Musik.

Er hatte sie gefunden.

Doch halt!

Was war das?

Auf ihr Gelächter erfolgte ein weiteres.

Ein Mann!

Sie war mit einem Mann hier.

Lachte mit ihm.

Hatte Spaß mit ihm.

Ein scharfer Schmerz durchzuckte sein Innerstes. Langsam und so leise wie möglich schlich er weiter, bis er sie sehen konnte.

Sie hatte ihre Kleidung, ein schickes knallrotes Sommerkleid mit Volants an Armen und Rock, abgelegt, trug nur noch ein knapp geschnittenes Bikinihöschen.

Als sein Blick nach oben wanderte, blieb ihm beinahe das Herz stehen. Sie trug kein Oberteil, sodass er ihre Brüste sehen konnte. Klein, wahrscheinlich nicht einmal eine ganze Hand voll, dafür aber fest, mit winzigen Brustwarzen. Er stieß die Luft aus.

Alles an ihr war einfach perfekt.

Ein schmerzhaftes Ziehen durchfuhr seinen Unterleib.

Doch dann zuckte er zurück, als sich zwei Hände von hinten kommend um ihre Brüste schlossen. Sein Mund wurde trocken, als er beobachtete, wie sie ihren Rücken durchdrückte, damit ihre Brust noch fester in die Handflächen des anderen gepresst wurde. Sie stöhnte leise.

Er vernahm ein Keuchen.

Dann beobachtete er, wie sie den Kopf drehte, lachte. Die Hände des anderen Mannes glitten von ihren Brüsten über ihren Bauch bis zum Ansatz ihres Höschens.

Eine Hand verschwand im Inneren, sie stöhnte kehlig, warf den Kopf zurück.

Ihm wurde übel.

Wer verdammt war dieser Kerl?

Und warum zum Teufel wusste er nichts von ihm?

Er sah, wie sie sich leicht nach vorne beugte, das Gesicht in seine Richtung gewandt, die Augen geschlossen.

Eifersucht drohte sein Innerstes zu zerfetzen, als er ihren verzückten Gesichtsausdruck bemerkte.

Und dann … Dann sah er ihn.

Schwindel erfasste ihn.

Heiße Wut schwappte in ihm hoch.

Ich bring das Schwein um …

Als er sah, wie sie sich aus seinen Armen wand,

lachend vor ihm in die Knie ging und am Bund seiner Shorts nestelte, schwappte bittere Galle in seinen Rachen.

Ihre Hand verschwand in der Badehose seines Widersachers, ihr Gesicht näherte sich seinem Schambereich.

Er schloss die Augen.

Bitte nicht, schrie alles in ihm.

Er zählte bis drei, um sich zu beruhigen, betete, dass alles nur eine Ausgeburt seiner Fantasie war.

Doch da war immer noch dieses Stöhnen.

Laut ... viel zu laut.

Er riss die Augen wieder auf, sah, dass sein Beten vergebens gewesen war.

Er schluckte bei dem Anblick, ballte seine Hände zu Fäusten, versuchte verzweifelt, gegen den Sturm in seinem Innern anzukämpfen.

Zu sehen, wie der Schwanz eines anderen Mannes in ihrem Mund verschwand, war zu viel für ihn.

Langsam trat er einen Schritt nach vorne, dann noch einen.

Ich bring ihn um, schoss es ihm wieder und wieder durch den Kopf, doch schließlich hielt er inne.

Nein, dachte er, *ihn umzubringen geht zu schnell. Ich mach das Dreckschwein fertig, sorge dafür, dass sein Leben nur noch ein Scheißhaufen ist. Und sie?*

Er schluckte, dachte nach.

Sie war bei Weitem nicht so unschuldig, wie er die ganze Zeit geglaubt hatte.

Kein bisschen engelsgleich, nicht einmal nett und mädchenhaft.

Eine Schlampe war sie.

Eine dreckige Hure, die es nicht verdient hatte, dass sich jemand wie er nach ihr verzehrte.

Er sammelte seinen Speichel, spuckte angewidert aus, sah sie ein letztes Mal an.

Auch sie würde dafür bezahlen, dass sie ihm so lange etwas vorgemacht hatte.

Sie würden beide bezahlen.

Einen wirklich hohen Preis.

Dafür würde er schon sehr bald sorgen!

EINS
AUGSBURG

DAMALS …

»Was wissen wir?«, fragte Clara ihren Kollegen Paul, der vor ihr am Schauplatz angekommen war und sich bereits einen Überblick verschafft hatte.

Der junge Mann räusperte sich. »Ein älteres Ehepaar war auf dem Weg von einer Familienfeier nach Hause. Der Ehefrau fiel vom Beifahrersitz aus etwas am Straßenrand auf. Sie bat ihren Mann, anzuhalten, und nachdem der Wagen zum Stehen gekommen war, ist sie ausgestiegen und ein Stück zurückgelaufen. Näher kommend erkannte sie, dass sie nicht nur ein paar Damenschuhe gesehen hatte …«

Clara schluckte, wies auf ein erschrocken dreinblickendes Paar, das etwas abseits der übrigen Fahrzeuge stand. »Die beiden?«

»Ja, ich hab sie gebeten zu bleiben, falls du noch Fragen hast.«

»Okay, und weiter?«

»Die Schuhe ragten aus einem Gebüsch etwas abseits der Straße heraus. Sie rannte los. Und dort hat sie sie dann gefunden. Ein junges Mädchen, ungefähres Alter zwischen sechzehn und zwanzig.«

Clara holte tief Luft. »Ist es am Leben?«

Paul nickte.

»Die Frau war wirklich geistesgegenwärtig. Statt geschockt herumzukrakeelen, hat sie nach dem Puls des Mädchens getastet und festgestellt, dass es nur bewusstlos war. Sie lief zu ihrem Mann zurück, der den Rettungsdienst informierte.«

Clara nickte nachdenklich. »Ist das Mädchen inzwischen bei Bewusstsein?«

»Seit ungefähr zwanzig Minuten. Der Arzt sagt, dass keine schwerwiegenden Verletzungen vorliegen, aber genauer könne man das erst sagen, wenn die Kleine untersucht worden ist.«

»Dann muss sie also ins Krankenhaus?«

»Auf alle Fälle, ja.«

»Hast du mit ihr sprechen können?«

»Ich hab es versucht, aber …« Er stockte. »Der Arzt glaubt, dass sie einen Schock erlitten hat. Sie ist ansprechbar, hat aber bislang keinen Mucks von sich gegeben.«

»Demnach weiß niemand, was genau passiert ist?«

»Noch nicht«, antwortete Paul. »Ich hab die Jungs von der Spurensicherung informiert. Sie sollten in Kürze eintreffen.«

»Super«, sagte Clara und nickte Paul dankbar zu. »Gute Arbeit.«

Sie bemerkte, dass ihr junger Kollege angesichts des Lobes knallrot anlief, unterdrückte aber jede Bemerkung, um ihn nicht weiter zu verunsichern.

»Dann versuch ich es mal. Vielleicht hilft es ihr, wenn sie mit einer Frau sprechen kann. Wir müssen in Betracht ziehen, dass vielleicht ein Sexualdelikt vorliegt.«

Paul wurde blass, nickte.

Als Clara auf die Menschentraube zuging, die aus herumwuselnden Rettungssanitätern, zwei Ärzten und einigen Kollegen der Streife bestand, krauste sie verärgert die Stirn. Immer das Gleiche. Zu viele Leute. Hoffentlich hatten alle darauf geachtet, keine Spuren zu verwischen.

Sie rang sich ein Lächeln ab, als sie näher trat. »Ich bin Clara Selig von der Kripo Augsburg. Könnte ich bitte einen Augenblick mit dem Mädchen allein sprechen?« Sie wandte sich direkt an einen der Ärzte. »Kennen Sie ihren Namen?«

»Leider nicht«, gab der Arzt, ein untersetzter Typ um die fünfzig, bedauernd zurück. »Sie hatte weder einen Ausweis bei sich noch eine Handtasche. Auch in den Taschen ihrer Jeans haben wir nichts gefunden, das auf ihre Identität hindeutet.«

Clara bedankte sich, nachdem der Arzt ihr seine Erstdiagnose mitgeteilt hatte. Dann trat sie auf den Rettungswagen zu, in dem das Mädchen auf einer Liege saß.

»Geht es dir gut?«, fragte sie leise, darauf bedacht, sie nicht zu erschrecken.

Keine Antwort.

»Hast du Schmerzen?«

Nichts.

Sie stieg hinauf, trat näher, bemerkte, dass das Mädchen vor ihr zurückwich. »Ich bin Clara Selig«, stellte sie sich vor und erinnerte sich an ähnliche Fälle, in denen sie traumatisierte junge Mädchen befragt hatte. Es war wichtig, dass sie zugleich mitfühlend und Sicherheit vermittelnd agierte. »Ich bin von der Kriminalpolizei und du bist jetzt in guten Händen«, beteuerte sie. »Ich bin da, um dir zu helfen.«

Wenige Zentimeter vor dem Mädchen blieb sie stehen und musterte es unauffällig.

Die Kleine war ausgesprochen hübsch, wirkte aber viel jünger als sechzehn. Erst als Claras Blick über ihren Körper glitt, bemerkte sie, dass sie es nicht mit einem

Kind, sondern mit einer jungen Frau zu tun hatte. Dennoch beschloss sie, bei dem vertraulichen Du zu bleiben, um zu ihr durchzudringen.

Sie setzte sich auf einen Hocker neben der Liege. »Du bist jetzt in Sicherheit«, beteuerte sie. »Gleich wirst du in das nächstgelegene Krankenhaus gebracht, wo man sich um dich kümmern wird. Es werden ein paar Untersuchungen gemacht, um auszuschließen, dass du innere Verletzungen hast. Auch ein CT von deinem Kopf werden die Ärzte veranlassen.«

Das Mädchen sah sie mit großen Augen an, blieb weiter stumm.

»Du brauchst keine Angst zu haben. Was immer dir widerfahren ist, jetzt ist es vorbei.«

Clara wartete einen Augenblick, bemerkte, dass das Mädchen zu zittern begann.

»Gibt es jemanden, den ich anrufen soll? Deine Eltern? Geschwister? Bestimmt macht man sich Sorgen um dich, es ist schon ziemlich spät.«

Das Mädchen fing an, nervös an seinen Fingernägeln herumzunesteln.

»Soll ich deine Mutter anrufen, damit sie zu dir ins Krankenhaus kommt?«

Das Mädchen zuckte zusammen.

»Ist es okay, dass ich sie anrufe? Ja?«

Keine Reaktion.

»Sagst du mir deinen Namen, damit ich weiß, wer du bist? Ich brauch deine Adresse, um deiner Familie Bescheid sagen zu können. Am besten gibst du mir ihre Telefonnummer.«

Das Mädchen hob langsam den Kopf und Clara fiel der düstere Schatten in seinen Augen auf.

Was hatte die arme Kleine bloß durchgemacht?

Sie streckte die Hand aus, drückte dem Mädchen sanft die Schulter. »Was immer dir passiert ist, mir kannst du es sagen. Ich verspreche, dass ich alles tue, um dir zu helfen.«

Das Mädchen senkte den Kopf, stieß einen lang gezogenen, verzweifelten Schluchzer aus.

Er ging Clara durch Mark und Bein.

»Bist du überfallen worden?«, fragte sie leise.

Das schluchzende Mädchen hielt inne. Es wirkte, als seien seine Bewegungen urplötzlich eingefroren.

Ein zögerliches Nicken.

»Jemand hat dich überfallen?«

Wieder ein Nicken, diesmal heftiger.

»Und wurdest du … hat man dir etwas angetan?«

Das Mädchen sah auf, schüttelte den Kopf.

Also keine Vergewaltigung. Clara atmete unmerklich auf.

»Was genau ist passiert?«, fragte sie nach. »Bitte, erzähl mir alles, woran du dich erinnerst ...«

»Ich glaube, sie haben ihn mitgenommen«, stieß das Mädchen hervor. Ihre Stimme klang brüchig, angstvoll.

»Was meinst du?«, fragte Clara und spürte, wie die Ader an ihrer Schläfe pulsierte »Wer hat wen mitgenommen?«

»Ich hab sie nicht gesehen. Da waren Schritte. Sie kamen von hinten. Jemand hat mir den Mund zugehalten. Ein Mann ...«

»Hast du ihn gesehen?«

»Nein, ich hab versucht, ihn zu beißen. Er hat laut geflucht. Aber er war zu stark.«

»Du sagtest, dass du ***sie*** nicht gesehen hast. Waren es mehrere?«

Das Mädchen nickte.

»Und woher weißt du, dass es mehrere waren, wenn du niemanden sehen konntest?«

»Weil ich zwei Stimmen gehört habe. Die von dem Mann, der mich festhielt, und die einer Frau. Und dann hat er vor Angst geweint. Da wusste ich, dass sie ihn mitnehmen wollen.«

»Wen?«, fragte Clara drängend. »Wen hast du weinen gehört und wen wollten sie mitnehmen?«

»Meinen kleinen Bruder«, gab das Mädchen mit einem verzweifelten Schluchzer zurück. »Ich glaube, die haben meinen kleinen Bruder entführt.«

ZWEI
AUGSBURG

APRIL 2022

Die junge Frau blutete aus Wunden an ihrem Hals und am Bauch. Der Mann musste mindestens acht Mal auf sie eingestochen haben. Die Blutlache, die sich um den Körper der Frau am Boden gebildet hatte, sah im Mondlicht beinahe schwarz aus.

Langsam ging sie auf den reglosen Körper zu, bückte sich, streckte den Arm aus. Als sie mit Zeige- und Mittelfinger die Stelle am Hals der Frau berührte, an der man normalerweise den Puls fühlte, zuckte sie zurück.

Da war kein Leben mehr.

Betroffen starrte sie ins Gesicht der Frau.

Dann hob sie den Blick, musterte den Mann ein paar Meter vor sich, der einen kleinen Jungen fest umklammert hielt, ihm drohend ein Messer an die Kehle presste. Das Kind wimmerte leise, starrte wie paralysiert auf die Tote.

Du musst den Mann beruhigen, schoss es ihr durch den Kopf. Du musst es schaffen, dass er das Kind loslässt. Auf gar keinen Fall darf er dem Kleinen etwas antun.

Aber wie?

In Gedanken legte sie sich die passenden Worte zurecht, öffnete den Mund.

Doch so sehr sie sich anstrengte, es kam kein Laut über ihre

Lippen. Ihr brach der Schweiß aus allen Poren. Sie sah das Kind an, das inzwischen am ganzen Leib zitterte. Es hatte sich eingenässt.

Lassen Sie bitte den Kleinen gehen, wollte sie dem Mann zurufen. Er ist noch viel zu jung, um zu verstehen, was in Ihnen vorgeht. Doch anstelle von Worten brachte sie nur ein Krächzen zustande.

Mit dem Handrücken strich sie über ihre schweißnasse Stirn, beobachtete, wie der Mann seinen Mund zu einem Grinsen verzog, wie er langsam mit der scharfen Klinge über die zarte Haut des Kindes fuhr.

Der Junge riss die Augen auf, begann zu röcheln.

Sie schwankte, wollte auf den Mann und seine Geisel zustürzen, doch etwas hielt sie am Boden fest. Sie schaffte es nicht, sich auch nur einen Zentimeter vorwärtszubewegen, konnte nur hilflos mit ansehen, wie das Kind vor ihren Augen zusammenbrach und an seinem eigenen Blut erstickte.

Fassungslos starrte sie den Mann an, der ihrem Blick standhielt.

Sein Grinsen wurde breiter. Verzerrte sein Gesicht zu einer Fratze.

Fast mechanisch griff sie nach dem Holster an der Seite, zog ihre Waffe hervor, entsicherte sie, feuerte sie auf ihn ab.

Der Mann brach zusammen. Das Grinsen nahm er mit auf die andere Seite.

Ihr Blick glitt zu dem kleinen Jungen am Boden.

Du hast versagt, flüsterte die fiese Stimme in ihrem Kopf.

Dann meinte sie, ein Kichern zu hören.

Ein Schluchzen entfuhr ihr.

Es stimmte.

Sie hatte es wieder mal verkackt!

»Tilda, wach auf!«

Die Stimme bohrte sich unbarmherzig in ihr

Bewusstsein. Verwirrt blinzelte sie, sah sich um, blickte in dunkelbraune, warme Augen.

Das sanfte Lächeln auf dem vertrauten Gesicht besänftigte sie und holte sie zurück ins Licht.

Sie hatte das alles nur geträumt. Die tote Frau und der kleine sterbende Junge … alles waren nur Auswüchse ihrer Erinnerung an eine Zeit, die lange zurücklag.

Sie setzte sich auf, strich sich eine Strähne aus ihrem von Schweiß verklebten Gesicht.

»Hattest du wieder diesen Traum?«

Sie nickte.

»Vielleicht solltest du endlich mal einen Therapeuten konsultieren. Diese wiederkehrenden Albträume zeigen, dass du noch immer nicht verarbeitet hast, was dir damals widerfahren ist.«

»Ich komme klar«, gab sie schärfer als beabsichtigt zurück.

Sofort bereute sie es, legte den Kopf schräg und sah Oliver an. »Tut mir leid. Es ist nur …« Sie hielt inne, überlegte, was sie ihm sagen konnte. Dem Mann, den sie liebte und der sie liebte.

Oliver hatte das damals nicht miterlebt, er war erst in ihr Leben getreten, nachdem sie den größten Fehler ihrer beruflichen Laufbahn begangen hatte. Wie sollte er nachvollziehen, was in ihr brodelte? Wie konnte sie ihm erklären, dass sie auf ihre Weise versuchte, mit dem Trauma fertig zu werden, das sie noch immer fest im Griff hatte?

Wieder flüchtete sie sich in Ausreden. »Ich bin einfach nur gestresst, okay? Du weißt doch selbst, was das Unterbewusstsein mit uns macht, wenn wir unter Strom stehen.«

Oliver sah sie ernst an, sagte aber nichts.

»Lass mich einfach diese Pressetermine hinter mich bringen, dann komme ich schon wieder zur Ruhe. Und falls es mir dann immer noch nicht besser geht, mache ich einen Termin bei einem Therapeuten.«

Lächelnd zog er sie zurück auf die Matratze, ganz nah zu sich. Sie spürte seinen Atem im Nacken, seine Hand auf ihrer Hüfte, bemerkte, wie ihr Atem sich beruhigte, ihr Gedankenchaos sich lichtete.

Sie schloss die Augen, schickte ein stummes Stoßgebet zum Himmel, dass ihr für den Rest der Nacht ein traumloser Schlaf vergönnt sein möge.

Nachdem sie endlich auch das letzte Buch signiert hatte, streckte sie den Rücken, schüttelte ihre rechte Hand aus. Sie liebte Signierstunden und den damit verbundenen direkten Kontakt zu ihren begeisterten Lesern. Doch nach über zwei Stunden ununterbrochenem Beantworten von Fragen und Lächeln in unzählige Handykameras fühlte sie sich ausgelaugt. Sie warf einen Blick auf ihre Armbanduhr, erschrak, als sie sah, wie spät es bereits war.

Es war nahezu unmöglich, pünktlich zu ihrer Verabredung mit Oliver zu kommen.

Mit fliegenden Fingern raffte sie ihre Sachen zusammen und eilte zum Tresen, wo die Inhaberin der Buchhandlung sie mit strahlendem Gesicht erwartete.

»Sie waren einfach wunderbar«, rief sie ihr entgegen. »Wir hatten mehr als zweihundert Zuhörer heute Abend und Sie haben jeden Einzelnen begeistert, alle sind mit einem zufriedenen Lächeln hier rausgegangen. Was für ein Erfolg!«

Tilda nickte. »Ich hab es auch genossen«, erwiderte sie und schlüpfte in ihre Jacke.

»Darf ich Sie noch zum Abendessen einladen? Gleich nebenan ist eine nette kleine Tapasbar.«

Oh, nicht das noch. Tilda bemühte sich um einen bedauernden Gesichtsausdruck. »Tut mir wirklich leid, aber heute geht es nicht. Ich habe etwas zu feiern. Oder besser gesagt, Cassian und ich haben etwas zu feiern.«

Die Frau beugte sich vertraulich vor. »Cassian Otto? Dann ist es also wahr, dass Sie beide …?«

Tilda stöhnte innerlich, nickte aber. »Ja, es stimmt. Cassian und ich sind seit genau einem Jahr liiert. Und ich fürchte, er wäre sehr enttäuscht, wenn ich ihn an unserem Jahrestag allein zu Abend essen ließe.«

Die Buchhändlerin schien von dieser Insiderinformation immer noch überwältigt zu sein. Breit lächelnd winkte sie ab. »Wie schön, Sie und Cassian. Da steh ich gern zurück. Wir holen das einfach nach, meine Liebe. Aber darf ich Sie etwas fragen?«

Tilda nickte, zunehmend genervt.

»Wie ist er so?«

Tilda unterdrückte ein Grinsen. Cassian, oder viel mehr Oliver, wie ihr Freund mit bürgerlichem Namen hieß, hatte eine extreme Wirkung auf Frauen aller Altersklassen. Sie himmelten ihn an, und Tilda vermutete, dass es etliche Damen gab, die nur zu gerne mit ihr tauschen würden.

»Genau wie er sich in der Öffentlichkeit präsentiert«, antwortete sie. »Er ist nett und aufmerksam, sehr intelligent. Am meisten liebe ich an ihm, dass er mich zum Lachen bringt.«

Ihre oft benutzte Floskel, mit der sie ihren berühmten Freund beschrieb, zauberte ein Strahlen auf das Gesicht der Buchhändlerin.

»Sie haben ja so ein Glück«, stammelte sie mit verträumtem Blick.

Tilda nickte abwesend, schulterte ihre Tasche. »Ich

muss aber jetzt wirklich los«, erklärte sie und eilte davon, ehe die Frau ihr noch weitere Fragen stellen konnte.

»Tut mir leid, dass ich zu spät bin«, entschuldigte sich Tilda und hauchte Oliver ein Küsschen auf die Wange. »Zweihundert Leute und jeder wollte eine Widmung und ein Handyfoto mit mir. Du kennst das ja.«

Er sah sie schmunzelnd an. »Hast du es wenigstens genossen?«

Sie spiegelte sein verschmitztes Grinsen. »Natürlich hab ich das. Ich liebe es, mich mit meinen Lesern auszutauschen. Und ich freu mich über jedes Feedback zu meinem Buch. Aber auf diese Selfies könnte ich gut verzichten. Wahrscheinlich sehe ich auf den meisten einfach grauenhaft aus.«

Oliver lachte. »Das ist der Preis dafür, wenn man eine berühmte Schriftstellerin ist. Du gewöhnst dich dran, versprochen.« Er stoppte, wurde ernst, sah sie aufmerksam an. »Und sonst? Wie war dein Tag?«

Sie hob die Schultern. »Wie immer. Ich habe ein Kapitel geschrieben, eine kurze Pause eingelegt und dann alles überarbeitet. Das Übliche.«

»Das meinte ich nicht.«

Sie schluckte. »Es geht mir gut, ehrlich.«

»Sicher?«

»Ja!«

»Vielleicht sind diese Träume ein Zeichen. Hast du mal darüber nachgedacht?«

Sie sah ihn an, schwieg.

»Wie lange bist du jetzt aus dem Polizeidienst raus?«

»Im Juni werden es offiziell zwei Jahre. Aber ich war auch vorher schon ein paar Monate lang zu Hause, weil mein Arzt dies aus gesundheitlichen Gründen für angeraten hielt.«

»Aber du hast noch keinen kompletten Break gemacht oder …?«

Olivers Worte klangen eher wie eine Feststellung als eine Frage. Dennoch versuchte sie, sich zu erklären.

»Ich habe meine endgültige Kündigung noch nicht offiziell ausgesprochen, geschweige denn geschrieben, wenn du darauf anspielst.«

»Aber ...?«

»Für mich ist der Break, wie du es nennst, innerlich längst vollzogen. Dieser Abschnitt meines beruflichen Lebens ist vorbei. Ich werde nicht in den Polizeidienst zurückkehren.«

»Und warum sagst du das deinem Chef nicht? Womöglich reicht es nicht, es zu wissen. Vielleicht musst du Nägel mit Köpfen machen, um auch innerlich endlich Ruhe zu finden.«

Sie sah Oliver nachdenklich an, nickte nach einer Weile. »Ich verstehe, was du meinst. Die menschliche Psyche ist ein Mysterium. Möglich, dass mein Unterbewusstsein sich gegen das Loslassen wehrt, solange ich den Schlussstrich nicht auch offiziell gezogen habe.« Sie brach ab, überlegte. »Ich werde meinen Chef morgen anrufen und mir einen Termin geben lassen. Es wird ihm nicht gefallen, was ich zu sagen habe.«

Oliver hob die Schultern. »Das ist nicht dein Problem. Du musst in erster Linie an dich denken. An deine seelische und körperliche Gesundheit. Du wirst sehen, wenn du es hinter dich gebracht hast, fällt dir eine Last von den Schultern.«

Sie hob den Kopf, erwiderte seinen Blick, sah wieder weg.

»Noch ein Aber?«

»Nein, mich belastet was anderes. Ich habe diese

Träume nicht, weil ich mich vor einem unschönen und unbequemen Gespräch fürchte ...«

»Ich weiß«, unterbrach er sie. »Dir ist etwas Schreckliches passiert. Doch nichts davon war deine Schuld.«

Sie wollte widersprechen, doch er hob abwehrend die Hand. »Es war NICHT deine Schuld, hörst du! Das hätte jedem passieren können. Dieser Irre hatte seine Tat wahrscheinlich seit Tagen geplant und du hättest nichts sagen oder tun können, um ihn umzustimmen. Das Schicksal dieser Frau und ihres Jungen war längst besiegelt, als du dazukamst.«

»Ich hätte es zumindest versuchen müssen«, flüsterte sie. »Doch ich habe versagt.« Sie spürte, wie alles wieder in ihr hochkam. »Ich weiß bis heute nicht, wieso ich in diesem Augenblick keinen Ton herausgebracht habe. Es war, als sei ich vor Angst gelähmt.«

»Kein Wunder ...«

»Warte, du verstehst nicht. Ich hatte keine Angst um mein Leben, sondern davor, dass er auch dem Jungen etwas antut. Und so tat ich nichts, verstehst du? Ich tat nichts, um ihn zu retten. Mein Verhalten war unprofessionell.«

»Das hätte jedem passieren können«, wiederholte Oliver. »Ich habe keine Ahnung, wie ich in einer solchen Situation reagiert hätte. Wahrscheinlich wäre ich komplett ausgerastet, hätte was Dummes getan. Ich weiß es nicht.«

»Du bist auch kein Polizist, Oliver. Bevor du Bücher geschrieben hast, warst du Journalist. Das ist etwas vollkommen anderes.«

Olivers Gesicht verdüsterte sich. »Genug davon.« Er griff nach der Champagnerflasche im Kühler, goss etwas von der Flüssigkeit in ihr Glas. »Lass uns das Thema wechseln und anstoßen.«

Und warum hast du dann davon angefangen?, dachte sie.

Statt ihm das vorzuwerfen, griff sie nach der Sektflöte, stieß damit gegen die seine. Als sie trank, musste sie sich zwingen, nicht das Gesicht zu verziehen. Oliver liebte den Geschmack von Champagner. Sie mochte Bier und hasste dieses Gesöff.

Das saure Prickeln auf ihrer Zunge fühlte sich ekelerregend an. Aber nachdem er sich so viel Mühe gegeben hatte, diesen besonderen Abend zu planen, wollte sie ihn nicht mit ihrem Genörgel verletzen. Auch wenn er inzwischen wissen sollte, was sie mochte und was nicht.

»Ein Jahr sind wir jetzt zusammen«, sagte Oliver und griff über den Tisch zärtlich nach ihrer Hand.

Sie lächelte, verdrängte alle Zweifel, versank in seinen Augen.

»Ein ganzes Jahr, und noch immer weiß ich so gut wie gar nichts über dich.«

Sie zuckte zusammen, fühlte sich ertappt, kam sich kleinlich und egoistisch vor. Oliver sah sie noch immer liebevoll an. An seinem Blick erkannte sie, dass er meinte, was er sagte.

»Was willst du denn wissen?«, fragte sie und hörte selbst, wie gereizt sie klang.

Er wurde ernst, löste seine Hand aus der ihren, lehnte sich zurück. »Alles, Schatz. Ich will alles wissen. Wie deine Kindheit war, wann du zum ersten Mal verliebt warst, von wem du deinen ersten Kuss bekamst ... Ich möchte die Frau, die ich liebe, in- und auswendig kennenlernen.«

Tilda stieß die Luft aus. »Findest du nicht, dass es in einer Beziehung wichtig ist, sich ein paar Geheimnisse zu wahren? Wer weiß, vielleicht magst du das eine oder andere an mir weniger. Womöglich beginnst du dich zu langweilen, wenn du jede meiner Eigenarten kennst und ich leicht zu durchschauen bin.«

Oliver schüttelte den Kopf. »So meine ich das

nicht. Aber ich weiß wirklich kaum etwas über dein Leben. Ich kenne weder deine Mutter noch sonst irgendwen aus deiner Familie. Genauso verhält es sich mit deinen Freunden. Du hast mich ihnen nie vorgestellt.«

»Was, wenn ich keine habe?«

Er starrte sie an. »Jeder Mensch hat Freunde. Und du kennst jeden einzelnen von meinen.«

»Definiere Freunde.«

Genervt hob er die Hände. »Was gibt es da zu definieren? Freunde sind Menschen, mit denen man gerne zusammen ist und seine Freizeit verbringt. Man vertraut ihnen, ist füreinander da, auch wenn mal nicht alles eitel Sonnenschein ist. Freunde sind Leute, die mit einem durch dick und dünn gehen.«

Sie nickte wehmütig. »Ja, so würde ich es auch beschreiben. Doch im Gegensatz zu dir habe ich niemanden, auf den diese Beschreibung zutrifft. Niemanden außer dir.«

Er sah sie an, den Mund leicht geöffnet, als könne er ihr nicht glauben.

Hatte sie ihn geschockt? Sie fühlte sich unwohl, wie nach einer zu intensiven Beichte, bei der sie etwas preisgegeben hatte, das erst durch das Aussprechen zu einem Problem wurde.

Warum sagte er nichts?

Schließlich lachte er, schüttelte den Kopf. »Da muss es doch jemanden geben.«

»Na ja«, sagte Tilda, »einige ehemalige Kollegen vielleicht. Ich würde sie nicht als meine Freunde bezeichnen, obwohl deine Definition von Freundschaft unserem Verhältnis zumindest nahekommt …« Sie brach ab, hob die Schultern. »Das sind alles Polizisten, verstehst du? Und weil ich seit Langem aus dem aktiven Dienst raus bin …«

»Habt ihr denn keinen Kontakt mehr, oder was meinst du?«

»Es ist einfach so, dass ich nicht mehr dazugehöre.«

Die Stirn krausend, trank er einen Schluck.

Übersprunghandlung, flüsterte es in ihrem Inneren. Sie trank ebenfalls, schlug die Karte auf. »Also ich hab Lust auf ein fettes Steak«, erklärte sie, um die angespannte Situation aufzulockern.

Er nahm gleichfalls die Karte zur Hand, klappte sie auf, doch der angespannte Ausdruck in seinem Gesicht sprach Bände. Ihm war wohl der Appetit vergangen.

»Willst du gehen?«, fragte sie leise.

Er sah auf, schien darüber nachzudenken. Schließlich schüttelte er den Kopf. »Irgendwann wirst du mir vertrauen müssen«, sagte er traurig lächelnd. »Ich hoffe nur, dass ich darauf nicht ein weiteres Jahr warten muss.«

Als sie knappe zwei Stunden später zurück zu ihrer Wohnung kamen, sah sie eine weiße Ecke aus dem Briefkasten im Hausflur herausblitzen.

Sie zog daran, blinzelte verwirrt, als sie einen Brief in Händen hielt, auf dessen Adressseite die Abbildung zweier ineinander verflochtener Ringe zu sehen war. Sie riss den Umschlag auf, fing an zu lesen.

»Das gibt's doch nicht«, stammelte sie, las erneut.

»Was ist los?«, fragte Oliver.

Sie reichte ihm den Brief, konnte nicht fassen, was auf dem edlen cremeweißen Papier geschrieben stand.

»Einladung zur Vermählung von Isalie Wagner und Silas Ehrenberger«, las er vor und sah sie neugierig an. »Wer sind die beiden?«

»Sein Name sagt mir nichts, aber Isalie … sie ist eine

Sandkastenfreundin, die ich seit über fünfzehn Jahren nicht gesehen habe.«

Sein Gesicht verzog sich zu einem Lächeln. »Isalie also, okay. Lass uns reingehen und dann erzähl mir etwas über deine Sandkastenfreundin.«

Tilda schluckte. Erst jetzt wurde ihr bewusst, dass sie noch im Hausflur standen. Sie überlegte angestrengt, bevor sie Oliver die Einladung aus den Händen riss und sie zerknüllte. »Da gibt es nichts zu erzählen. Sie und ich waren als Kinder und Jugendliche befreundet und sind es heute nicht mehr. Punkt!«

Sie lief voran, floh regelrecht in die Wohnung, die zerknüllte Einladung noch immer in ihrer geballten Faust haltend.

Oliver folgte ihr, nahm ihr die Jacke ab, hängte sie im Flur auf und kam ihr nach ins Wohnzimmer.

Sie hatte sich auf die Couch fallen lassen, glättete die zusammengeknüllte Einladung, ließ sie achtlos auf den Tisch fallen und starrte in die Ferne.

»Was ist los, Tilda?«, fragte er und setzte sich neben sie. »Was ist zwischen euch passiert, dass du so bitter auf ihre Einladung reagierst?«

Sie schüttelte den Kopf, wusste nicht, was sie sagen sollte. »Ich weiß es nicht, wenn ich ehrlich bin. Eines Tages war es vorbei mit unserer Freundschaft. Wir sahen uns kaum noch, schafften es nicht mehr, miteinander zu reden, und dann ... na ja, irgendwann verloren wir uns völlig aus den Augen.«

»Sie scheint das anders zu sehen, sonst würde sie dich kaum zu ihrer Hochzeit einladen, noch dazu als ihre Trauzeugin.«

Tilda sah ihn an, nickte verbissen. »Isalie war früher schon sehr …«, sie zögerte, als suche sie nach dem treffenden Wort. »Ich hab sie oft nicht verstanden, sie war irgendwie rätselhaft. Ich wusste oft nicht, woran ich bei ihr war und was sie als Nächstes tun würde und ich glaube, diese Einladung ist auch nicht ernst gemeint. Wahrscheinlich ist sie nur eine Ausgeburt ihres wankelmütigen Charakters.«

Oliver grinste. »Und was kostet es dich, trotzdem hinzufahren?« Er nahm die Einladung und überflog sie. »Hier steht, dass du jemanden mitbringen darfst. Und die Hochzeit findet auf Sylt statt. Warst du schon mal auf der Insel?«

»Nein, noch nie.«

Oliver ergriff ihre umherhuschenden Hände, umfasste sie. »Tilda, überleg doch mal. Ein Ausflug nach Sylt, wir beide. Sylt ist traumhaft, vor allem im Sommer. Die Hochzeit ist erst in drei Monaten, du hast also noch genügend Zeit, dich darauf vorzubereiten. Betrachte die Einladung einfach als das, was sie ist. Die Möglichkeit, ein Wochenende auf einer Trauminsel zu verbringen, und die Chance auf eine Wiederbelebung eurer Freundschaft.«

DREI
AUGSBURG

JUNI 2022

»Paul, wir brauchen dich hier.«

Andrea Spitzer, seine neue junge Kollegin, winkte ihn zu sich.

Er folgte ihr und gesellte sich zu ihr und Marlon, seinem Expartner. »Was ist los?«, fragte er, in ihre betroffenen Gesichter blickend.

»Offenbar hat man im Siebentischwald menschliche Knochen gefunden«, antwortete Andrea. »Der ansässige Förster hat den Fund eben in der Zentrale gemeldet, die den Anruf zu uns durchgestellt hat.«

»Und er ist sicher, dass es sich um menschliche Knochen handelt?«

»Seine Geschichte ist etwas langatmig, aber ja«, bestätigte Andrea.

»Wir haben den Förster gebeten, am Fundort auf uns zu warten«, erklärte Marlon »Er hat herumgejammert, dass er was Besseres zu tun hat als ein paar Knochen zu bewachen. Wir sollten uns beeilen.«

»Na gut, dann los, erzählt mir den Rest unterwegs«, schlug Paul vor und griff bereits nach seiner Einsatztasche.

»Der Förster war mit seinem Hund unterwegs, um das Holz auszuzeichnen, das sein Revier verkauft hat«, berichtete Andrea ihm nur wenige Minuten später vom Rücksitz aus, während Marlon den Zielort ins Navi des Einsatzwagens eingab und losfuhr.

»Der Klassiker? Der Hund hat die Knochen gefunden?«, fragte Paul nach.

Andrea schluckte, nickte dann aber. »Ja, sie waren im Dickicht unterwegs, als der Hund, ein Münsterländer, davonflitzte. Das habe er noch nie gemacht, er sei immer abrufbar gewesen. Dieses Mal nicht. Der Förster suchte ihn und als er ihn endlich fand, war der Hund dabei …« Andrea brach ab.

»Erzähl weiter«, forderte Paul sie auf.

»Der Hund hatte wohl ein paar Knochen ausgebuddelt und war dabei, diese zu zerlegen«, übernahm Marlon an Andreas Stelle. »Zuerst dachte der Förster wohl auch, dass es sich um die Knochen eines wilden Tiers handelt, ein Reh etwa oder eine Wildsau, doch dann hat er einen Blick in das ausgebuddelte Loch geworfen, in dem sein Hund saß.«

»In dem Loch lagen weitere Knochen und ein Schädel. Der Schädel eines Menschen«, ergänzte Andrea, die sich wieder gefasst hatte.

»Scheiße«, stieß Paul aus. »Ich hoffe, der Kerl hat seinen Köter aus dem Loch bugsiert und ihm den Knochen weggenommen. Das ist schließlich Beweismaterial.«

Andrea starrte ihn an.

Marlon brach in Lachen aus, als er das bestürzte Gesicht seiner jungen Nachfolgerin im Rückspiegel des Wagens sah. »Keine Sorge, er meint es nicht so, stimmts, Paul?«

»Was soll ich nicht so meinen?«, fragte Paul.

»Nicht so wichtig«, meinte Marlon vor sich hin grinsend und bog in den Waldweg ab. »Wir sind gleich da.«

Paul schätzte, dass das Erdloch etwa einen Meter tief, sechzig Zentimeter lang und vierzig Zentimeter breit war. Der Förster, ein blond gelockter Mann um die vierzig mit auffallend dunklen Augenringen, wirkte sichtlich gestresst.

»Na endlich«, grummelte er und streichelte dem winselnden Hund beruhigend über den Kopf, bevor er Paul die Hand reichte. »Keine Angst vor Leo. Der ist harmlos, geht nur auf Wild. Ich bin Tom Winkler. Dieses Gebiet hier ist mein Revier, seit ein paar Jahren schon. Wenn ich dran denke, wie oft ich hier schon ...« Er brach ab, schien nicht so recht zu wissen, was er sagen sollte. »Letzte Nacht war ich auf der Jagd, wissen Sie? Deswegen bin ich heute später dran als sonst.«

Paul, der den Wink mit dem Zaunpfahl verstand, nickte beschwichtigend und stellte sich und seine Begleiter vor. »Vielen Dank, dass Sie gewartet haben, Herr Winkler. Und keine Sorge, wir halten Sie nicht länger als nötig auf. Wir haben nur ein paar Fragen an Sie, dann können Sie los.«

Winkler nickte beflissen.

»Sie sagten, dass Sie öfter in diesem Waldstück unterwegs waren? Auch mit Ihrem Hund?«

Der Förster nickte.

»Und nie zuvor ist Ihnen der Hund entwischt und hat an dieser Stelle herumgebuddelt?«

»Nein, heute war das erste Mal. Leo muss die Knochen gewittert haben. Hunde haben einen viel besseren Geruchsinn als wir Menschen.«

»Als sie hier ankamen, was hat der Hund gemacht?«

»Er saß da unten in dem Loch, hatte einen der Knochen im Maul.«

»Wissen Sie noch welchen genau?«

Winkler deutete auf eine Stelle links neben dem Loch. »Den da. Ich hab ihm den Knochen aber gleich weggenommen.«

»Ihre Fingerabdrücke sind also drauf?«

»Leider, ja.«

»Und die anderen?«

»Ich hab sonst nichts berührt, doch für meinen Hund kann ich nicht sprechen. Keine Ahnung, wo er noch herumgeschnüffelt und dran genagt hat.«

»Sind Sie in das Loch gestiegen, um Leo da rauszubekommen?«

»Nein, ich hab mich davor auf den Boden gelegt und auf ihn eingeredet. Als er endlich näher kam, hab ich ihn an seinem Halsband gepackt und ihm geholfen, hochzukommen. Leo ist fit und springt hoch, doch ohne Anlauf und in dem engen Loch ...«

»Also finden meine Kollegen von der Spurensicherung da unten keinesfalls Ihre Fußabdrücke?«

»Ganz sicher nicht.«

»Dass wir dieses Gebiet weitläufig absperren müssen, wissen Sie?«

»Ich muss es meinem Chef sagen, dem Forstdirektor. Er wird davon nicht begeistert sein. Heute wollten wir mit dem Holzschlag beginnen, die Holzarbeiter sind schon instruiert.«

Bedauernd schüttelte Paul den Kopf. »Das müssen Sie verschieben. Aber ich hab noch eine Frage: Als sie mit Leo im Wald unterwegs waren, ist Ihnen da jemand begegnet?«

Winkler lachte. »Was denken Sie denn? Das ist ein Naturschutzgebiet. Hier sind ständig Leute unterwegs, vor allem bei diesem Wetter. Auf dem Weg hierher sind mir mit Sicherheit zwanzig Leute begegnet, wenn nicht mehr.«

»Dass Ihr Hund dieses Loch ausgehoben hat, wage ich zu bezweifeln. Das muss ein Mensch gewesen sein, vielleicht auch mehrere«, stellte Paul klar. »Erinnern Sie sich, ob jemand von den Leuten, denen Sie begegnet sind, eine Schaufel bei sich trug oder einen größeren Rucksack?«

Der Förster kratzte sich am Schädel, schüttelte den Kopf. »Da hab ich nicht groß drauf geachtet. Es ist noch nicht einmal Mittag und die meisten Menschen, die um diese Zeit unterwegs sind, sind Jogger, Radfahrer und Spaziergänger. Abends wäre das etwas anderes, da schaue ich genauer hin, ob jemand vielleicht unterwegs ist, um in einem unserer Weiher schwarz zu fischen oder im Gatter zu wildern.«

Paul seufzte innerlich. »Und als Sie das letzte Mal in dieser Gegend unterwegs waren, ist Ihnen nicht aufgefallen, dass hier ein Loch in der Erde klafft? Es hat auch niemand angerufen und sich beschwert, dass es in Ihrem Revier eine gefährliche Stelle gibt?«

»Nichts dergleichen, nein. Wenn da was gewesen wäre, hätte mein Hund den Geruch der Knochen schon früher gewittert. Ganz zu schweigen vom Wild, das hier herumstreicht. Als ich Leo aus dem Loch geholfen habe, sah ich, dass die Knochen … also das Skelett noch fast komplett ist. Auch das Loch selbst sah ordentlich aus, als wäre es frisch ausgehoben worden, allenfalls vergangene Nacht. Wäre das Grab schon länger offen, dann wären sicher nicht mehr halb so viele Knochen da unten. Hier gibt es Füchse, die Allesfresser sind, Wildschweine, dementsprechend sähe es hier anders aus. Man könnte Spuren von Tieren sehen, das Loch wäre sicher an der ein oder anderen Stelle eingesunken.«

Paul nickte. »Kleinen Moment, ich bin gleich wieder bei Ihnen«, bat er, trat einen Schritt beiseite und wandte sich an Marlon. »Ruf die Männer der Spurensicherung. Das komplette Team.«

Dann wandte er sich wieder an den Förster. »Wir brauchen auch noch Ihre Fingerabdrücke zum Abgleich.«

»Muss ich noch länger warten?«, fragte der Förster mit einem Blick auf seine Uhr.

»Ich kann sie ihm abnehmen«, bot Andrea an. »Ich hab ein Set dabei.«

»Gut, dann geben Sie der Kollegin auch gleich Ihre Kontaktinformationen, damit wir Sie im Notfall erreichen können«, stimmte Paul zu und reichte dem Mann die Hand. »Vielen Dank, Herr Winkler, wir melden uns, wenn wir Sie noch mal brauchen.«

Nachdem sich der Förster entfernt hatte, wandte sich Paul an seine Kollegen. »Bevor es hier von weißen Anzügen wimmelt … Magst du herkommen und dich einbringen?«, fragte er Andrea. »Mich interessiert deine Einschätzung.«

Andrea nickte, holte aus ihrer Tasche ein Paar Plastikfüßlinge und zog sie über ihre Schuhe. Dann kam sie zögernd näher. »Tut mir leid, ich ... es ist nur ... ich war noch nie an einem Leichenfundort.«

»Man gewöhnt sich dran«, gab Paul trocken zurück und ignorierte das Grinsen seines ehemaligen Partners. Stattdessen ging er selbst dicht an den Grubenrand und betrachtete die Knochen, die sich bleich und hell von der dunklen Erde abhoben. Zu hell, wie er fand.

Auffordernd blickte er zu Andrea, die in einem halben Meter Entfernung stehen geblieben war.

Paul stöhnte innerlich.

Diese Frau sollte Marlons Platz einnehmen … Das konnte ja heiter werden.

Marlon sah erst ihn, dann Andrea fragend an, bevor er neben der Grube in die Hocke ging. Sekundenlang starrte er schweigend in das Loch. »Jemand wollte, dass diese Überreste gefunden werden«, verkündete er und richtete sich wieder auf.

Paul nickte düster. »Ganz deiner Meinung.«

Er schoss ein paar Handyfotos, räusperte sich. »Ich vermute, dass es der Täter oder die Täterin selbst gewesen ist. Ein Mitwisser oder Mittäter käme ebenfalls infrage. Aber wer auch immer das Loch ausgehoben hat, wusste, was dort vergraben war. Andernfalls hätte derjenige uns schon vor dem Förster informiert.«

»Klingt logisch«, bestätigte Marlon.

Andrea schien sich inzwischen gefangen zu haben. Tapfer machte sie den letzten Schritt nach vorn, warf einen Blick in die Grube, zuckte dann aber keuchend zurück.

»Das ist ja ein Kind, das sind die Gebeine eines Kindes«, stieß sie aus und wandte sich mit weit aufgerissenen Augen zu Paul und Marlon um.

Paul nickte ihr zu. »Was schätzt du, wie alt es war?«

Andrea schluckte, ging dichter an den Grubenrand, kniete sich davor, blickte hinab. »Es war fast noch ein Baby«, flüsterte sie. »Nicht viel älter als zwei, maximal drei Jahre alt, der Größe des Schädels nach zu urteilen. Mein Gott, wer macht den so was? Es hatte sein ganzes Leben noch vor sich. Wer weiß, wie lange es in diesem dunklen Loch im Wald lag.«

VIER
AUGSBURG/SYLT

JUNI 202

»Ich hab überhaupt keine Lust, das Wochenende auf der Insel zu verbringen«, stöhnte Tilda und starrte frustriert auf ihren nahezu leeren Koffer. Es war noch dunkel draußen und während Oliver gestern Abend gut gelaunt und mit fertig gepackter Reisetasche bei ihr angekommen war, hatte sie es bis zuletzt hinausgezögert, sich auf den Syltbesuch vorzubereiten. Sie gähnte, gab sich der Vorstellung hin, wie wundervoll es wäre, einfach wieder ins Bett zu kriechen und noch ein paar Stündchen zu schlafen.

Oliver trat hinter sie, umschlang sie mit seinen Armen, küsste sanft ihren Nacken. »Du wirst sehen, das wird halb so wild, wie du befürchtest. Bei deinen Telefonaten mit Isalie schien doch alles okay zu sein zwischen euch.«

»Ja schon«, stimmte Tilda zu. »Es war fast so wie früher, als wir noch jung waren.«

»Und warum freust du dich dann nicht?«

Tilda drehte sich zu Oliver um. »Ich weiß auch nicht recht«, gab sie zu. »Isalie scheint sich kaum verändert zu haben. Aber es ist eine Sache, am Telefon miteinander zu quatschen, und eine andere, sich nach über fünfzehn Jahren wieder zu begegnen.«

»Du machst dir Sorgen, dass es anders sein wird, wenn ihr euch wiederseht?«

»Es wird anders sein, da bin ich sicher. Was mich vor allem beschäftigt ist, dass keine von uns bei den Telefonaten die Frage nach dem WARUM angesprochen hat. Warum haben wir uns damals aus den Augen verloren? Warum diese lange Funkstille zwischen uns und warum das plötzliche Lebenszeichen samt Einladung zur Hochzeit?«

Oliver schmunzelte. »Und warum hast du sie nicht danach gefragt?«

»Ich weiß auch nicht, Isalie hat mich irgendwie überrumpelt. Als ich die Nummer wählte, die in dem Einladungsschreiben stand, dachte ich, dass unser erstes Telefonat nach der langen Zeit stockend und auch ein wenig unbeholfen sein würde. Doch Isalie schnatterte gleich los, ganz so wie früher. Ich kam gar nicht dazu, nach dem Warum zu fragen. Sie vermittelte mir das Gefühl, als hätten wir uns erst gestern gesehen, als hätte es nie dieses Schweigen zwischen uns gegeben. Ich habe mich davon mitreißen lassen.«

Oliver sah sie liebevoll an, zog sie näher zu sich, nahm ihr Gesicht in seine Hände. »Manchmal ist es einfach so, Tilda. Man verliert sich und denkt jahrelang nur selten an den anderen. Dann steht plötzlich ein wichtiger Einschnitt im Leben an und einem fällt ein, dass da jemand war, der einem einst viel bedeutete. Ich denke, genau so erging es Isalie. Sie möchte, dass du sie auf diesem wichtigen Schritt begleitest.«

Tilda lehnte ihren Kopf an seine Brust, atmete tief ein. Vielleicht hatte Oliver recht und Isalie wünschte sich wirklich, dass ihre einst beste Freundin auch ihre Trauzeugin sein würde.

Aber warum fühlte es sich dennoch so falsch an?

Ihr kam es vor, als schnürte sich mit jedem Teil, das sie für die Reise packte, eine weitere Klammer um ihre Brust. Sie stieß die Luft aus, zwang sich zu einem Lächeln.

Dass Oliver sich auf das Wochenende freute, obwohl er keinen Menschen von der Hochzeitsgesellschaft kannte, verstand sie nur zu gut. Seit sie zusammengekommen waren, brannte er darauf, etwas über ihre Vergangenheit zu erfahren. Und die Hochzeit und das Zusammentreffen mit ihrer früheren Freundin waren für ihn wohl so etwas wie die Chance dazu, die sie ihm bislang immer verwehrt hatte.

Er liebte sie und es drängte ihn verständlicherweise danach, zu wissen, wer die Frau war, mit der er an manchen Tagen fast rund um die Uhr zusammen war.

»Okay«, sagte sie zu ihm, löste sich aus seiner Umarmung. »Gib mir nur noch ein paar Minuten zum Packen, dann können wir los.«

Die Fahrt von Augsburg zur Autofähre nach Niebüll hatte statt der vom Navi veranschlagten zehn Stunden knapp vierzehn Stunden gedauert. Zweimal hatten sie je eine endlos erscheinende Stunde im Stau gestanden, hatten nur wenige kurze Kaffeepausen eingelegt, wenn Oliver zu erschöpft zum Weiterfahren gewesen war.

Dennoch hatte er darauf bestanden, zu fahren, und ihren Vorschlag, ihn am Steuer abzulösen, abgelehnt.

Den gebuchten Autozug um acht Uhr abends hatten

sie nur knapp geschafft und jetzt hoffte Tilda, dass Isalie für den Rest des heutigen Abends kein großes Programm geplant hatte. Sie war müde und verschwitzt, sehnte sich nur nach einer Dusche und einem bequemen Bett.

Nachdem Oliver vom Zug gefahren war, fuhr er rechts ran, gab Isalies Adresse ins Navi ein. »Nur noch eine knappe halbe Stunde«, frohlockte er. »Ich hoffe, deine Freundin hat was Alkoholisches im Haus. Nach der Fahrt brauche ich einen Drink.«

Genau in dem Moment ertönte der Pling-Ton von Tildas Handy. Sie zog es hervor, zeigte ihm die Nachricht. »Isalie will wissen, ob wir schon auf Sylt angekommen sind.«

»Gutes Timing«, gab er schmunzelnd zurück.

»Moment, ich antworte rasch.« Sie tippte eine Nachricht ein, sendete sie.

Keine Sekunde später folgte ein Grinse-Smiley im Antwortfeld.

»Das ist jetzt ein bisschen unheimlich«, sagte Tilda lachend. »Woher weiß Isalie, dass du Champagner liebst? Sie schreibt, dass sie schon heute Morgen eine Flasche kalt gestellt hat. Sie will den Korken knallen lassen, sobald sie deinen Wagen in die Auffahrt biegen sieht.«

»Deine Freundin ist mir schon jetzt sympathisch«, gab Oliver grinsend zurück und trat aufs Gas.

Während der Fahrt nach Rantum schwieg Tilda. Sie schloss die Augen, gab vor, zu schlafen. Doch es waren nicht nur die anstrengende Fahrt und die herrschende Hitze, die ihren Tribut forderten. Sie brauchte eine Auszeit, auch von Oliver. In ihrem Kopf wirbelten unzählige Fragen und ihre Nerven waren zum Zerreißen gespannt. Was sollte sie zu ihrer alten Freundin sagen, wenn sie nachher aus dem Wagen stieg? Wie sollte sie ihr gegenübertreten? Sie in die Arme nehmen, wie früher?

So tun, als hätte es diese fünfzehnjährige Funkstille zwischen ihnen nie gegeben?

»Kein Grund, nervös zu sein«, drängte sich Olivers Stimme in ihr Bewusstsein. Sie öffnete die Augen, sah ihn fragend an.

»Du knirschst mit den Zähnen, wenn du nervös bist.«

Sie stieß ein Lachen aus. »Scheint, als kennst du mich besser, als mir lieb ist.«

Er zwinkerte ihr zu, doch es war kein fröhliches Mienenspiel. Er lächelte nicht mal ansatzweise. Ihre lockere Floskel hatte wohl unbeabsichtigt Olivers wunden Punkt getroffen.

Innerlich grinste sie. Der berühmteste Thriller-Autor Deutschlands, dessen Bücher vor aktionsgeladener Brutalität nur so strotzten, war tief in seinem Inneren ein Softie. Familie, Freunde und seine Partnerin standen für ihn an allererster Stelle. Er war eben ein Romantiker durch und durch.

Sie sollte sich verdammt glücklich schätzen.

Oft überraschte er sie mit einem Blumenstrauß oder brachte ihr ein Geschenk mit, etwas, das ihn an sie erinnert hatte und das er deswegen unbedingt hatte kaufen müssen. Ein Parfum beispielsweise oder neulich eine Bluse, die genau zu ihrer Augenfarbe passte, eine edle, aber dennoch verspielt wirkende Kette. Ja, er verwöhnte sie wirklich. Sei es mit einem spontanen Wochenendtrip oder einem Restaurantbesuch. Oliver trug sie auf Händen. Und alles, was er dafür erwartete, war, dass sie ihn zu einem Teil ihres Lebens machte, wozu auch ihre Vergangenheit gehörte.

War das wirklich zu viel verlangt?

Warum sträubte sie sich so dagegen?

Sie öffnete die Augen, sah zu ihm hinüber. »Du weißt, wie sehr ich dich liebe, oder?«

Er nickte, sie sah an seinem Adamsapfel, wie hart er

schluckte. »Und ich liebe dich. Mal sehen, ob mich nach diesem Wochenende auch das Hochzeitsfieber packt.«

»Was ...?«

Er lachte laut auf, als er ihre kurzzeitig entgleisten Gesichtszüge bemerkte. »He, das war ein Scherz, Tilda«, erklärte er prustend. »Du weißt ja, wie ich zum Heiraten stehe, nachdem meine erste Ehe den Bach runterging.«

Sie atmete innerlich auf, sah ihn mit gespielter Entrüstung an. »Eine Bessere als mich findest du nie mehr.«

Er nickte, warf ihr einen Blick zu. »Ich weiß.«

In ihrem Bauch begann es zu flattern und als sie einen Blick nach draußen warf, erkannte sie, dass sie Westerland verlassen hatten. Sie öffnete das Fenster, atmete tief ein, lächelte.

»Hat dich das Inselfieber jetzt doch noch gepackt?«, fragte Oliver.

Sie grinste noch breiter. »Ich liebe die salzige Meeresluft«, gab sie zurück. In der Ferne sah sie das Meer in der Abendsonne glitzern und spürte, wie ein Hauch von Vorfreude sich in ihr ausbreitete.

»Vielleicht hast du ja recht«, murmelte sie. »Möglich, dass diese paar Tage uns beiden guttun. Und wer weiß, am Ende fahren wir Montag früh wieder nach Hause und ich hätte es bereut, nicht hergekommen zu sein.«

»Ich freu mich ja so, dass du … dass ihr tatsächlich gekommen seid. Ich kann es kaum fassen, dass ihr endlich da seid«, flötete Isalie und riss zuerst sie und dann Oliver fest in ihre Arme.

»Sie redet seit Tagen von nichts anderem«, kam es

von einer Frau um die vierzig, die ein wenig abseits stand und die Szenerie schmunzelnd beobachtete.

Tilda reichte ihr die Hand, stellte sich vor.

»Ich bin Nicole, die Schwester des Bräutigams«, erwiderte die Frau und sah sich mit gerunzelter Stirn um. »Wo ist mein Bruderherz überhaupt?«

Isalie drehte sich zu ihrer Schwägerin in spe um. »Er holt was zum Anstoßen«, erklärte sie, dann wandte sie sich wieder Oliver zu. Tilda bemerkte, wie Isalie ihn nachdenklich musterte, dann die Lippen schürzte. »Irgendwie kommt dein Schatz mir bekannt vor.«

Tilda grinste. »Er ist Schriftsteller, vielleicht hast du schon mal was von ihm gelesen.«

Ungeniert setzte Isalie ihre Musterung fort, legte dabei den Kopf flirtend schräg. »Oliver … und weiter? Wie ist dein Nachname?«

Er grinste. »Ich schreibe unter einem Pseudonym. Cassian Otto. Sagt dir das was?«

Isalie wich vor ihm zurück, die Augen weit aufgerissen. Dann klappte ihr Mund auf. »Du bist Cassian Otto? Oh mein Gott! Silas wird ausflippen. Er liebt deine Bücher.« Sie wandte sich zu Tilda. »Du bist mir ja eine … Hast dir Cassian Otto geangelt und sagst mir nichts … Warum hast du mich nicht wenigstens am Telefon vorgewarnt? Mein Gott, Cassian Otto. Auf meiner Hochzeit!«

Tilda lachte. »Ich wusste ja nicht, dass du inzwischen deine Liebe zu Büchern entdeckt hast. Damals konntest du damit nicht wirklich viel anfangen.«

Isalie verzog das Gesicht. »Stimmt auch wieder. Ich hab bis heute nicht viel mit Büchern am Hut. Aber von Cassian habe ich schon ein oder zwei Bücher gelesen, was definitiv Silas geschuldet ist. Er schwärmt davon in den allerhöchsten Tönen.«

Immer noch kopfschüttelnd wandte sie sich wieder

Tilda zu. »Und du? Du hast mich auch ziemlich umgehauen. Dass du mal Bücher schreiben würdest ... ich weiß nicht, aber als Autorin hab ich dich nie gesehen.«

»Ich mich auch nicht«, gab Tilda schulterzuckend zurück. »Ich war ja bei der Polizei ...«

»Ja richtig«, warf Isalie ein. »Und wie kamst du dazu, ein Buch zu schreiben?«

»Es ergab sich irgendwie«, antwortete Tilda ausweichend. »Ich hab mich irgendwann hingesetzt und was geschrieben, es an einen Agenten geschickt, ohne mir große Hoffnungen zu machen. Als mein Manuskript dann tatsächlich genommen wurde, war ich selbst überrascht.«

»Willst du wieder zurück zur Polizei?«

»Nein«, gab Tilda knapp zurück und spürte Olivers Blick auf sich. »Aber das ist ein anderes Thema, wir haben ja in den nächsten Tagen noch Zeit, darüber zu sprechen«, fügte sie hastig hinzu.

Isalie schien sich damit zufriedenzugeben. Sie grinste, warf einen Blick auf die Reisetaschen zu ihren Füßen. »Ihr schlaft im Gästehaus, wenn das okay für euch ist. Dort habt ihr ein eigenes Badezimmer, einen Whirlpool auf der Terrasse, von dem aus ihr das Meer sehen könnt, und eure eigene Küche mit Kaffeemaschine. Ich hab euch den Kühlschrank mit Getränken und Snacks gefüllt.«

»Wow, das ist ...« Tilda spürte, wie eine verlegene Röte ihr Gesicht überzog. »Das ist … großartig. Vielen Dank.«

»Keine Ursache«, gab Isalie zurück. »Ich freu mich riesig, dass ihr da seid, und möchte, dass ihr euch wie zu Hause fühlt.«

Eine Zeitlang herrschte Schweigen, dann schwang die Tür des Haupthauses auf und ein blendend aussehender blonder Mann, Tilda schätzte ihn auf Mitte dreißig, kam mit einem reich bestückten Tablett auf den Händen zu ihnen nach draußen.

»Du errätst nie, wen Tilda als ihre Begleitung mitgebracht hat«, rief Isalie ihm entgegen.

Der Mann kam näher, sah sie fragend an.

»Cassian Otto«, setzte Isalie triumphierend hinzu. »Kannst du dir das vorstellen, Silas? Dein Lieblingsautor ist Gast auf unserer Hochzeit.«

»Was sagst du da?«, fragte er zwischen Tilda und Oliver hin und her blickend, als müsse er das erst noch verdauen. »Herzlich willkommen ... Moment.«

Er wandte sich an Isalie. »Kannst du mir das kurz abnehmen, damit ich unsere Gäste begrüßen kann?« Er drückte Isalie das Tablett in die Hände. Dann sah er zuerst Tilda an, lächelte freundlich. »Isa hat mir schon viel von dir erzählt.«

Tilda musste unwillkürlich schmunzeln, Silas Dialekt erinnerte sie stark an ihre Heimat. »Du bist aus Bayern?«, fragte sie.

»Aus Augsburg, um genau zu sein«, gab er zurück. »Isalie und ich haben uns dort kennengelernt. Als es sich beruflich ergab, sind wir zusammen in den Norden gezogen.«

»Und wie habt ihr euch kennengelernt?«, fragte sie weiter.

»Als meine Mutter gestorben ist«, erklärte Isalie und ihr Gesicht wurde plötzlich von einem düsteren Schleier überzogen, »war es Silas, der mir Halt gab und Trost spendete. Wir lernten uns in einer Selbsthilfe-Gruppe für Angehörige von Krebsopfern kennen. Sein Vater war nur wenige Jahre zuvor gestorben, übrigens an derselben Art Krebs wie meine Mutter. Wir kamen ins Gespräch, verstanden uns auf Anhieb und na ja, der Rest ist Geschichte. Seither sind wir unzertrennlich, nicht wahr,

Schatz? Du hast mich gerettet, mich aus dem tiefsten Loch gezogen, in dem ich jemals war.«

Tilda schwieg betroffen. Hatte so etwas wie ein Vorwurf in der letzten Bemerkung mitgeschwungen?

Aber Isalie beachtete Tilda nicht, sie deutete mit dem Kopf auf das Tablett in ihren Händen. »Silas, vielleicht hilfst du Oliver dabei, das Gepäck ins Gästehaus zu schaffen, während ich mit Tilda schon mal den Begrüßungstrunk in die Gläser schenke … So langsam wird das Tablett schwer.«

Dann drehte Isalie sich ihr zu, zwinkerte, forderte sie mit einer Kopfbewegung auf, ihr zu folgen.

Fragend sah Tilda zu Oliver, der aber inzwischen von Silas in Beschlag genommen worden war. Grinsend sah er sie über dessen Schulter blickend an. Sein Gesicht sprach Bände.

Unterhalte dich mit deiner Freundin, schien er zu sagen, *ich komm schon klar.*

Brav trottete sie Isalie hinterher, während sie das Gefühl hatte, etwas Unausgesprochenes läge zwischen ihnen.

Und dann erinnerte sie sich.

Der Tod von Isalies Mutter!

Isalies Mutter war an einem Blasentumor erkrankt gewesen. Sie erinnerte sich daran, dass es ihr wieder besser gegangen war, zumindest war das der letzte Stand ihres Wissens.

»Das mit deiner Mutter tut mir furchtbar leid«, erklärte sie mitfühlend und erschrak, als Isalie abrupt stoppte.

Sie drehte sich zu ihr um, sah sie mit undeutbarem Blick an. »Das ist lange her«, erklärte sie leise. »Am Anfang war es schlimm, doch heute, jetzt … inzwischen geht es mir gut, verstehst du?«

Tilda nickte, während es ihr wie Schuppen von den

Augen fiel. Das war es, was sie kurz zuvor verunsichert hatte. Isalie hatte Silas ganz bewusst vor ihr in den Himmel gehoben. Hatte ihr implizit vorgeworfen, dass Silas nach dem Tod ihrer Mutter für sie da gewesen war und nicht sie – ihre einst engste Freundin.

Ihr Unbehagen wuchs.

FÜNF
AUGSBURG

JUNI 2022

»Wie kommst du denn mit der Neuen klar?«, fragte Marlon und setzte sich auf den Besucherstuhl vor Pauls Schreibtisch.

Paul kratzte sich an der Schläfe. »Bis jetzt wirkt sie auf mich etwas unsicher. Das ist in unserem Job eher schlecht.«

Marlon grinste nachsichtig. »Sie ist gerade mal einen Monat bei uns, kam frisch von der Streife und hat danach noch mal die Schulbank gedrückt. Sie ist hoch qualifiziert, hat also beste Aussichten, eine Top-Polizeibeamtin zu werden.«

»Möglich«, brummte Paul. »Aber gestern im Wald hat sie zeitweise gewirkt, als gehöre sie nicht zu uns.«

Marlon zog die Brauen hoch. »Na ja, mich hat das auch nicht gerade kalt gelassen. Die Überreste eines kleinen Kindes zu finden, geht einem schon an die Nieren. Ich möchte den sehen, der das emotionslos wegsteckt.«

Paul nickte nachdenklich. »Schon, aber wir haben einen Job zu erledigen ...«

»Komm, gib ihr etwas Zeit, das wird schon. Und

erinner dich daran, wie deine Partnerin vor knapp zweieinhalb Jahren die Segel gestrichen hat … wie hieß sie noch gleich?«

Paul verzog das Gesicht. »Tilda. Tilda Staller.«

»Tilda, genau. Du warst noch nicht drüber weg, dass sie sich hat freistellen lassen, als ich zu deinem Team gestoßen bin. Am Anfang hast du es mir deshalb nicht gerade leicht gemacht. In Gedanken warst du beruflich immer noch mit Tilda verknüpft und konntest dich mit keinem neuen Partner arrangieren. Ich hatte das Gefühl, dass du nur darauf wartest, dass sie endlich zurückkommt, um mich wieder loszuwerden.«

Paul sah ihn nachdenklich an.

»Gib dir einen Ruck und gibs zu. Erst als Tilda dir gesagt hat, dass sie nicht mehr zurückkommt, wurde es langsam besser zwischen uns. Und am Ende waren wir ein tolles Team, oder nicht?«

Paul nickte. »Das waren wir. Und warum lässt du dich dann in den Innendienst versetzen?«

Marlon seufzte. »Ich bin jetzt Vater von Zwillingen, meine Frau ist krank. Die Kinder, der ganze Stress, ich glaube, das war es, was ihren Nerven geschadet hat. Tagsüber sind meine Eltern für sie da, aber abends … ich will meine Kinder aufwachsen sehen, verstehst du? Ich will nicht nur eine vage Vorstellung davon haben, wie meine Kinder groß werden, wie sie laufen und sprechen lernen. Ich möchte es miterleben. Und das kann ich nicht, wenn ich meinen Job vor meine Familie stellen muss.«

»Hast du das getan?«

Marlon nickte. »Genau wie du. Und genau wie Tilda. Sie ist das beste Beispiel dafür, wie kaputt uns der Job macht, wenn wir alles zu nah an uns herankommen lassen. Eine Balance zwischen nötigem Einfühlungsvermögen und Professionalität zu entwickeln, ist verdammt schwer und manchmal nicht möglich. So wie das Kinderskelett gestern. Oder wie der Mann, der vor Tildas Augen seine Frau, sein Kind und dann sich selbst getötet hat. Das steckt niemand von uns einfach weg, es macht etwas mit uns, verändert uns. Manches macht uns stärker, lässt uns wachsen. Aber was geht mit Größe und Stärke meistens einher?«

Paul sah ihn an, antwortete nicht.

»Wir stumpfen ab. Es ist wie eine Art Selbstschutz, um nicht kaputtzugehen, nicht die Nerven zu verlieren. Nicht krank zu werden, wie meine Frau, wobei es bei ihr andere Gründe hat.«

Marlon holte Luft, sah ihn an. »Ich will nicht abstumpfen. Ich will aber auch nicht als psychisches Wrack enden, das alles hinschmeißt.«

»Deswegen ziehst du die Reißleine?«

»Ja. Ich will bleiben, wie ich bin. Für meine Frau, für meine Kinder. An meinem Entschluss ist Tilda übrigens nicht ganz unschuldig.«

»Du befürchtest, dir könnte es so gehen wie ihr?«

Marlon zuckte mit den Schultern. »Ja, irgendwie schon. Als ich Tilda kennengelernt habe, ist mir gleich diese dunkle Aura aufgefallen, die sie umgibt. Ich fürchte, sie wird niemals mit dem Szenario fertig werden, was sich unmittelbar vor ihren Augen abgespielt hat. Im schlimmsten Fall wird es ihr ganzes zukünftiges Leben beeinflussen.«

Paul nickte stumm.

»Ja, ich will nicht, dass es mir irgendwann ebenso geht«, wiederholte Marlon. »Ich will meinen Kindern in ihre strahlenden Augen blicken, ohne dass diese anderen Bilder, mit denen wir konfrontiert werden, unser Leben überschatten. Ich bin mit Leib und Seele Bulle, aber nicht zu jedem Preis.«

Er schwieg, sah zu Paul, der immer nachdenklicher seinen Blick erwiderte.

»Aber ich gehe nicht, wie Tilda es getan hat«, fuhr er fort. »Ich wechsle innerhalb des Teams, kümmere mich um alles, was in diesen Wänden passiert, agiere von hier aus. Natürlich ist mir klar, dass ich nach wie vor mitbekomme, wenn etwas passiert, aber ich wahre Distanz zwischen dem, was ihr da draußen seht, und mir.«

Paul seufzte. »Und ab wann verlier ich dich komplett an den Innendienst?«

»Sobald ich Andrea alleine mit dir losziehen lassen kann.« Er zwinkerte ihm zu. »Ich hoffe, dass das bald sein wird. Nein, lass es mich anders ausdrücken. Ich weiß, dass Andrea bald so weit ist. Sie hat eine verdammt gute Beobachtungsgabe. Denk mal an die Gebeine des Kindes in der Waldgrube. Sie hat eine erstaunlich genaue Einschätzung des Kindesalters abgegeben, nachdem sie ihren ersten Schock überwunden hatte.«

Paul hob die Augenbrauen. »Natürlich gebe ich ihr eine Chance, so wie dir damals. Und so wie Clara mir eine Chance gegeben hat, als ich anfing.« Er brach ab, seufzte. »Je länger man dabei ist, umso eher vergisst man, dass man auch mal der Neue war. Und mit Clara hatte ich damals echt Glück. Gerade in letzter Zeit muss ich oft an sie denken.«

»Geht es ihr gut? Du klingst ein wenig wehmütig, so als wäre ihr was zugestoßen. Ist sie ...«

»Sie lebt. Aber sie hatte einen Schlaganfall, darf seither kein Fahrzeug mehr fahren und musste ihre Waffe abgeben. Sie ist in den vorzeitigen Ruhestand gegangen, weil sie wusste, dass es das Beste ist. Aber sie fehlt mir, ich vermiss sie jeden Tag. Genau wie Tilda.«

Marlon lächelte. »Du wirst dich auch an Andrea gewöhnen, da bin ich sicher.« Er hielt inne, schien zu zögern. »Wissen wir eigentlich schon etwas über die Gebeine aus dem Wald?«

»Nur, dass es sich wahrscheinlich um einen Jungen handelt. Das mit absoluter Sicherheit festzustellen ist laut Aussage des Gerichtsmediziners bei Kleinkindern schwierig. Er hat bei seiner Untersuchung vor allem die Robustizität und Fragilität der langen Röhrenknochen beurteilt. Die Knochen männlicher Kinder sind in der Regel länger und kräftiger als bei weiblichen Kindern im gleichen Alter.«

»Weiß man schon, wie lange die Knochen in der Erde gelegen haben?«

»Genau das macht mir Kopfzerbrechen«, gab Paul zurück. »Es gibt einige Anzeichen dafür, dass die Knochen mehr als zehn Jahre vergraben waren, doch wie lang genau wird erst eine spezielle Analyse zeigen. Momentan erstellt das Labor eine DNA-Analyse. Frühestens in ein paar Tagen bekommen wir die Ergebnisse.«

»Und das Alter des Kindes? Andrea hat es aufgrund der Skelettgröße auf höchstens drei Jahre geschätzt, was nach meiner Einschätzung hinkommt. Es war ein Kleinkind.«

Paul nickte zustimmend. »Dr. Friedmann ist sich relativ sicher, dass der Junge zwischen zwei und drei Jahren alt gewesen sei. Sowohl der Schädel als auch die Größe und Beschaffenheit der Knochen bestätigen dies.«

»Waren die Knochen vollzählig?«

»Beinahe«, gab Paul zurück. »Von den unten Extremitäten fehlten ein paar. Möglich, dass Leo oder ein anderes Tier vor ihm sie sich geschnappt und weggetragen hat.«

»Was ist mit der Umgebung und der Grube selbst?«

»Nichts«, sagte Paul frustriert. »Zumindest bis jetzt. Du hast ja den Förster gehört. Es gibt in dem Gebiet viele Wildtiere, die dafür verantwortlich sein können.«

»Und was ist mit Spuren, die auf den Täter hinweisen?«

»Gleichfalls Fehlanzeige. Wer auch immer das Kind dort irgendwann vergraben hat, kann sich in leider in Sicherheit wiegen. Seine Spuren, sofern er welche hinterlassen hat, dürften längst fortgewaschen sein. Und derjenige, der das Grab geöffnet hat, scheint vorsichtig gewesen zu sein. Die Spurensicherung hat in unmittelbarer Umgebung des Grabes nur Rückstände von der Kleidung des Försters sichergestellt, zusammen mit Hundehaaren aus der Grube.«

»Das war zu befürchten«, sagte Marlon. »Also stehen wir mit unseren Ermittlungen noch ganz am Anfang.«

SECHS
SYLT

JUNI 2022

»Warum wolltest du mich unbedingt bei deiner Hochzeit dabeihaben?«, stieß Tilda aus, nachdem sie diese Frage viel zu lange zurückgedrängt hatte. Aber jetzt war es zu spät, es diplomatischer zu formulieren.

Isalie, die gerade dabei war, die Gläser mit prickelndem Champagner zu füllen, hielt in der Bewegung inne, sah sie mit einem Stirnrunzeln an.

Tilda fühlte sich schlecht. Musste sie denn unbedingt so auf Konfrontation gehen?

Erleichtert sah sie, wie sich Isalies Gesichtszüge glätteten, wie sie wieder lächelte und sich den Gläsern zuwandte.

»Na, weil wir beide uns früher so nah waren«, antwortete sie schließlich. »Du warst die Einzige, der ich vertraut habe. Diese lange Zeit ohne dich …« Isalie brach ab, schwieg einen Moment. Dann sah sie zu ihr auf. »Ich hab dich vermisst, weißt du? Ich hab uns vermisst.«

Tilda schluckte. »Ich hab dich auch vermisst«, gab sie zu. »Dennoch hat mich die plötzliche Einladung zu deiner Hochzeit überrascht. Ich dachte, ich höre nie wieder von dir.«

»Über die Jahre war ich oft kurz davor, dich zu kontaktieren. Ein paar Mal hab ich eine Nachricht über Facebook geschrieben, war dabei, sie abzuschicken, doch dann … ich konnte es nicht. Keine Ahnung, warum. Es war wohl noch nicht der rechte Zeitpunkt.« Sie verzog das Gesicht. »Und was ist mit dir?«

Tilda räusperte sich verlegen. »Als ich bei der Polizei anfing, hab ich mich voll und ganz darauf konzentriert. Dennoch hab ich oft an dich gedacht, mich gefragt, was aus dir geworden ist, was du machst und ob es dir gut geht, doch einen Versuch gestartet, dich zu finden, hab ich nicht.«

»Und warum? War es dir nicht wichtig genug?«

Tilda spürte, wie ihr Hals sich verengte. Sie schüttelte den Kopf. »Ich hatte eine schwere Zeit hinter mir.«

»Genau wie ich.«

Tilda sah die Freundin an, seufzte. »Ich weiß, und es tut mir leid.«

Eine Weile herrschte Schweigen zwischen ihnen.

»Es fühlte sich einfach nicht richtig an, verstehst du?« Tilda sah zu Isalie, hielt deren Blick stand. »Das tat es auch nicht, als dein Brief mit der Einladung bei mir ankam. Und es fühlte sich selbst heute Morgen noch nicht richtig an.«

»Na, wenigstens bist du ehrlich.«

Tilda ignorierte Isalies verletzten Gesichtsausdruck, lächelte. »Aber jetzt tut es das, okay? Seit ich angekommen bin, dir in die Augen gesehen habe, wir uns unterhalten haben, hat sich etwas verändert. Jetzt fühlt es sich besser an, dass ich hier bin. Und ich bin froh darüber, dass ich über meinen Schatten gesprungen bin.«

»Über deinen Schatten?«

Tilda lachte auf. »Du hast mich ertappt. Oliver war

es, der mich dazu überredete, deine Einladung anzunehmen. Er ist ganz anders als ich, der totale Familienmensch. Seine Liebsten gehen ihm über alles. Genau wie seine Freunde.«

»Und dir? Du hast es wohl nicht so mit Familie und Freunden, mhm?«

»Ich stehe auf eigenen Füßen und bin auf mich allein gestellt, seit ich achtzehn Jahre alt bin. Meine Mutter und ich, na ja, du weißt ja, wie sie früher war. Und jetzt, im Alter, ist es noch schlimmer geworden.«

»Habt ihr keinen Kontakt?«

»Seit Jahren nicht, nein.«

»Das tut mir leid.«

»Muss es nicht.«

»Es ist nur … meine Mom … sie ist tot. Deine lebt.«

Tilda sah Isalie mitleidig an. »Du kannst es nicht nachvollziehen, das verstehe ich. Deine Mutter und du, ihr beide wart ein Herz und eine Seele. Und ich kann mir kaum vorstellen, wie du dich gefühlt haben musst, als sie …« Tilda verstummte kurz, als sie die Tränen in Isalies Augen bemerkte, und suchte nach Worten.

»Weißt du«, griff sie den Faden schließlich wieder auf, »meine Mutter war anders. Sie war mir nie eine richtige Mutter, verstehst du? Der einzige Mensch, für den sie sich jemals interessiert hat, war sie selbst. Als Kind hab ich alles versucht, um ihre Aufmerksamkeit zu bekommen. Und es verletzte mich sehr, als ich begriff, dass alles vergebens war. Lange dachte ich, es läge an mir, doch je älter ich wurde, desto klarer wurde mir, dass es nicht meine Schuld war. Meine Mutter ist eine Narzisstin, das war sie schon immer. Wahrscheinlich hat sie all die Männer, die nach meinem Vater in ihr Leben traten, deswegen nie halten können.«

»Das Gästehaus ist ein Traum«, kam es plötzlich von Oliver, der unbemerkt zu ihnen getreten war. Sein

Gesicht strahlte pure Begeisterung aus. Er sah Isalie an. »Ich wollte mich bedanken, dafür, dass ihr beide, du und Silas, euch so viel Mühe gegeben habt, uns einen schönen Aufenthalt zu ermöglichen.« Er trat hinter Tilda, umarmte sie. »Du wirst sehen, der Blick von der Terrasse ist eine Wucht!«

Sie wandte sich ihm zu, umschlang seinen Hals, küsste ihn auf die Nasenspitze.

Als Silas mit seiner Schwester im Schlepptau zu ihnen trat, nahm Isalie zwei Gläser, reichte sie ihnen und verteilte den Rest. »Lasst uns anstoßen«, rief sie und zwinkerte Tilda verschwörerisch zu. »Auf ein unvergessliches Wochenende.« Sie hielt kurz inne, schien zu überlegen. »Und auf alte und neue Freunde.«

Sie waren inzwischen beim dritten Glas Champagner angelangt und Tilda fühlte sich schon leicht beschwipst, als eine hinreißende Frau um die vierzig mit einem etwa zehnjährigen Mädchen zu ihnen in den Garten trat.

»Das sind meine Schwiegermutter Anna und ihre Tochter Milli«, stellte Isalie die beiden vor.

Tilda bemerkte, wie Olivers Brauen sich beim Anblick der Frau anhoben.

Isalie beobachtete ihn dabei, lachte glockenhell, unterließ es aber, eine Bemerkung zu machen.

Anna sah schüchtern in die Runde, reichte jedem die Hand, dann wandte sie sich an Isalie. »Dein Vater hat es noch nicht geschafft, er kommt erst morgen gegen Mittag an.«

Isalie zuckte mit den Achseln und stand auf. »Setzt euch doch. Ich hole Nachschub und einen Saft für Milli.« Sie sah zuerst Oliver, dann Tilda an. »Habt ihr Hunger?

Ich hab ein paar Leckereien von *Gosch* da und frisches Brot.«

»Also, ich könnte was vertragen«, kam es von Oliver.

Isalie nickte grinsend, verschwand im Haus.

Nachdem Anna und Milli sich gesetzt hatten, herrschte einen Augenblick betretenes Schweigen am Tisch. Als Tilda Silas einen Blick zuwarf, fiel ihr auf, dass er sie etwas zu neugierig musterte. Er bemerkte ihren Blick und sah peinlich berührt weg.

Was war das denn?

Plötzlich hatte sie wieder das Gefühl, fehl am Platz zu sein.

»Wo habt ihr euch eigentlich kennengelernt?«, brach Silas' Schwester das Schweigen an Oliver und Tilda gewandt.

Tilda räusperte sich verlegen. »Das war auf einem Krimifestival. Es war meine erste Lesung. Oliver war der Hauptakt des Abends und ich war vor ihm dran. Als er bemerkt hat, wie nervös ich war, hat er mir Tipps gegeben, um runterzukommen.«

»Hat es geklappt?«, wollte Silas wissen.

»Was meinst du?«

»Die Tipps von Cassian Otto? Haben sie geholfen?«

Tilda grinste. »Nicht wirklich. Ich hab mich ständig verhaspelt, einige Male den Faden verloren, aber das schien den Leuten egal zu sein ...«

»Sie waren begeistert«, fiel Oliver ein. »Zu Recht, weil dein Buch einfach spitze ist. Dein Debüt – und gleich ein Bestseller. Das schafft kaum ein Autor.«

»Außer dir natürlich«, bemerkte Silas grinsend.

»Oh nein«, gab Oliver zurück. »Mein erstes Buch war ein Desaster. Niemand wollte es lesen und der Verlag hat mir deswegen keinen Folgevertrag gegeben. Ich stand vor dem Nichts, dachte, das war es jetzt, bis mir klar wurde, dass es vielleicht am Genre lag.«

»Wieso das? Du schreibst doch Thriller«, fragte Silas.

Oliver nickte. »Ja. Aber davor habe ich mich in einem anderen Genre versucht. Mein erster Schreibversuch war ein Roman, in dem es um Selbstfindung ging, um Aufarbeitung der schwierigen Vergangenheit meines Hauptcharakters. Die Geschichte war in den dreißiger Jahren angesiedelt und – wie ich zugeben muss – schwierig zu lesen. Danach hab ich das Genre gewechselt und meinen ersten Thriller geschrieben. Ich hab ihn an meinen Agenten geschickt und ihn gebeten, ihn unter einem Pseudonym den Verlagen anzubieten. So wurde Cassian Otto geboren. Cassian – der erste Sohn meines Bruders und Otto, der Vornahme meines Vaters.«

»Beeindruckender Werdegang«, sagte Nicole. »Um ehrlich zu sein, würde mich dein erster Roman sehr interessieren. Kann man den noch irgendwo bekommen?«

»Nur als gebrauchtes Buch und online – leider. Die Auflage wurde eingestampft und verramscht, was mir bis heute in der Seele wehtut. Ich liebe dieses Buch, trotz allem. Aber wenn du Interesse daran hast, schicke ich dir ein Exemplar zu.«

»Das würdest du machen?« Nicole strahlte. »Das wäre total nett. Für deine Thriller bin ich nämlich nicht hartgesotten genug. Ich hab ein paar gelesen, hatte dann aber nächtelang Albträume.«

»Voila«, rief Isalie und gesellte sich mit einem voll beladenen Tablett zu ihnen.

Oliver sprang auf, um ihr zu helfen.

»Ich hab ein bisschen was zusammengestellt, ich hoffe, es schmeckt euch.« Sie grinste Oliver an. »Danke dir.«

Beim Anblick der köstlich aussehenden Pasten und Salate auf dem Tisch lief Tilda das Wasser im Mund zusammen. Sie griff nach einem Brot, bediente sich an den Garnelen, nahm einen Klecks der Käsecreme und ließ es sich schmecken.

»Wollt ihr wissen, was für die nächsten Tage geplant ist?«, fragte Isalie in die Runde.

Tilda ließ ihr Brot sinken, sah sie neugierig an.

»Also morgen muss ich zur Anprobe meines Kleides nach Westerland fahren, und wenn ich ehrlich bin …« Sie räusperte sich und blickte zu Tilda. »Ich würde mich freuen, wenn du mich begleitest.«

Anna zuckte bei Isalies Worten zusammen, schwieg aber.

Tilda sah hinüber zu ihrer Freundin. Genau wie sie selbst schien auch sie Annas Reaktion bemerkt zu haben. Wieso bot Isalie ihr nicht an, mitzukommen?

Sollte sie etwas sagen? Sie später diskret darauf hinweisen? Oder mischte sie sich damit in Dinge ein, die sie nichts angingen? Nur mit halbem Ohr lauschte sie Isalie, die munter weiterplauderte.

»Am Nachmittag hab ich eine kleine Teatime im Garten geplant, die von einem Caterer ausgerichtet wird. Ich hoffe, ihr mögt alle typisch englische Törtchen und Sandwiches?« Isalie sah in die Runde, schien aber keine Antwort zu erwarten. »Und morgen Abend feiern wir Junggesellenabschied und Junggesellinnenabschied. Silas will mit den Jungs durch die Stadt ziehen, und auch ich hab mir für den Abend etwas Besonderes ausgedacht. Lasst euch überraschen. Und am Samstag findet zuerst die standesamtliche und kurz danach die kirchliche Trauung mit anschließender Party statt. Wir feiern hier im Garten und am Strand.«

»Großartig«, lobte Oliver. »Das hört sich toll an.«

Tilda sah, dass er sich wirklich darauf freute. Seine Augen leuchteten, und insgeheim musste sie schmunzeln. Eine weitere Facette Olivers, die sie gerade entdeckte.

Offensichtlich liebte er Hochzeiten und das ganze Drumherum.

Und sie selbst?

Sie lehnte sich zurück, nahm noch einen Schluck Champagner und wunderte sich über sich selbst. Seit wann trank sie davon mehr als unbedingt nötig? Sie wusste nicht einmal mehr, wie viele Gläser sie bereits intus hatte. Das Zeug beruhigte zumindest die Nerven. Nur mit Mühe unterdrückte sie ein Gähnen.

»Ich glaube, ich mache mich vom Acker«, erklärte sie und stand auf.

Oliver stand die Enttäuschung ins Gesicht geschrieben, während Tilda sich fragte, woher er die Energie nahm, sich nach der langen und anstrengenden Fahrt von Bayern ans andere Ende des Landes bis spät in die Nacht zu amüsieren.

Sie grinste ihn an. »Bleib doch noch. Ich geh duschen und leg mich schon mal hin.«

»Nichts da«, sagte er, stand auf, zog sie in die Arme. »Ich bring dich zumindest noch zu unserer Unterkunft, wenn du mich lässt.« Er schmunzelte.

Tilda blickte in die Runde, lächelte Isalie an. »Ich danke dir für alles. Wir sehen uns dann morgen früh.«

»Alles klar, Schlafmütze.« Isalie grinste liebevoll, sah dann zu Oliver. »Tilda war früher schon eine Lerche, während ich eher die Nachteule war. Da musst du durch, schätze ich.«

Oliver lachte, zog Tilda enger an sich. »Wenn das alles ist, komme ich damit klar. Ich liebe meine Lerche.«

»Und?«, fragte Oliver, als sie im Wohnbereich des Gästehauses standen. »Wie fandest du den ersten Abend?«

»Ganz okay, schätze ich«, antwortete Tilda, während sie kaum den Blick von dem edlen, im maritimen Stil eingerichteten Wohnzimmer reißen konnte. Fahrig beschrieb sie mit dem Zeigefinger einen Halbkreis. »Ziemlich kostspielig und geschmackvoll das alles. Silas, oder zumindest seine Familie, scheint recht vermögend zu sein.«

Oliver hob fragend die Brauen.

»Und ich glaube, Silas mag mich nicht besonders«, fuhr Tilda fort.

»Wie kommst du darauf?«

»Ist einfach so ein Gefühl.«

»Also ich finde den Künftigen deiner Freundin klasse. Ehrlich und lustig. Er scheint das Herz am rechten Fleck zu haben. Und Isalie …?«

»Ja?«, fragte Tilda und spürte, wie sie mit einem Mal wieder hellwach war.

»Ich hab mich ja noch nicht so intensiv mit ihr ausgetauscht wie mit Silas. Deshalb kann ich sie schwer einschätzen. Aber wenn du mich nach meinem ersten Eindruck fragst, ich finde sie nett. Und sie freut sich offensichtlich sehr, dass du hier bist.«

»Kann sein«, gab Tilda zurück und musste automatisch an ihr Gespräch denken, dass sie geführt hatten, bevor Silas und er ebenfalls an den Tisch gekommen waren. »Ich glaube, sie trägt mir nach, dass ich nicht für sie da war, als ihre Mutter starb.«

»Wie kommst du darauf? Hat sie das gesagt?«

Tilda verneinte stumm.

»Was geht dir im Kopf herum?«

»Sie hat kein Wort gesagt, aber ich kenne sie … Kannte sie. Und ich weiß, wie Isa früher reagiert hat, wenn ihr etwas nicht in den Kram passte. Ich spüre es einfach, okay? Ich habe das Gefühl, dass sie mir nicht ganz so wohlgesonnen ist, wie sie vorgibt.«

Oliver musterte sie aus schmalen Augenschlitzen, schüttelte dann den Kopf. »Das bildest du dir ein. Du bist erschöpft und müde, dazu kommt, dass ihr euch über fünfzehn Jahre nicht gesehen habt. Selbstverständlich hat sich da zwischen euch eine gewisse Distanz aufgebaut, was vollkommen normal ist. Aber das wird sich geben. Immerhin verbringt ihr die nächsten Tage rund um die Uhr zusammen. Du wirst sehen, wenn wir wieder abreisen, ist es zwischen euch genau wie früher.«

Als sie wenig später aus der Dusche trat, sah sie sich in aller Ruhe in dem kleinen Häuschen um. Die Küche war mit allem ausgestattet, was man für den täglichen Bedarf benötigte. Sie inspizierte den Kühlschrankinhalt, riss erstaunt die Augen auf, als sie sah, dass er neben einigen Flaschen Champagner frische Smoothies, Mineralwasser, Leckereien von *Gosch,* ein Sortiment erlesener Käsesorten und geräucherten Schinken enthielt.

Wenn das für Isalie ein paar Snacks waren, konnte sie sich ausmalen, wie üppig die zu erwartende Hochzeitstafel ausgerichtet sein würde. Nachdenklich nahm sie sich eine Flasche Mineralwasser und las kopfschüttelnd das Etikett. Es versprach einen Inhalt aus aufgetautem Gletschereis der Eiszeit mit dem reinsten Wasser der Welt.

Sie nahm die Flasche, die ein kleines Vermögen gekostet haben musste, mit ins angrenzende Schlafzimmer, um sich endlich unter die Decke zu kuscheln und einfach nur zu schlafen.

Ihr Handy plingte und meldete den Eingang einer

WhatsApp-Nachricht. Sie ging zur Ablage, nahm es, registrierte, dass sie die Absendernummer nicht kannte. Neugierig tippte sie trotzdem darauf und runzelte die Stirn, als sie die Zeilen las.

Was zum Teufel sollte das bedeuten?

Sie las erneut, verstand nur Bahnhof.

Ein Irrläufer?

Unwillig wollte sie das Gerät beiseitelegen und ins Bett gehen. Aber dann öffnete sie die Nachricht ein weiteres Mal, las sie erneut.

Betreibt man seine dunklen Geschäfte so gründlich,
dass man mit seinem eigenen Schatten verschmilzt,
sollte man das Licht der Öffentlichkeit möglichst meiden.

Christa Schybol

Die feinen Härchen in ihrem Nacken richteten sich auf. War das eine Drohung?

SIEBEN
AUGSBURG

JUNI 2022

»Hast du was gefunden, Andrea?«, fragte Paul.

Die junge Frau hob den Blick, schüttelte bedauernd den Kopf. »Ich bin zehn Jahre zurückgegangen und hab meine Suche auf Augsburg und Umgebung begrenzt. Da wir noch nicht zu hundert Prozent wissen, ob es sich bei dem toten Kind um einen Jungen oder ein Mädchen handelt, hab ich nach beiden Geschlechtern gesucht. Trotzdem – nichts! Alle Kinder, die innerhalb der letzten zehn Jahre verschwunden sind, tauchten kurz darauf wohlbehalten wieder auf oder passen vom Alter her nicht.«

»Augsburg und Umgebung, sagtest du. Wie weit bist du da gegangen?«

»Ich habe die Suche auf Donauwörth, Neuburg an der Donau und die Gegend im Donau-Ries-Kreis ausgeweitet und überlege, ob ich den Suchradius vergrößere. Was meinst du? Ich könnte München, Regensburg und vielleicht auch noch Ingolstadt dazunehmen.«

Paul überlegte, nickte schließlich. »Okay, sobald es einen Treffer gibt, sag Bescheid.«

Sie nickte, sah ihn zögernd an. »Da ist noch was.«

»Was?«

»Na ja, was ist, wenn derjenige, der das Kind begraben hat, nicht aus Bayern stammt? Wenn der Täter oder die Täterin es zum Beispiel an einem entfernteren Ort entführte und hierher brachte, um seine Spuren zu verwischen?«

»Schon klar, aber wenn du gleich im gesamten Bundesgebiet suchst, wirst du von Ergebnissen erschlagen. Deswegen arbeiten wir uns Stück für Stück vor. Außerdem wissen wir bisher nicht mal, ob das Kind eines gewaltsamen Todes starb oder ob es nur illegal begraben wurde.«

»Wann bekommen wir vom Gerichtsmediziner den endgültigen Bericht?«

»Wenn wir Glück haben, in ein paar Tagen, wenn wir Pech haben, dauert es noch länger. Es kommt auf die Beschaffenheit des Materials an, und im Moment gehen wir davon aus, dass die Knochen eine lange Zeit im Boden vergraben waren.«

»Zehn Jahre mindestens, laut Gerichtsmediziner, vielleicht auch länger«, bestätigte Andrea. »Was hältst du davon, wenn ich schrittweise gleich fünfzehn oder zwanzig Jahre zurückgehe? Vielleicht sparen wir uns so die Suche in den anderen Städten.«

Paul zuckte bei Andreas Worten zurück. *Fünfzehn bis zwanzig Jahre?* Was beunruhigte ihn so, dass er das Gefühl hatte, ihm entglitte etwas?

»Mach es, wie wir es eben besprochen haben«, wies er sie schroff zurecht. »Zuerst erweitern wir den Radius, danach den Zeitraum.«

Der Unterkiefer seiner Kollegin klappte herunter und für den Bruchteil einer Sekunde meinte er, den Anflug von Zorn in ihrem Gesicht erkennen zu können.

»Hab ich mich klar ausgedrückt?«, fragte er, wissend,

dass er es damit noch schlimmer machte. Es war ihm egal.

»Klar«, gab Andrea zurück. »Du bist der Boss.«

»Sag mal, hast du sie noch alle?«, fragte Marlon, als er kurz nach der Mittagspause zu ihm ins Büro kam. »Andy sitzt in ihrem Kabuff und kocht vor Wut. Was hast du zu ihr gesagt?«

Paul seufzte. »Nicht viel. Ich fürchte, ich hab mich nur etwas im Ton vergriffen.«

»Erklärst du vielleicht, warum?«

Paul überlegte, schüttelte dann den Kopf. »Das kann ich nicht.«

Marlon sah ihn verständnislos an. »Ihr habt doch beide den Schuss nicht gehört. Andrea ist stinksauer, weigert sich aber, zu sagen, was los war. Und du … du kehrst den Rüpel raus, bist also für ihre Verstimmung verantwortlich und gibst dann den geheimnisvoll Schweigenden. Gehts noch? Was sind wir für ein Team, wenn wir nicht miteinander, sondern gegeneinander arbeiten? Ganz ehrlich, so langsam bin ich froh darüber, dass ich von der ganzen Scheiße bald nicht mehr viel mitbekomme.«

Paul grinste. »Ach komm schon, gibt's zu, in Wahrheit vermisst du mich jetzt schon.«

Marlon ging nicht auf seinen Versuch ein, alles zu verharmlosen. »Ich mein es ehrlich, Alter, red endlich! Was läuft da zwischen euch beiden? Was genau ist dein Problem?«

»Im Grunde war es nur eine Meinungsverschiedenheit«, erklärte Paul. »Andrea geht die Datenbanken durch und gleicht die Vermisstenfälle auf Gemeinsamkeiten mit unserem Skelettfund ab. Sie meinte, es wäre gut, den Suchradius auszuweiten. Und ich war einverstanden. Doch dann schlug sie vor, zusätzlich den Zeitraum nach hinten anzupassen, und ich hab ein Veto eingelegt. Ich kann keine fünf Leute für die Recherche abstellen und ich vermute, dass schon viel Arbeit auf sie zukommt, allein dadurch, dass sie den Raum München jetzt mit dazunimmt. Wenn wir zusätzlich noch weitere fünf bis zehn Jahre zurückgehen, dann wird das ganze unüberschaubar. Deswegen hab ich gesagt, sie soll einen Schritt nach dem anderen machen.«

Marlon runzelte die Stirn. »Und warum ist sie dann stinkig?«

Paul verzog das Gesicht.

»Sag nur, du hast ihr deine Anweisung auf die typische Paul-Art mitgeteilt? Mit dem Holzhammer!«

Paul grinste betreten.

»Komm, ich kenn dich. Da ist doch noch mehr. Was ist es? Ich hätte dir wahrscheinlich auch vorgeschlagen, in der Zeit zurückzugehen. Es ist nicht abwegig, dass das arme Kind länger als zehn Jahre da unten lag. Wieso also nicht gleich richtig suchen? Und wenn sich Andrea freiwillig für diesen Scheißjob meldet und sich von früh bis spät hinter den Computer klemmt, was hast du dagegen?«

Paul senkte den Blick.

Was sollte er seinem Kollegen antworten?

»Ist es wegen …«

Paul warf Marlon einen drohenden Blick zu.

Marlon ließ sich davon nicht beeindrucken. »Jetzt verstehe ich.« Er musterte Paul nachdenklich. »Du denkst, es könnte ...«

»Sag es nicht«, unterbrach Paul ihn leise.

»Warum nicht?«, konterte Marlon.

»Tilda ist davon überzeugt, dass ihr Bruder noch lebt.

Sie tröstet sich mit der Vorstellung, dass er bei einer anderen Familie lebt. Bei einer Familie, die ihn liebt und behütet, als wäre er ihr eigenes Kind.«

»Und das macht es erträglicher für sie?«, fragte Marlon schockiert.

Paul nickte.

»Und du willst ihr diese Hoffnung unter keinen Umständen nehmen?«

»Du hast es erfasst. Zumindest nicht, solange es sich vermeiden lässt.«

Marlon schüttelte den Kopf, setzte sich ihm gegenüber. »Du weißt, wie bescheuert das ist?«

»Vielleicht. Vielleicht auch nicht. Tilda liebte den Kleinen von ganzem Herzen. Und tut es noch. Wenn ich mir vorstelle, ihr sagen zu müssen, dass ihre Hoffnung all die Jahre umsonst gewesen ist …« Er brach ab, schaffte es nicht, den Satz zu Ende zu denken, geschweige denn, ihn auszusprechen.

»Darf ich dir eine persönliche Frage stellen?«

Paul hob die Schultern.

»Hattet ihr etwas miteinander?«

»Ist das wichtig?«

»Mich interessiert nur, wieso du auf alles, was sie betrifft, so gereizt reagierst.«

»Ich mag sie, okay? Und ja, für ganz kurze Zeit war es zwischen uns so, als bestünde die Möglichkeit, dass …« Er hielt inne, machte eine wegwerfende Handbewegung. »Wir sind beide Profis, haben uns nie darauf eingelassen. Und dann ist diese Sache mit dem Wichser passiert, der seine Familie abgeschlachtet hat. Eins führte zum anderen, und den Rest kennst du ja.«

Marlon seufzte. »Trotzdem finde ich, ist Gewissheit immer noch besser, als sich falsche Hoffnungen zu machen. Zumal es ja nicht nur sie selbst betrifft. Da ist auch noch ihre Familie. Denkst du nicht, dass die Mutter zum Beispiel wissen wollen würde, falls ihr Kind seit Jahren tot ist?«

Paul dachte darüber nach, spürte, wie es in seinen Eingeweiden rumorte. Schließlich stand er auf.

»Wo willst du hin?«, fragte Marlon.

»Ich bin vielleicht ein Idiot. Aber ein Arschloch bin ich nicht. Ich geh zu Andrea, um mich zu entschuldigen. Und was das andere Thema angeht … lass mich einen Augenblick darüber nachdenken.«

ACHT
SYLT

JUNI 2022

»Schatz …«, drängte sich eine sanfte Stimme in ihr Bewusstsein. Sie blinzelte verwirrt, blickte in Olivers Gesicht über sich.

»Warum bist du schon auf den Beinen?«, nuschelte sie verschlafen und rieb sich die Augen. »Du bist gestern später zu Bett als ich und schon topfit. Das ist krank, total krank.«

»Eher gesund und ziemlich erfrischend.«

Erst jetzt bemerkte sie, dass Oliver seine Badehose anhatte, sein Körper von Wasserperlen bedeckt war. Sie roch sogar das Salz auf seiner Haut. »Warst du etwa schon im Meer schwimmen?«

Er nickte grinsend.

»Du schaffst mich«, rief sie, zog sich die Decke über den Kopf, lachte.

Sie spürte das Gewicht seines Körpers auf sich, wie er an der Decke zerrte, sie entfernte, bevor er sie küsste.

»Los, aufstehen. Die anderen sitzen schon im Garten und frühstücken. Ich hab Hunger.«

Gähnend kuschelte sie sich an ihn. »Können wir nicht noch ein bisschen liegen bleiben und hier was essen? Um diese Zeit hab ich echt noch keine Lust auf so viele fremde Leute.«

Oliver lachte. »Fremde Leute? So ein Quatsch. Los, raus aus den Federn, ich hab schon angekündigt, dass ich dich aus dem Bett schmeiße und wir uns sofort auf den Weg machen.«

Sie verzog das Gesicht, schüttelte den Kopf wie ein trotziges Kleinkind.

Er richtete sich neben ihr auf, sah sie fragend an. »Warum bist du eigentlich noch so müde? Hängt dir die Fahrt noch in den Knochen?«

»Du bist ja gefahren«, gab sie mit einem Seufzer zurück und griff nach der Decke, um sich wieder einzumummeln. »Es ist nur ... ich hab kaum geschlafen, lag ewig wach und hab gegrübelt.«

»Weswegen?«

Kurz erwog sie, ihm die Nachricht, die sie so aufgewühlt hatte, zu verschweigen. Aber was war ihre Beziehung wert, wenn sie nicht ehrlich zu ihm war? »Ich muss dir was zeigen«, sagte sie schließlich. »Es ist auf meinem Smartphone.«

»Ja, okay.« Er blickte sich suchend um.

»Es liegt in der Küche zum Laden.«

»Soll ich es dir holen?«

»Das wär lieb.«

Er nickte, stand auf. »Bin gleich wieder da.«

Sekunden später war er zurück und reichte ihr das Gerät, setzte sich neben sie aufs Bett.

Sie öffnete WhatsApp, suchte die Nachricht, stutzte. »Das gibt´s doch nicht.«

»Was?«

Sie schüttelte den Kopf, schloss WhatsApp, öffnete die App erneut, doch die Nachricht blieb verschwunden. »Sie ist weg«, stieß sie aus.

»Von was redest du, verdammt?« Oliver sah sie

verwirrt an.

»Von dieser seltsamen Nachricht. Ich hab sie gestern spät abends bekommen, als ich ins Bett wollte. Und jetzt? Sie ist verschwunden.«

»Eine Nachricht?« Oliver starrte sie verständnislos an. »Was stand denn drin?«

Tilda hob die Schultern. »Es war ein Spruch, ein Zitat, um genau zu sein. Sinngemäß bedeutete es so viel wie, dass jemand, der Dreck am Stecken hat, besser das Rampenlicht vermeiden sollte.«

Oliver schüttelte den Kopf. »Und von wem kam diese Nachricht?«

»Keine Ahnung«, gab Tilda zurück. »Ich kannte die Nummer des Absenders nicht.«

»Hast du zurückgeschrieben?«

»Nein.«

»Und mal versucht, die Nummer anzurufen?«

»Natürlich nicht.«

»Okay? Und jetzt ist diese ominöse Nachricht verschwunden?«

Tilda nickte langsam. »Ganz genau. Und ich weiß genau, dass ich sie nicht gelöscht habe.«

»Aber wie kann sie dann verschwunden sein? Ich hab dir dein Handy nur aus der Küche geholt, ich würde es niemals auch nur öffnen.«

»Das weiß ich doch«, gab Tilda hastig zurück. »Aber ich war es eben auch nicht und das macht mir Angst.«

»Vielleicht war diese Nachricht gar nicht für dich bestimmt. Und der Absender hat sie deswegen gelöscht.«

»Das geht nicht so einfach bei WhatsApp. Du kannst Gesprächsverläufe nur auf dem eigenen Gerät löschen. Ich hab diese Nachricht aber nur gelesen und nicht gelöscht. Also müsste sie noch da sein, auch wenn der Absender sie bei sich gelöscht hat.«

»Bist du vielleicht versehentlich auf Löschen gekommen? Überleg doch mal, es war spät gestern, du warst müde und erschöpft, hattest eine Menge Champagner intus. Vielleicht erinnerst du dich nur nicht mehr daran, dass du sie gelöscht hast. So was ist mir auch schon passiert.«

Tilda runzelte die Stirn, dachte über seine Worte nach. Schließlich sah sie zu ihm auf. »Du hast recht«, stieß sie betreten aus. »Möglich, dass ich es selbst war und mich nur nicht daran erinnere.«

Oliver lächelte sie liebevoll an. »Dann vergiss einfach den dummen Spruch. Und jetzt los. Zieh dir was über. Ich glaube, ich hab Kuchen auf dem Frühstückstisch stehen sehen, und ich bin ganz schön hungrig nach meinem frühen Bad im Meer.«

Das Frühstück mit Isalie und Silas war ein ebenso gemütlicher wie harmonischer Start in den Tag gewesen. Nicole, Anna und deren kleine Tochter hatten im Hotel gefrühstückt, sodass sie nur zu viert gewesen waren.

Es war ein wundervoll sonniger Tag. Silas überredete Oliver zu einem weiteren Bad in der eisigen Nordsee, während Isalie und sie nach Westerland aufbrachen, wo die Anprobe des Brautkleids anstand.

Tilda war es immer noch unangenehm, dass ihre Freundin sie unbedingt dabeihaben wollte, und sie fragte sich, ob Isalie keine Freundin auf der Insel hatte, die sie gerne begleitet hätte.

Unterwegs warf sie ihrer Freundin einen Blick zu. Sollte sie einfach fragen?

»Ich wollte dich dabeihaben«, sagte Isalie grinsend, als könnte sie in ihrem Gesicht lesen.

Verdutzt starrte Tilda sie an.

»Ich hab lange überlegt, um ehrlich zu sein«, gestand sie. »Zuerst hab ich Nicole mitnehmen wollen, weil sie ja bald zu meiner Familie gehört. Dann hab ich an Frauke gedacht. Ich kenne sie seit einigen Jahren, sie ist meine einzige richtige Freundin auf Sylt inmitten unzähliger flüchtiger Bekannter. Doch je länger ich darüber nachdachte, wen ich heute an meiner Seite haben will, desto klarer war, dass du es sein solltest. Du kennst mich wirklich gut. Immerhin haben wir schon als Kleinkinder zusammen im Sand gebuddelt. Wir sind gemeinsam erwachsen geworden, kannten uns in- und auswendig. Das kann ich von sonst niemandem behaupten, außer von dir und von meinem Vater. Selbst Silas trat erst viel später in mein Leben. Und deshalb bist du meine erste Wahl, und es ist schön, dich dabeizuhaben.«

Tilda erwiderte Isalies Blick, forschte in ihrem Gesicht nach einem Anzeichen für einen stummen Vorwurf, doch da war nichts. Isalie sah sie an, lächelte.

Plötzlich schämte sie sich dafür, Isalie über all die Jahre aus ihren Gedanken verbannt zu haben. Hin und wieder hatte sie zwar an sie gedacht, doch sie hatte nie den Wunsch verspürt, sie zu kontaktieren. Auf die Idee, sie zu einem Familienfest einzuladen, wäre sie in hundert Jahren nicht gekommen.

Isalie schien das zu wissen.

Ob sie auch ahnte, wie unangenehm es ihr war, die erkorene Begleitung für diese Brautkleid-Anprobe zu sein? Ginge es nach ihr, säße jetzt diese Frauke an ihrer Stelle neben Isalie.

»Es ist okay«, kam es von ihrer Freundin, die wieder zu wissen schien, was sie dachte.

Sie sah Isalie an. »Bist du sicher?«

Nicken.

Isalie bremste abrupt.

Tilda sah nach draußen. Der Wagen stand vor dem

Schaufenster eines Ladens, in dessen Auslage mehrere Puppen in prächtigen Brautkleidern standen.

Sie öffnete den Sicherheitsgurt, stieg aus, atmete tief durch. Dann bemerkte sie Isalies Zögern, die gleichfalls ausgestiegen und neben sie getreten war.

»Alles klar?«, wollte sie wissen.

Isalie sah sie an, wirkte plötzlich verunsichert.

»Was hast du?«, fragte Tilda.

»Jetzt hier zu sein, mit dir, meiner ältesten Freundin, das macht es erst so richtig real. Ich weiß nicht, wie ich es erklären soll, aber irgendwie ...«

Tilda lächelte, nahm die Freundin einem Impuls folgend in die Arme. Dann schob sie sie auf Armeslänge von sich weg, sah sie prüfend an. »Hast du etwa kalte Füße?«

Isalie kicherte nervös. »Vielleicht«, gab sie mit piepsiger Stimme zurück.

Tilda lachte. »Ich glaube, das ist völlig normal«, erklärte sie, obwohl sie keine Ahnung hatte, was in einer solchen Situation normal war und was nicht. Sie legte die Stirn in Falten, sah Isalie mit gespielter Strenge an. »Du willst ihn doch heiraten, oder? Ich meine, Silas hat dich nicht gezwungen oder so?«

Isalie schüttelte den Kopf, sah Tilda schmunzelnd an. »Um genau zu sein, war ich es, die ihm den Antrag gemacht hat.«

Tilda starrte die Freundin an. »Im Ernst? Du warst es? Warum das denn?«

Isalie verzog das Gesicht. »Was denkst du wohl?«

»Oh mein Gott.« Tilda prustete los. »Komm, erzähl es mir! Oder nein, lass mich raten. Du warst ungeduldig? Hast es nicht erwarten können … So wie damals, als du den Kleinen … wie hieß er noch?«

»Peter ...«

»Richtig, Peter. Der arme Kerl war so erschrocken,

dass er auf dem Weg zurück nach Hause ein paar Mal auf die Nase gefallen ist. Wie alt warst du damals?«

Isalie starrte nachdenklich gen Himmel. Dann wandte sie sich zu ihr um, kicherte. »Ich war acht und Peter fast neun. Er sah aber auch echt zum Knuddeln aus.«

»Damals fandest du, dass jeder zweite Junge zum Knuddeln war.«

»Stimmt. Du bist von uns beiden immer die Wählerische gewesen.«

»Ich weiß«, gab Tilda zurück. »Deswegen stehst heute auch du hier vor diesem Laden und musst dein Brautkleid probieren.«

»Hat Oliver noch keine Anstalten gemacht, dich zu fragen?«

Tilda zuckte zurück. »Beschrei es nicht!«, stieß sie in gespielter Panik aus.

»Er ist nett«, warf Isalie ein, ohne auf ihr Schauspiel einzugehen. »Ich finde, ihr passt gut zueinander. Er ist ein toller Kerl, lustig, intelligent, blendend aussehend. Dir könnte Schlimmeres passieren als ein Antrag von ihm.«

Tilda sah Isalie an, nickte. »Stimmt. Aber ich bin einfach nicht der Typ für so was, verstehst du? Heiraten, Kinder – nein, das ist nichts für mich.«

»Liegt es an deiner Mutter?«

»Wir haben erst kürzlich darüber gesprochen. In Mutters Ehen war sie der Grund dafür, dass alle Männer weggelaufen sind.«

»Was ist es dann?«

Tilda seufzte, wollte schon etwas sagen, als sie hinter der Scheibe das ungeduldige Gesicht der Verkäuferin sah. Sie machte eine auffordernde Kopfbewegung in Richtung Ladeninneres. »Ich glaube, wir werden schon erwartet.«

Jetzt, als Tilda nichts tun konnte, als darauf zu warten, dass Isalie ihr endlich das Brautkleid vorführte, grübelte sie erneut über die WhatsApp-Nachricht. Auch wenn sie Oliver gegenüber vorgegeben hatte, dass sie versehentlich die Nachricht gelöscht haben könne, zweifelte sie daran. So betrunken war sie nicht gewesen und nach der Dusche am gestrigen Abend hatte sie sich auch wieder ganz gut gefühlt, bis auf das nagende Gefühl, das dieses seltsame Zitat in ihr hinterlassen hatte.

Sie erinnerte sich noch genau daran, wie sie über den Sinn des Spruches gegrübelt hatte. War es das, was der Absender hatte erreichen wollen? Dass sie in sich ging, sich besann, sich erschreckte?

Das hatte er erreicht.

Der Absender hatte seine Worte sehr bedacht gewählt. Wollte er ihr womöglich drohen?

Ihr signalisieren, dass er in der Nähe war?

Sie beobachtete?

Ihr Herzschlag beschleunigte sich, als sie sich suchend umsah. War er jetzt irgendwo in unmittelbarer Nähe, beobachtete er, wie ihre Blicke umherhuschten, genoss er ihr Unbehagen, ihre Furcht?

Sie schreckte zusammen, als die Ladenglocke anschlug. Sie wandte den Blick, sah einen Mann in der Tür stehen, der ihr vage bekannt vorkam.

Graues Haar in tadellos kurz geschnittenem Stil ließ ihn beinahe jugendlich wirken. Er trug ein dunkles Jackett zur hellen Jeans, moderne Sportschuhe und sah sich suchend im Laden um. Als sein Blick ihrem begegnete, veränderte sich etwas in seinem Gesicht. Betroffen starrte er sie an, stand stocksteif einfach nur da, wirkte plötzlich hilflos wie ein kleiner Junge.

Etwas regte sich hinter Isalies Vorhang. Dann ertönte ein helles Lachen, das in ein Glucksen überging.

»Daddy«, rief Isalie und watschelte in Unterrock und

Bustier barfuß durch den Laden und auf den Mann zu. Sie ließ sich in seine Arme sinken, lehnte den Kopf gegen seine Brust.

Erstaunt bemerkte Tilda, wie sich die erwachsene Isalie wie ein kleines Mädchen in die Arme des Vaters schmiegte. Selig lächelnd löste sie sich nach einem Augenblick aus dessen Armen und winkte Tilda zu sich heran.

Alles in Tilda sträubte sich dagegen, doch ihre Freundin ließ nicht locker. »Nun komm schon«, rief sie, drehte sich zu ihrem Vater. »Weißt du, wer das ist?«

Ihre Stimme klang immer noch piepsig, schien das kleine Mädchen, das sie einst gewesen war, nachzuahmen.

Tilda überkam ein Gefühl von Unwirklichkeit. Mehr als zuvor glaubte sie, am falschen Ort zu sein, mit den falschen Leuten. Das Gefühl verstärkte sich, als die Augen des Mannes etwas zu lange stumm auf ihrem Gesicht verweilten. Dann lächelte er, ohne den Blick von ihr zu lösen. Alles in seinem Gesicht war widersprüchlich. Von den lächelnden Lippen bis zu dem unsicheren, ernsten Blick.

»Tilda, richtig?«, fragte er.

Isalie hüpfte auf dem Fleck, klatschte in die Hände. »Genau, Daddy, ich hab sie gefunden und zu meiner Hochzeit eingeladen, als Trauzeugin. Weil Tilda und ich früher doch so unzertrennlich waren. Du erinnerst dich?«

Der Mann sah von Isalie zu ihr, musterte sie weiter. »Klar erinnere ich mich an Tilda«, sagte er und sein zögerndes Lächeln vertiefte sich. »Tilda und dich gab es damals ja nur im Doppelpack.«

Mit einem Seufzen löste er sich von Isalie, kam auf sie zu, umarmte sie. »Freut mich, meine Kleine. Ist lange her, nicht wahr?«

Tilda spürte, wie sie rot wurde, nickte aber. »Ziemlich

lange, ja. Übrigens mein herzliches Beileid wegen Ihrer Frau. Isa hat es mir gesagt … Ich wusste es nicht.«

»Schon gut«, gab er freundlich zurück. »Das ist lange her.«

Prüfend schweifte sein Blick zwischen seiner Tochter und ihr hin und her. »Wenn ich euch beide so ansehe, dann wird mir erst richtig bewusst, wie viel Zeit vergangen ist.« Wieder ein Seufzen, das in ein wehmütiges Lachen überging. »Ich glaube, ich werde alt … Meine Tochter und meine damalige Pflegetochter in einem Raum, und beide sind zu wunderschönen Frauen herangereift. Eine davon heiratet morgen, einfach unfassbar.«

Isalie sah augenzwinkernd zu Tilda. »Ich brauch noch eine Weile für mein Kleid. Unterhaltet euch doch so lange über früher, ja.« Sie seufzte übertrieben melancholisch, drehte sich um, ging zusammen mit der Laden-Inhaberin, die sich diskret zurückgehalten hatte, in die Kabine zurück.

Tilda sah zu Isalies Vater. Er schien nicht so recht zu wissen, wohin mit sich.

Sie klopfte auf einen der freien Sitze neben sich. »Setzen Sie sich doch, ich glaube, das dauert noch.« Sie beobachtete, wie Isalies Vater widerstrebend näher kam, sich unbeholfen neben sie setzte, die Luft ausstieß.

Ihre Blicke trafen sich. Prompt wurde es ihr eng um die Brust.

Thomas Wagner hatte recht gehabt, als er sie seine damalige Pflegetochter genannt hatte. Er war immer liebevoll und herzlich zu ihr gewesen, hatte sie wie sein eigenes Kind behandelt. Dann war seine Frau an Krebs erkrankt und alles hatte sich geändert. Es hatte wehgetan, wieder einen Vater zu verlieren. Doch Tilda war damals alt genug gewesen, um zu verstehen, dass es für ihn nun

Wichtigeres gab, als die Bedürfnisse eines Mädchens zu stillen, das ihn im Grunde nichts anging.

Sie lächelte ihn an. »Ihre Kleine … also Isalies Halbschwester, sie ist zuckersüß. Ich hab sie gestern Abend kennengelernt.«

Wagner nickte. »Das ist sie, ja. Meine beiden Kinder sind mein Ein und Alles.«

Die Worte des Mannes berührten sie tief im Innern, doch seltsamerweise hörte sie außer der tiefen Liebe darin auch noch etwas anderes.

Etwas, das sie erschreckte. Sie konnte nicht genau greifen, was es war, doch plötzlich hatte sie das drängende Gefühl, diesem Mann gegenüber sehr, sehr vorsichtig sein zu müssen. Sie wich vor ihm zurück …

NEUN
AUGSBURG

JUNI 2022

Paul klopfte an Andreas Bürotür, streckte auf ihre leise Antwort hin seinen Kopf zur Tür rein. »Können wir kurz reden?«

»Ja sicher, komm rein«, forderte sie ihn mit gleichmütiger Miene auf. Lediglich ihre zu Schlitzen verengten Augen zeigten ihm, wie wütend sie noch auf ihn war.

»Sorry«, brachte er nach einem Augenblick des Zögerns heraus und holte tief Luft. »Tut mir leid, Andrea. Ich hätte dich niemals so anfahren dürfen, das war unprofessionell.«

Sie sah ihn nachdenklich an, nickte nach einer Weile. »Okay, vergessen wir es. Ist sonst noch was?«

Er räusperte sich, setzte sich auf den freien Stuhl ihr gegenüber. »Ja, ich schulde dir wohl eine Erklärung.«

Wieder nickte sie und schenkte ihm ungefragt eine Tasse Kaffee aus ihrer Thermoskanne ein. »Okay?«

Er nahm einen Schluck, setzte die Tasse vorsichtig ab, räusperte sich. »Kurz nachdem ich hier angefangen habe, wurde meine frühere Vorgesetzte, Clara – sie ist inzwischen in Pension –, zu einem Tatort gerufen. Ich war zu dem Zeitpunkt bereits zu Hause. Clara rief mich von unterwegs an, bat mich, gleichfalls dorthin zu kommen. Mein Anfahrtsweg war kürzer als ihrer und so war ich vor Clara dort. Ein älteres Ehepaar hatte ein junges Mädchen gefunden. Es lag in einem Gebüsch am Straßenrand und zunächst dachte ich, es sei tot. Ich trat näher, streckte meine Hand aus, berührte das Mädchen und genau in diesem Augenblick bewegte es sich. Das Mädchen zuckte, rappelte sich auf, drehte sich zu mir, fing an zu schreien. Es dauerte eine ganze Weile, bis es sich beruhigte, aber hey, immerhin war es nicht tot.

Ich hab versucht, herauszufinden, was geschehen war, doch das Mädchen sagte keinen Ton zu mir. Also wartete ich, bis der Notarzt kam und die Spurensicherung da war.

Meine Kollegin hat das Mädchen auch noch mal befragt. Es stellte sich heraus, dass es überfallen worden war. Die Täter hatten ihren dreijährigen Bruder entführt. Weder ihre eigenen Verletzungen noch der Überfall selbst hat sie so erschüttert wie das Verschwinden des Kleinen. Dass er verschwunden war, während sie die Verantwortung für ihn hatte, konnte sie sich selbst nicht verzeihen.«

»Es war doch nicht ihre Schuld«, gab Andrea heftig zurück. »Was hätte sie denn schon tun können?«

»Das haben wir ihr auch gesagt. Meine Kollegin Clara, die Polizeipsychologen, ich, wir alle. Trotzdem blieb sie dabei, dass sie an dem, was passiert war, nicht unschuldig war.«

»Wurde der Kleine denn gefunden?«

»Leider nicht, nein.«

»Moment mal ... hängt das damit zusammen, dass du mich so angefahren hast? Glaubst du, dass diese Knochen des Kleinkindes im Wald die des Jungen von damals sein könnten? Wie lange genau liegt dieser Fall zurück?«

Paul rieb sich übers Gesicht. »Fünfzehn Jahre.«

»Dann wäre es doch möglich, oder?«

Er nickte schwer. »Definitiv.«

»Aber wenn es so ist, sollte sie Bescheid wissen.«

Paul seufzte. »Darum gehts«, begann er zögernd. »Dieses junge Mädchen von damals hofft bis heute, dass es ihrem Bruder gut geht, wo er auch sein mag. In ihrer Vorstellung ist er zu einem kräftigen jungen Mann herangewachsen, der kurz davor steht, sein Abitur zu machen, ein junger Mann, der davon träumt, Medizin zu studieren, sein Leben zu leben. Sie malt sich seine Zukunft in den allerschönsten Farben aus, fast, als wäre sie seine Mutter und nicht nur seine Schwester.«

Andrea war blass geworden, schüttelte den Kopf.

»Woher weißt du so viel über dieses Mädchen? Habt ihr noch immer Kontakt?«

Paul legte seinen Kopf in den Nacken, stöhnte leise. »Der Name des kleinen Jungen lautet Theo. Theo Staller, um genau zu sein.«

Er blickte unter sich, rang sichtlich mit seiner Fassung.

Andrea starrte ihn an. »Moment mal, Staller?«, murmelte sie. »Sagtest du Theo Staller?«

Er presste ein »Ja« heraus.

»Das ist der Nachname deiner früheren Kollegin Tilda, oder nicht?« Sie leckte sich nervös die Lippen, ohne ihn aus den Augen zu lassen.

Er nickte, erwiderte ernst ihren Blick.

»Du musst es ihr sagen«, stieß Andrea hervor. »Rede mit ihr, ehe sie es womöglich von jemand anderem erfährt.«

»Noch wissen wir nicht, ob wir die Knochen ihres kleinen Bruders geborgen haben«, warf Paul ein.

»Das mag sein, aber es ist durchaus möglich. Und deshalb musst du mit ihr sprechen. Du, und kein anderer.

Ihr habt zusammengearbeitet und du kennst sie bereits seit dem Tag, an dem ihr Bruder verschwand. Sollte sie erfahren, dass du ihr den Knochenfund über Tage hinweg verschwiegen hast ...« Sie stoppte. »Ganz ehrlich, Paul ...«

»Ich bitte dich darum.«

»Ich wäre stocksauer auf dich, wenn du mir das nicht gesagt hättest.«

Er fuhr sich durch Haare. »Wahrscheinlich hast du recht, ich darf es ihr nicht verschweigen.«

»Warte damit nicht länger«, mahnte sie ihn. »Dann hat sie zumindest Gewissheit. Und wenn wir die Knochen ihres kleinen Bruders geborgen haben, kann sie ihn begraben und damit vielleicht abschließen.«

»Du hast recht.«

»Aber sag mal, wie kam es dazu, dass Tilda selbst Polizistin wurde?«

»Ich schätze, dass ich es war, der den Ausschlag dazu gab.« Er grinste wehmütig. »Nachdem ihr Bruder verschwunden war, hatten wir berufsbedingt vor allem in den ersten Monaten viel miteinander zu tun. Tildas Mutter … sie ist … ich weiß nicht, wie ich es einigermaßen respektvoll ausdrücken kann. Ich glaube, seltsam trifft es ganz gut. Jedenfalls gab sie Tilda die Schuld am Verschwinden des Kindes.«

»Wie bitte? Gab es denn dafür einen Anhaltspunkt?«

»Nein, aber sie ließ sich nicht mal von meiner damaligen Chefin und Ermittlungsleiterin umstimmen. Sie glaubte Tilda nicht, dass der dreijährige Theo entführt worden sei. Immer wieder redete sich ein, Tilda hätte selbst etwas mit dem Verschwinden ihres kleinen Brüderchens zu tun. Als ihr klar wurde, dass sie die Einzige war, die an diese Verschwörungstheorie glaubte, kapselte sie sich ab.«

»Auch von Tilda, ihrer Tochter?«

»Ja, und fortan war es Tilda, die den Kontakt zu uns hielt. Ihr Glaube an die Unversehrtheit ihres Bruders war unerschütterlich. Und genau das war es, was mich an ihr so faszinierte. Sie wurde älter, inzwischen lag das Verschwinden des Kindes Jahre zurück, und sie rief trotzdem mindestens einmal im Monat bei mir an. Sie interessierte sich aber nicht nur für den Fall ihres Bruders, sondern auch für meine Arbeit, wollte alles möglich wissen, und ich … ich konnte einfach nicht anders, als mich darauf einzulassen.«

»Wie meinst du das, wenn du sagst *darauf einlassen*? Auf sie einlassen? Wart ihr ein Paar?«

»Nein.« Paul winkte ab. »Damit meine ich, dass ich mich emotional verbunden fühlte, dass ich mitfühlte, ja sogar mitfieberte. Es beeindruckte mich, dass Tilda nicht wie ihre Mutter zerbrochen war, sondern diese Tragödie dazu nutzte, zu wachsen, sich weiterzuentwickeln. Eines Tages kam Clara, meine Vorgesetzte, zu mir, legte mir eine Mappe vor die Nase, Tildas Bewerbung. Sie hatte still und heimlich eine Ausbildung bei der Polizei gemacht, war zu dem Zeitpunkt ihrer Bewerbung bei uns als Streifenpolizistin im Dienst, doch sie wollte mehr. Natürlich wollte sie das.«

»Das ist wirklich bewundernswert.«

»Das ist es. Dennoch diskutierten Clara und ich einige Tage darüber, ob sie ins Team passte, ob ihre Vorgeschichte nicht ein Hemmnis sei. Am Ende stand fest, dass wir sie nehmen würden. Clara hat diese Entscheidung nie bereut, genauso wenig wie ich. Tilda ist die geborene Polizistin, und das nicht nur wegen des Verschwindens ihres Bruders. Sie war eine der Besten in meinem Team, und als sie sich beurlauben ließ …« Paul brach ab.

»Sie fehlt dir, nicht wahr?«

Er nickte stumm.

»Und weil du sie so sehr schätzt, bringst du es nicht fertig, ihr das mit den Knochen zu sagen. Du willst ihr die Hoffnung nicht nehmen, willst sie im Glauben lassen, dass irgendwann doch noch alles wieder gut wird.« Andrea hielt inne, schwieg einen Augenblick. Dann sah ihn mitfühlend an. »Dennoch ist es nicht richtig, ihr etwas so Wichtiges zu verschweigen. Sie ist Polizistin, noch immer. Und das wird sie bleiben, auch wenn sie vielleicht nicht zurückkommt. Sie wird wissen wollen, was aus ihrem Bruder wurde, selbst wenn er längst tot ist. Nur dann kann sie anfangen, zu verarbeiten, abzuschließen, doch falsche Hoffnung … Das wird nie besser, begreifst du das?«

»Es wird sie zerbrechen«, warf er ein.

»Nein«, sagte Andrea bestimmt. »Es ist genau umgekehrt. Wenn du sie weiter im Glauben lässt, ihr Bruder könne noch leben, wird sie niemals loslassen können. Du musst es ihr sagen. Selbst wenn du ihr im ersten Augenblick damit den schlimmsten Schmerz bereitest, aber sie wird es überwinden.«

Paul schluckte gegen den Kloß in seinem Hals an, nickte ihr zu. »Such dir die Akte von Theo Staller raus und druck alles aus, was wir haben. Ich erinnere mich, dass wir damals eine DNA-Analyse erstellt haben. Tilda war es, die uns eine Haarprobe ihres Bruders brachte. Mail die Daten der damaligen Analyse ans Labor und bitte darum, dass man sie mit der Knochenprobe abgleicht. Sollte es sich bei den Überresten aus dem Wald um Theo handeln, dann wird der Fall neu aufgerollt.«

»In Ordnung. Was genau habt ihr damals unternommen, um das Kind zu finden?«

Paul schüttelte den Kopf. »Wie es aussieht, nicht genug.«

»Sag es mir, damit ich im Bilde bin.«

»Wir haben mit allen möglichen Leuten gesprochen, die Presse eingeschaltet, im Internet auf einschlägigen Seiten recherchiert. Da wir wussten, dass es sich bei den Entführern um einen Mann und eine Frau handelte, haben wir Ehepaare ins Visier genommen, die seit Jahren auf allen Adoptionslisten standen. Wir haben Straftäter mit pädophilen Neigungen in die Mangel genommen. Wir haben sogar versucht, Tilda mithilfe eines Hypnosetherapeuten dazu zu bringen, uns mögliche verborgene Erinnerungen mitzuteilen.«

»Hat es was gebracht?«

»Die Hypnose? Leider nicht. Es war schlicht unmöglich, Tilda in einen hypnotischen Zustand zu versetzen.«

Andrea ließ ihren Kopf kreisen, bis ein Wirbel knackste, dann sah sie ihn ernst an. »Ich konnte dich nicht ausstehen, weißt du? Um ehrlich zu sein, bist du mir sogar ziemlich auf die Nerven gegangen mit deiner grantigen Art und dem ständigen Genörgel und Herumgemotze.« Sie stieß die Luft aus, lachte verlegen. »Auch jetzt bin ich noch nicht unbedingt dein größter Fan, aber ich mag dich inzwischen etwas lieber als noch vor einer halben Stunde, und ich finde, das ist doch auch schon mal was ...«

»Deine Ehrlichkeit ist bewundernswert.« Paul grinste, dann wurde er schlagartig ernst, stand auf. »Dann werde ich Tilda mal eine Nachricht zukommen lassen, dass sie zu uns kommen soll.«

»Mach das. Und wer weiß, vielleicht bleibt ihre Hoffnung ja bestehen, falls die Analyse zeigt, dass die DNA der gefundenen Knochen nicht mit der ihres Bruders übereinstimmt. Aber du bist ihr dann ein guter Kollege und Freund gewesen, hast ihr nichts verschwiegen und dir nichts vorzuwerfen.«

»Was denkst du denn darüber?«, fragte er Andrea. »Irgendeine Vermutung? Eine Art Vorahnung?«

Andrea starrte ihn sekundenlang an, wich dann seinem Blick aus. »Ich denke nicht, ich vermute nicht, ich warte, bis wir Fakten vorliegen haben. Aber stell deine Frage anders ...«

»Wie?«

»Frag mich, was mein Gefühl mir sagt, meine innere Stimme, dann ...« Sie stoppte, sog die Luft ein. Schließlich schüttelte sie den Kopf. »Theo war drei, als er verschwand. Die Knochen aus dem Wald gehören zu einem etwa Dreijährigen. Und an deinem Gesichtsausdruck sehe ich, dass ich mir den Rest meiner Ausführung sparen kann. Deine Intuition sagt dir das Gleiche ...«

ZEHN
SYLT

JUNI 2022

Nachdem Isalie das Kleid anprobiert hatte, war Isalies Vater zu seiner Frau Anna und Tochter Milli ins Hotel aufgebrochen. Tilda war mit Isalie zum Bummeln nach Westerland gefahren.

Isalie schleppte sie auf der von Urlaubern völlig übervölkerten Promenade von einem Laden in den nächsten, bis auch Tilda, vom Shoppingfieber erfasst, ein paar sündhaft teure Schuhe für sich erstand. Sie passten hervorragend zu dem Kleid, das sie zur morgigen Hochzeit tragen würde. Und für Oliver kaufte sie eine Uhr, die seine beachtliche Sammlung ergänzte.

Isalie kicherte entzückt, als sie ihr erzählte, dass Oliver einen echten Uhrentick hatte. Er liebte es, jeden Tag eine andere am Handgelenk zu tragen. Und in seiner Wohnung gab es eine Vitrine, in der er seine gesammelten Schätze aufbewahrte, sie hegte und pflegte, ja, fast schon wie eine Glucke behütete.

Nachdem sie ihre Einkäufe im Wagen verstaut hatten, wollte Isalie noch zu einem Feinkostladen nach Kampen fahren, um ein paar Leckereien für einen Mittagssnack zu kaufen. Sie entschieden sich für frischen schottischen Räucherlachs, in verschiedensten Soßen eingelegte Garnelen und Oliven sowie ein fast wagenradgroßes Weißbrot nach französischer Art.

Bis unters Dach beladen, kamen sie in Rantum an und trafen dort auf Oliver und Silas, die schlafend in der Sonne im Garten lagen, jeder ein leeres Whiskeyglas neben sich.

Isalie brach bei dem Anblick in einen Lachkrampf aus.

Oliver, der tagsüber nie wirklich fest schlief, fuhr von seiner Liege hoch, stand auf, küsste Tilda auf die Nasenspitze und grinste. »Hattet ihr einen schönen Vormittag?«

»Den Besten überhaupt«, trällerte Isalie und blickte zu Silas, der sich inzwischen ebenfalls von seiner Liege hochhievte, dabei aber nicht halb so fit wirkte wie Oliver.

Seine Augen waren blutunterlaufen, sein Gang schwankend.

Falls Isalie auffiel, dass ihr Zukünftiger angetrunken war, ließ sie es sich nicht anmerken. Lächelnd nahm sie seinen unbeholfenen Kuss auf die Wange hin. Doch als er ihr das in Folie verpackte Brautkleid abnehmen wollte, wehrte sie ab. »Kümmer dich lieber um die Sachen im Kofferraum, da sind ein paar Einkaufstüten mit Klamotten und zwei Tüten mit Lebensmitteln drin.« Dann eilte sie davon, in Richtung Haus.

Sie war schon fast an der Treppe zur Terrasse, als sie sich wieder umdrehte. »In einer halben Stunde gibt es was zu essen.« Sie zwinkerte erst Tilda, dann Oliver spitzbübisch zu. »Und ich glaube, deine Liebste hat was für dich.«

Nachdem Isalie verschwunden war, machte sich Tilda mit Oliver im Schlepptau auf zum Gästehaus. Sie war durstig und wunderte sich selbst darüber, dass sie Lust auf ein Gläschen Champagner hatte. Auf das Getränk, das sie bis vor Kurzem nicht mal gemocht hatte.

Im Gästehaus angekommen, steuerte sie zielstrebig die Küche an, riss den Kühlschrank auf, entnahm eine der Champagner-Flaschen und öffnete sie.

Oliver beobachtete sie verblüfft. »Seit wann feierst du jetzt schon tagsüber? So kenn ich dich nicht.« Grinsend sah er zu, wie sie zwei Gläser aus dem Schrank nahm, sie füllte, ihm eins reichte. »Daran könnte ich mich gewöhnen«, flachste er und wartete, bis sie ihr Glas ebenfalls in der Hand hielt.

Sie stießen ihre Gläser aneinander, tranken.

»Isalie meinte, du hättest was für mich …«

Tilda lachte. »Stimmt, warte.« Sie stellte ihr Glas ab, nahm das kleine Geschenkpaket aus einer der Taschen, reichte es ihm. Während er es öffnete, trank sie einen weiteren Schluck, hoffte, dass sie mit der Uhr seinen Geschmack getroffen hatte. Sogar für Sylter Verhältnisse war sie teuer gewesen, wie Isalie angemerkt hatte. Doch schon im Laden hatte sie sich genau diese Uhr an Olivers Handgelenk vorgestellt und gewusst, dass sie zu ihm passte. Die von ihr ausgewählte Uhr war etwas Besonderes, genau wie Oliver.

Gespannt wartete sie, bis Oliver das kleine Päckchen geöffnet hatte. Sah, wie er nach dem Kissen griff, auf dem die Uhr befestigt war, und kurz zu ihr aufblickte, bevor er wieder auf die Uhr blickte.

»Gefällt sie dir?«

Oliver starrte das Schmuckstück einfach nur stumm an. Als er nach einer gefühlten Ewigkeit endlich den Blick hob, sah sie, dass er Tränen in den Augen hatte. Er stellte das Päckchen ab, eilte zu ihr, riss sie in seine Arme.

»Woher wusstest du das?«, murmelte er dicht an ihrem Ohr.

Sie löste sich von ihm, um ihn anzusehen. »Was meinst du?«

»Diese Uhr. Der Designer, der sie entworfen hat, stellt seine Objekte nur in einer sehr limitierten Auflage her. Vor Jahren, ich hatte gerade meinen ersten Thriller rausgebracht, sah ich genau dieses Uhrenmodell im Schaufenster eines kleinen Schmuckladens in Zürich. Ich war wegen einer Lesung dort. Diese Uhr … sie war so was von teuer, doch ich wollte sie unbedingt, konnte sie mir aber nicht leisten. Der Verkäufer meinte, ich könne sie auch online erwerben, sobald ich etwas flüssiger wäre. Doch als ich endlich meine Tantiemen ausbezahlt bekam, war sie bereits verkauft worden. Ich habe diese Uhr seither nicht wieder vergessen, egal, wo ich unterwegs war, habe ich nach ihr Ausschau gehalten. Bisher vergebens. Bis jetzt.« Er zog sie wieder zu sich, küsste sie.

»Dann magst du sie also?« Tilda schmunzelte. »Ich hatte schon Angst, du wirfst sie mir an den Kopf, falls ich deinen Geschmack falsch eingeschätzt habe.«

Er sah sie an. »Mögen? Ich liebe sie! Sie symbolisiert für mich auch so etwas wie den Beginn meiner Schriftstellerkarriere. Wie konntest du das wissen? Warum hast du genau diese Uhr ausgewählt?«

Tilda stieß die Luft aus. »Ich fand, dass sie genau zu dir passt. Gleich als ich sie sah, stellte ich mir vor, wie du sie an deinem Handgelenk trägst. Ich musste sie einfach für dich kaufen.«

Er lächelte, strich ihr sanft über die Wange, verharrte einen Augenblick in der Bewegung. In seinen Augen spiegelte sich seine Liebe, und zum ersten Mal spürte sie aus vollstem Herzen, dass sie genauso fühlte. All die Männer vor Oliver, all diese mal kurzen, mal längeren Affären … sie waren nichts gegen das, was sie beide verband. Sie drehte den Kopf, bis ihr Mund seine Handfläche berührte.

Dann sah sie ihn lächelnd an. »Blöd, dass wir gleich zum Essen rüber müssen, sonst fiele mir jetzt etwas Netteres mit dir ein.«

Er lachte auf, ließ die Hand sinken. »Sollen wir?«

Tilda schüttelte den Kopf, nahm sein noch halb volles Glas, drückte es ihm in die Hand. Dann nahm sie das ihre. Sie stießen erneut an, leerten ihre Gläser. Dann machten sie sich auf den Weg zu den anderen.

»Wer ist das?«, fragte Oliver, als sie um die Ecke bogen, und blickte zu dem Mann, der mit Anna und ihrer Tochter an einem reich gedeckten Tisch saß.

»Das ist Thomas, Isalies Vater«, erklärte sie und sah, wie ihm die Kinnlade herunterfiel. »Wie alt ist der, sag mal?«

Tilda grinste. »Er hat sich gut gehalten.«

»Gut gehalten?« Oliver starrte sie an. »Der sieht jünger aus als ich, verdammt!«

»Jetzt übertreibst du«, gab sie prustend zurück und legte dezent einen Finger auf die Lippen, bevor sie sich der Gruppe näherten.

Bei Tisch angekommen, stellte Tilda beide einander vor und sie setzten sich dazu. Kurz darauf kamen auch Isalie, Silas und Nicole dazu, jeder mit einem weiteren Tablett. Irritiert sah Tilda sich um und fragte sich, wo dafür auf dem bereits übervollen Tisch noch Platz war.

Irgendwie schaffte Isalie es dann doch, auch diese Speisen und Getränke auf dem Tisch zu platzieren. Als endlich alle saßen, blickte sie strahlend zu Silas. »So langsam wird es ernst, nicht wahr?«

Ihr Verlobter grinste.

»Hast du deswegen heute Morgen so viel Whiskey gekippt?«, lachte Oliver und sah Silas schmunzelnd an.

»Nur für den Fall, dass ich kalte Füße kriege.« Silas zwinkerte seinem offenbar neuen besten Kumpel zu. Dann nahm er sein Champagnerglas, erhob es und blickte zu Isalie. »Auf meine wunderschöne Braut. Ich kann es gar nicht erwarten, mit dir verheiratet zu sein.«

Nicole, die Schwester des Bräutigams, fasste sich offenbar ergriffen an die Brust. Auch Thomas, Isalies Vater, blinzelte eine Träne aus seinen Augenwinkeln weg und hob sein Glas.

Nachdem alle angestoßen hatten, fingen sie an zu essen und Tilda bemerkte schon beim ersten Bissen, dass sie ordentlich Appetit hatte. Die frische Seeluft tat ihr gut. Und mit jedem Augenblick genoss sie es mehr, hier zu sein.

Oliver hatte recht behalten mit allem, was er ihr vor der Abreise prophezeit hatte. Wäre sie nicht hergekommen, hätte sie wirklich was verpasst. Das Wetter war traumhaft, ihre Unterkunft eine Wucht und seit vorhin hatte sie auch das Gefühl, dass sich zwischen Oliver und ihr etwas verändert hatte. Zum Positiven.

Selig lächelnd suchte sie seinen Blick.

Und erschrak.

Sein verkniffener Gesichtsausdruck passte weder zu der gelösten Tischrunde noch zu dem Mann, mit dem sie sich noch Momente zuvor so eng verbunden gefühlt hatte. Er wich ihrem Blick aus, wandte sich Silas zu, der ihn mal wieder mit Fragen zu seinen Büchern in Beschlag nahm.

Was hatte Oliver?

Fragend sah sie zu Isalie, doch die unterhielt sich mit Anna und Milli, während auch Nicole wie gebannt an

Olivers Lippen hing. Ihr Blick schweifte weiter zu Thomas, Isalies Vater.

Sie ertappte ihn dabei, wie er sie mit ernstem Blick musterte. Er zuckte zusammen, sah weg.

Was hatte das jetzt schon wieder zu bedeuten?

Sie erinnerte sich an ihr Gefühlschaos in dem Brautmodenladen. Daran, wie unbehaglich sie sich gefühlt hatte, als er sie angestarrt hatte. Nein, es war mehr gewesen, sie hatte sich verletzlich gefühlt, sich gefürchtet.

Aber wovor?

Was war nur mit ihr los?

Dieser Mann war doch Isas Vater. Der Mann, der sie als Kind im Kreise seiner Familie aufgenommen hatte. Lange Zeit war es beinahe so gewesen, als sei Isalie nicht nur ihre Freundin, sondern ihre Schwester, Isalies Vater nicht nur höflich und herzensgut, sondern auch IHR Vater.

Sie schluckte, fragte sich, wie es sein konnte, dass dieser Mann, trotz dieser schönen Erinnerungen, ein so seltsam unbehagliches Gefühl in ihr auslöste.

Wieder warf sie einen Blick zu Oliver, bemerkte, dass auch er sie jetzt anstarrte. Sein Blick verhieß nichts Gutes und sie konnte sich beim besten Willen nicht erklären, was sich verändert hatte.

»Dieser Mann«, schoss es aus Olivers Mund, kaum dass sie allein in ihrer Unterkunft waren, »der ist mir unheimlich.«

»Wer?«, fragte sie verwundert.

»Du weißt, wen ich meine.«

»Thomas? Isalies Vater?«

»Wie er dich angestarrt hat, mit diesem Blick ...«

»Was ist damit?«, fragte sie, obwohl sie ähnliche Empfindungen hatte.

»Ich kann es nicht wirklich fassen«, fuhr Oliver mit düsterer Miene fort. »Keine Ahnung, was es genau ist, aber der Typ ist mir nicht geheuer.«

»Das bildest du dir ein«, gab Tilda wider besseres Wissen zurück und legte ein unbeschwertes Grinsen auf, um Oliver zu beruhigen. »Thomas war früher wie ein Vater für mich. Isalie und ich, wir beide waren wie Schwestern, eine Zeit lang zumindest. Als Thomas' erste Frau krank wurde, änderte sich alles und ich war ziemlich traurig, und ich glaube, er wusste das. Vielleicht hast du deswegen das Gefühl, dass er mich anstarrt.«

Oliver sah sie zweifelnd an, nickte halbherzig. »Na gut, vielleicht ist es das«, sagte er schließlich, »vielleicht hab ich diese Vertrautheit falsch gedeutet und seine Blicke fehlinterpretiert.« Er stieß ein lang gezogenes Gähnen aus und warf einen Blick auf die Uhr, sah sie an. »Wie ist es? Wir haben knapp zwei Stunden für ein Nickerchen mit Zugabe. Dann müssen wir in die Dusche und uns für die Teatime herrichten.«

Tilda lachte, sie wusste natürlich, was er mit »Zugabe« meinte, und spürte augenblicklich ein Kribbeln im Unterleib. Sie wollte gerade auf ihn zugehen, ihn in die Arme nehmen, als ihr Smartphone plingte.

Sie zog es aus der Tasche ihrer Jeans, entsperrte den Bildschirm. Als sie den WhatsApp-Button sah, der eine orangefarbene Eins anzeigte, schlug ihr Herz schneller.

Nicht noch so eine mysteriöse Warnung.

Sie öffnete die App, dann ihre Nachrichten, erstarrte.

»Was ist los?«, fragte Oliver.

Kopfschüttelnd starrte sie weiter auf das Display.

»Nun red schon ...«

»Ich hab dir doch von dieser Nachricht erzählt ... Die Nachricht, die heute Morgen verschwunden war.«

Oliver nickte. »Ist sie wieder da, oder was? Nun sprich schon, du machst mir Angst!«

»Nein, ich hab eine weitere Nachricht bekommen.«

»Von der gleichen Nummer?«

»Keine Ahnung ... Möglich. Vielleicht ist es auch eine andere.«

»Wieder so ein blöder Spruch?«

Tilda sah auf den Bildschirm, schluckte, schüttelte langsam den Kopf und reichte Oliver das Gerät. »Sieh es dir an. Es ist eine Bilddatei.«

»Was soll das sein?«, fragte er, ratlos auf das Display blickend.

»Sieht aus wie ein Loch im Boden.«

Er runzelte die Stirn, nickte und gab ihr das Smartphone zurück. »Was zur Hölle soll das? Hast du eine Idee, was das zu bedeuten hat?«

Tilda hob die Schultern. »Ein Loch im Boden, keine Ahnung. Vielleicht eine Drohung.«

»Wie kommst du darauf?«

»Na ja, vielleicht soll das heißen: Pass auf, sonst liegst du bald dort drin.«

Oliver schüttelte den Kopf. »Du schaust zu viele Gruselfilme. Außerdem hast du doch bestimmt gesehen, dass das Loch winzig ist. Ich glaube, du interpretierst da was rein, was nicht da ist.«

»Und wie würdest du dieses Foto interpretieren? Und den merkwürdigen Spruch von gestern? Die Tatsache, dass die gestrige Nachricht jetzt verschwunden ist?«

Er seufzte. »Ich glaube, du hast dir einen durchgeknallten Fan, einen Stalker, gefangen. Ich schätze, dass das eine Art Rätsel sein soll.«

»Was soll das für ein Rätsel sein?«, antwortete sie aufgebracht. »So etwas wie, rate mal, wer ich bin?«

»Schwer zu sagen«, antwortete Oliver. »Es gibt Fans, die schlicht nicht sauber ticken. Ich hatte auch mal jemanden, eine Frau, die mir Fotos von sich geschickt hat. Keine Ahnung, wie sie an meine Adresse gekommen ist, aber da kamen eine Menge Fotos, teilweise sehr intim und privat, per Briefpost bei mir an. Ich hab nie darauf reagiert, und das solltest du auch nicht. Am besten blockier diese Nummer.«

Das tat sie, doch besser fühlte sie sich trotzdem nicht.

Oliver schien es zu spüren, nahm sie fest in seine Arme. »Mach dir keine Sorgen«, flüsterte er in ihr Ohr. »Du bist wunderschön, talentiert und berühmt. Da ist es vollkommen normal, dass neben echten Fans auch ein paar fehlgeleitete Seelen versuchen, deine Aufmerksamkeit zu erringen.«

Sie legte den Kopf in den Nacken, sah ihn an. »Bist du sicher, dass nicht mehr dahintersteckt?«

Er nickte, ohne zu zögern, und das beruhigte sie. »Okay, ich danke dir.«

Schelmisch grinsend, legte er den Kopf schräg. »Aber sobald wir zu Hause sind, sollten wir noch mal über das Thema zusammenziehen sprechen. Für alle Fälle ...«

ELF

AUGSBURG

JUNI 2022

Paul wusste nicht mehr genau, wie lange er bereits auf den Bericht des Kriminaltechnischen Labors starrte. Was er las, war so grausam, dass er sich für den Bruchteil einer Sekunde an einen anderen Ort wünschte. Irgendwohin ans Meer vielleicht, in den Süden, wo Palmen sich im Wind wiegten und die Sonne nicht nur seine Haut, sondern auch seine Seele wärmte.

Seufzend dachte er an das Gespräch mit Andrea zurück. Sie hatte in allem recht gehabt. Seit sie zu dem Knochenfund im Wald gerufen worden waren, hatte es in seinem Unterbewusstsein gearbeitet, hatte er geahnt, dass ihn die Vergangenheit einholen würde.

Entschlossen griff er nach dem Hörer des Festnetztelefons und wählte Andreas Nummer. »Kannst du kurz zu mir kommen?«, bat er sie. »Und bring Marlon mit. Wir haben etwas zu besprechen.«

Er legte auf, lehnte sich in seinem Sessel zurück, schloss die Augen.

In seinem Kopf sah er Tilda an ihrem letzten offiziellen Arbeitstag, bevor die dramatischen Ereignisse über sie hereingebrochen waren, die ihrer aller Leben verändert hatten – nicht nur das der Opferfamilie, sondern auch Tildas und sein eigenes.

Dieser entsetzliche Einsatz, bei dem alles schiefgelaufen war. Bei dem nicht nur eine junge Mutter, sondern auch noch ihr kleines Kind auf grausame Weise den Tod gefunden hatte, nur weil ein Familienvater völlig ausgerastet war ...

Tilda hatte sich geschämt, sich die Schuld dafür gegeben, dass nicht nur die Mutter, sondern auch das Kind hatte sterben müssen.

Bei dem Einsatz selbst war er nicht dabei gewesen, hatte aber die Berichte seiner anwesenden Kollegen gründlich studiert und mit allen Beteiligten gesprochen, um hundertprozentig sicher zu sein, dass Tilda sich nichts vorzuwerfen hatte. Das Gespräch mit dem ausrastenden Familienvater, die Verhandlungen um das Freilassen seiner Geisel – seines eigenen Kindes –, alles war bedacht und der Situation angemessen verlaufen.

Dass der Mann am Ende vollends die Nerven verloren hatte, war nicht vorauszusehen gewesen.

Tilda hatte es geschafft, sich anschließend bis ins Büro zu schleppen, wo sie weinend zusammengebrochen war. Einige Kollegen hatten verhalten gemurmelt, dass es unprofessionell sei, sich so gehen zu lassen. Doch er hatte erkannt, wie stark Tilda eigentlich war, welche unglaubliche Kraft in ihr schlummerte.

Wenn jemanden eine Schuld an dem Verlauf des Einsatzes traf, dann ihn. Er hätte Tilda nach allem, was sie vor Jahren erlebt hatte, nicht zu diesem Einsatz schicken dürfen, hätte wissen müssen, dass sie die Situation überfordern, ja womöglich triggern könnte, nachdem sie noch als halbes Kind erlebt hatte, wie man ihren kleinen Bruder entführte.

Die Tür öffnete sich, er blickte nicht mal auf, fuhr

sich nur mit der Hand übers Gesicht, um seine Tränen wegzuwischen.

Andrea und Marlon blieben auf der Schwelle stehen.

»Alter«, brach Marlon das betretene Schweigen, schob Andrea unsanft ins Innere und schloss die Tür hinter sich. »Was ist los?«

Paul war versucht, einen lockeren Spruch loszulassen, um seinen Zustand zu überspielen. Stattdessen nahm er schweigend den Ausdruck vom Labor, reichte ihn Marlon und sah zu, wie dieser die Zeilen überflog. Instinktiv hielt er die Luft an.

»Scheiße«, stieß Marlon aus, gab das Blatt an Andrea weiter. Diese wechselte nur einen mitleidigen Blick mit Paul. Sie wusste auch so, was darauf stand.

»Also hat sich unser Verdacht bestätigt. Und was jetzt? Wirst du Tilda endlich sagen, dass wir die sterblichen Überreste ihres kleinen Bruders gefunden haben?«

Paul nickte verbissen. »Das muss ich jetzt wohl. Aber ich hätte Tilda früher anrufen und ihr von dem Knochenfund berichten müssen.«

»Du wolltest warten, bis der DNA-Abgleich aus dem Labor da ist«, erinnerte Andrea ihn und legte den Ausdruck zurück auf Pauls Tisch. »Genau wie Tilda hast du wohl bis zuletzt gehofft, dass er wohlauf ist.«

»Wir müssen Tilda sofort anrufen«, drängte Marlon. »Sie muss herkommen. Genau wie ihre Mutter.«

»Ja, zuerst ihre Mutter«, murmelte Paul und war in Gedanken bereits bei dem Anruf, der Tildas Mutter weit weniger erschüttern würde als Tilda. Sie würde trauern, jetzt, wo die Realität ihre Vorahnung bestätigte. Vielleicht würde sie sogar zusammenbrechen. Aber sie würde nicht daran zerbrechen, weil sie sich seit fünfzehn Jahren auf diesen Augenblick vorbereitet hatte. Anders als Tilda, die bis zum heutigen Tag daran festgehalten hatte, dass Theo lebte. Mit diesem einen Anruf würde er ihre

Hoffnung zunichtemachen, ihr klar machen, wie naiv es gewesen war, sich all die Jahre an einen Wunschtraum geklammert zu haben.

Doch auch für ihn brach eine Hoffnung zusammen. Obwohl Tilda jetzt seit über zwei Jahren nicht mehr im Dienst war, hatte er bis vor einer halben Stunde fest daran geglaubt, dass sie zurückkommen würde. Irgendwann.

Tilda hatte sich immer an die Vorstellung geklammert, dass es einen Zusammenhang gäbe zwischen ihren Erfolgen und der Rückkehr ihres Bruders. Wenn es ihr gelang, die schlimmsten Verbrechen aufzuklären, würde sie auch schaffen, ihren Bruder zu finden.

Jetzt, da seine Knochen gefunden worden waren, gab es für Tilda keinen Grund mehr weiterzumachen. Gut, sie konnte versuchen, herauszufinden, wer ihrem Bruder das angetan hatte, doch Tilda war Realistin, sie würde wissen, dass es nach all den Jahren nahezu aussichtslos war, den Mörder zu finden.

»Worauf wartest du?«, unterbrach Marlon seine Grübeleien.

Paul blickte hoch. »Gebt ihr mir ein paar Minuten? Ich werde gleich Theos Mutter anrufen ...«

»Und Tilda?«

Paul schüttelte schwer den Kopf. »Nein, ihr diese Nachricht am Telefon zu überbringen, fühlt sich verkehrt an.« Er brach ab, seufzte. »Ich hab das Gefühl, dass ich ihr persönlich gegenüberstehen sollte, wenn ich schon ihre Hoffnung, vielleicht sogar ihr komplettes zukünftiges Leben zum Einsturz bringe. Ich fahre zu ihr.«

ZWÖLF
SYLT

JUNI 2022

Ein leiser Pling-Ton riss Tilda aus ihrem traumlosen Schlaf. Sie sah sich verwirrt um. Als ihr Blick gen Fenster glitt, bemerkte sie, dass die Sonne bereits tief stand.

War es schon so spät?

Sie blickte zu Oliver hinüber, der selig weiterschlummerte und dabei leise schnarchte. Sie unterdrückte den Impuls, ihre Hand auszustrecken, ihm sanft über den ihr zugewandten Rücken zu streicheln. Mit vorsichtigen Bewegungen, um ihn nicht zu wecken, stand sie auf und schlich in Richtung Küche.

Ihr Blick fiel auf das Handy, das sie auf der Anrichte hatte liegen lassen. Sie runzelte ungläubig die Stirn, als sie sah, dass es bereits neunzehn Uhr war. Demnach hatte sie fast eine Stunde lang nach der Teatime geschlafen.

Das würde knapp werden, wenn sie es noch rechtzeitig zu ihren unterschiedlichen Verabredungen schaffen wollten. Isalie hatte am Strand alles für ihren Junggesellinnenabschied vorbereitet, während Oliver mit Silas und ein paar Freunden in Westerland von Bar zu Bar ziehen würde.

Sie wollte das Handy schon wieder beiseitelegen, als sie sich an den Pling-Ton erinnerte, der sie geweckt hatte. Der WhatsApp-Button zeigte den Eingang einer Nachricht an. Für den Bruchteil einer Sekunde zögerte sie, dann klickte sie ihn an, erstarrte, als sie sah, dass die neue Nachricht wieder von einer unbekannten Nummer stammte. Sie fing an zu lesen.

Als sich ihr der Sinn der Worte erschloss, erfasste sie blinde Wut. »Wer immer du bist, lass mich in Ruhe«, knurrte sie und pfefferte das Handy von sich. Es knallte gegen die Wand, bevor es scheppernd auf dem Boden aufkam.

Keine zwei Sekunden später kam Oliver aus dem Schlafzimmer, sah sich verwirrt um. »Was ist das für ein Lärm?«

Statt zu antworten, starrte sie auf das Handy am Boden. Olivers Blick folgte dem ihren. Mit drei Schritten war er bei dem Gerät, bückte sich, hob es auf. »Das Display hat einen Riss«, murmelte er und klang ein wenig überfordert. Er drehte und wendete das Gerät, drückte versuchsweise auf das Anzeigefeld. »Aber es scheint noch zu funktionieren. Glück gehabt.« Er reichte es ihr. »Und jetzt erklär mal, was los ist.«

Sie wischte über den Bildschirm, suchte die Nachricht und zeigte sie ihm.

Mit gerunzelter Stirn fing er an zu lesen. »Was soll das bedeuten?«

»Sag du es mir«, gab sie schwach zurück.

»Für mich klingt das irgendwie mysteriös. So als würde der Absender dich sehr gut kennen. Hast du eine Ahnung, was er meint? Gibt es da jemanden oder etwas, worauf er anspielt?«

Tilda las die Nachricht ein weiteres Mal.

Du lebst immer noch nach dem Motto
»Aus den Augen, aus dem Sinn«, nicht wahr?
Aber nicht mit mir!
Ich weiß, was du getan hast!
Bald werden alle wissen, wer du wirklich bist!

Sie sah wieder auf, spürte, dass sich die kleinen Härchen in ihrem Nacken aufgestellt hatten.

»Keine Ahnung, ehrlich nicht. Und das hat auch nichts mehr mit einem blöden Rätselspaß eines Lesers zu tun. Die erste Nachricht, die gelöscht wurde, das Foto von diesem Loch und dann das jetzt … Oliver, das ist kein Scherz! Jemand droht mir, und ich will verdammt noch mal endlich herausfinden, wer dahintersteckt.« Sie brach ab, schüttelte den Kopf. »Ich sollte abreisen, mich darum kümmern. Was meinst du?«

Oliver starrte sie an. »Du willst einfach abhauen und Isalie vor den Kopf stoßen? Das kannst du nicht machen.«

»Ach ja? Soll ich etwa hierbleiben, die fröhliche Trauzeugin mimen, während da draußen jemand herumläuft und wer weiß was im Sinn hat?«

»Du könntest deinen ehemaligen Partner anrufen. Wie war noch gleich sein Name?«

»Paul«, gab Tilda leise zurück. »Du hast recht, das sollte ich, und nicht nur deshalb.« Sie tippte auf das Gerät in ihren Händen. »Er erwartet eine Entscheidung von mir, genau wie die Chefetage. Aber jetzt gleich mit ihm darüber zu sprechen, dazu fehlt mir die Kraft.«

Oliver kam zu ihr, legte seine Hände an ihre Wangen, sah sie liebevoll an. »Hör zu, du schaltest jetzt dein Handy aus, lässt es für heute Abend und morgen Vormittag gut sein. Und nach der Hochzeit lassen wir uns etwas einfallen und hauen ab, okay? Aber Isalie und Silas ein paar Stunden vor der Zeremonie sitzen zu lassen … ich weiß nicht … das fühlt sich falsch für mich an, und wie ich dich einschätze, denkst du ähnlich.«

Tilda sah ihn schweigend an, unterdrückte, was sie wirklich dachte.

»Was machen ein paar Stunden länger auf der Insel schon aus?«, redete Oliver weiter auf sie ein. »Sobald wir zu Hause sind, kannst du dich um diese Sache kümmern. Doch jetzt sollten wir deine Freundin nicht länger warten lassen.«

Als sie später in ihrem leichten Sommerkleid aus dem Gästehaus trat, empfing sie ein kühler Windzug. Sie blickte zum Himmel, sah, dass sich dunkle Wolken über ihr zusammenzogen. Zweifelnd blickte sie an sich herab. Dann drehte sie sich um, lief noch mal nach drinnen, um ihren Cardigan aus dem Koffer zu holen. Hastig zog sie ihn über und blickte auf die Uhr.

Es war schon fast zwanzig Uhr, sie würde als Letzte ankommen. Oliver hatte sich bereits vor über zehn Minuten auf den Weg gemacht, nachdem Silas angerufen und mitgeteilt hatte, dass er am Parkplatz auf ihn warte. Sie selbst hatte die wenigen Minuten des Alleinseins nicht etwa genutzt, um sich zu schminken, sondern war in einen Zustand der Starre verfallen.

Als sie endlich wieder klar denken konnte, war kaum noch Zeit für ein Make-up geblieben. Hastig hatte sie sich das Kleid übergestreift und war in die bereitstehenden neuen Ballerinas geschlüpft.

Während sie durch den Garten auf den Strandzugang zulief, spürte sie, wie es in ihrem Bauch grummelte.

Am liebsten wäre sie umgekehrt, hätte sich im Gästehaus verkrochen und gewartet, bis alles vorbei war. Allein die Aussicht, den Abend mit Isalie, Nicole und Anna zu verbringen, überforderte sie. Und jetzt würden auch noch etliche weibliche Freunde und Bekannte der Braut anwesend sein.

Als sie den schmalen Durchgang, gesäumt von Dünengras und Heckenrosenbüschen, passierte, fielen ihr die brennenden Fackeln am Ende des Weges auf.

Unwillkürlich musste sie lächeln. Isalie hatte schon früher einen Hang zur Dramatik und Romantik gehabt, während sie selbst eher pragmatisch war. Am Strand setzte sich die malerische Lichtparade fort. Im Sand steckten Laternen, zwischen den Strandkörben hingen unzählige Lampions und verbreiteten eine festliche Stimmung. Inzwischen war auch Tilda von der romantischen Inszenierung gefesselt und ihr Lächeln vertiefte sich. Isalie hatte Tische in U-Form aufgestellt, in deren Mitte eine Pyramide aus Gläsern aufgebaut war. Auf den Tischen standen Tabletts mit Kanapees und anderen Leckereien, aus den aufgestellten Lautsprechern dudelte Lounge-Musik.

»Da ist sie ja«, rief Isalie mit einem strahlenden Lächeln. »Meine Trauzeugin und allerbeste Freundin Tilda.«

Alle Frauen drehten sich zu ihr um, musterten sie neugierig.

Plötzlich ärgerte sie sich über sich selbst. Warum hatte sie nicht ein klein wenig mehr Zeit in ihr Äußeres investiert?

Isalie grinste sie an. »Du scheinst gerade aus dem Bett gekommen zu sein.«

Hatte ihre Stimme etwas Stichelndes? Tilda suchte in ihrem Gesicht nach Spuren von Häme.

»Sie ist mit Cassian Otto liiert. Kennt ihr ihn?«, fuhr

Isalie fröhlich plaudernd fort. Einige der Frauen schüttelten den Kopf, wieder andere beäugten Tilda jetzt noch interessierter.

»Aber Tilda ist auch keine Unbekannte. Sie war Polizistin und ist jetzt Schriftstellerin. Nicht ganz so berühmt wie Cassian, aber auch eine Bestseller-Autorin.« Isalie zwinkerte ihr zu und Tilda fiel ein Stein vom Herzen.

Wie hatte sie nur annehmen können, dass Isalie sie brüskieren wollte? So war ihre alte Freundin eben. Sprach aus, was ihr in den Sinn kam, kümmerte sich nicht drum, wenn jemand ihre Worte hin und wieder in den falschen Hals bekam.

Tilda fragte sich, ob es an den Nachrichten lag, dass sie sich so verletzlich fühlte und misstrauisch gegenüber allem und jedem war. Sie zwang sich zu einem Lächeln, ging auf die Frauen zu, stellte sich persönlich vor, schüttelte Hände und plauderte mit einigen von ihnen.

Auf Isalies Zeichen hin versammelten sich alle um die Pyramide und sahen zu, wie sie die erste Champagnerflasche entkorkte. Ein Raunen ging durch die Menge, als die goldene Flüssigkeit filmreif in die Gläser floss, und Isalie tänzelte umher, um mit allen anzustoßen.

Tilda wurde warm ums Herz. Ihre Freundin so ausgelassen zu sehen, fühlte sich toll an. Gut, dass sie nicht vorzeitig abgereist waren. Sie durfte Isalie diesen Abend und den morgigen Tag nicht vermiesen und würde sich auch in den restlichen Stunden zusammenzureißen.

»Die Trauzeugin muss eine Rede halten«, forderte eine der Frauen. Tilda wandte sich zu ihr um, bemerkte, wie diese sie mit verkniffenem Gesichtsausdruck musterte.

Sie erinnerte sich an die Vorstellungsrunde, erkannte Frauke wieder, Isalies engste Freundin hier auf der Insel.

Es schien, als sei sie wütend darüber, dass Isalie nicht sie für diese Aufgabe auserkoren hatte.

Tilda schluckte, fühlte sich plötzlich beklommen. Dabei hatte es ihr nie etwas ausgemacht, öffentlich zu sprechen. Im Polizeidienst hatte sie die Pressetermine wahrgenommen und Lesungen hatten ihr nach den ersten Lampenfieberanfällen Freude gemacht. Doch hier, inmitten von Isalies Freundinnen, fühlte sie sich im Moment wie ein Kind, das vor einer neuen Schulklasse ein Gedicht aufsagen soll.

Sie trat vor, räusperte sich, grinste tapfer in die Runde. »Es ehrt mich, dass Isa möchte, dass ich ihre Trauzeugin bin. Und das, obwohl wir uns über so viele Jahre aus den Augen verloren hatten. Ich will ehrlich sein, ich dachte, dass ich Isa niemals wiedersehe, obwohl ich mir hin und wieder gewünscht habe, das Gegenteil träfe ein.« Sie wandte sich Isalie mit einem Lächeln zu. »Ich habe es dir schon gestanden, deine Einladung war ein Schock. Es war Oliver, der mich ermunterte, herzukommen und uns eine zweite Chance zu geben. Er meinte, ich würde es bereuen, wenn ich absage.«

Tilda machte eine Pause, dachte über ihre nächsten Worte gründlich nach. Dann lächelte sie in die Runde, bevor sie sich erneut Isalie zuwandte. »Weißt du was, Isalie? Er hatte absolut recht. Deiner Einladung zu folgen, war das Beste, was ich seit Langem getan habe. Ich freue mich, dass wir beide wieder vereint sind, heute, an diesem besonderen Abend. Aber mehr noch freue ich mich, morgen dabei zu sein, wenn du einem Mann das Ja-Wort gibst, der ganz offensichtlich verrückt nach dir ist und den auch du von Herzen liebst. Meine beste Freundin so glücklich zu sehen, war ein wundervoller Grund hier auf die Insel zu kommen.« Tilda hob ihr Glas, sah Isalie lächelnd an. »Auf dich, meine Beste, und darauf, dass du für immer glücklich sein darfst.«

Nach dem Essen nahm Isalie einen kleinen Dessertlöffel zur Hand, schlug ihn sanft gegen das Glas. Die Gespräche verstummten, alle blickten aufmerksam auf die künftige Braut.

»Ich hab mir was Besonderes ausgedacht, damit ihr euch alle ein bisschen besser kennenlernt«, erklärte sie. »In den Strandkörben hinter euch findet ihr genau zwölf Präsente. Auf jedem steht ein anderer Name drauf. Öffnet sie und dann überlegt euch genau, warum ich mich für dieses Geschenk entschieden habe. Erzählt es uns allen, und ihr werdet sehen, da kommen ein paar echt lustige Storys zustande.« Sie sprang auf, klatschte in die Hände, lief zum ersten Strandkorb, nahm das darin stehende Päckchen, reichte es Frauke. »Das ist für dich.«

Frauke setzte sich in den Strandkorb, wartete, bis jede von ihnen ihr Präsent gefunden hatte und in einem der kreisförmig angeordneten Körbe saß.

Alle starrten zu Frauke, die mit einem Jauchzen eine aparte französische Baskenmütze aus dem Päckchen zog. Sie überlegte kurz, dann lachte sie. »Ich weiß, welche Geschichte du hören willst.« Sie sah von Isalie zu den anderen, holte Luft. »Die meisten von euch wissen, dass Isalie und ich einmal im Jahr gemeinsam einen Städtetrip unternehmen. Unser erster Trip führte uns nach Paris.

Mein Leben lang träumte ich davon, auf den Eifelturm, bis ganz nach oben, zu steigen, um von da aus über diese Traumstadt zu blicken. Ich trug meine Lieblingsmütze, doch es war extrem windig und eine Böe riss sie mir vom Kopf.

Ihr fragt euch jetzt sicher, wo ist der Gag, was ist schon dabei, wenn der Wind einem die Mütze vom Kopf fegt?

Tja, ich sags euch: Kurz vorher hatte ich mir die Haare selbst gefärbt und dabei vergessen, meine Stirn und die Ohren einzucremen, um sie vor der hartnäckigen schwarzen Farbe zu schützen. Deshalb, und nur deshalb, trug ich diese Mütze bereits seit zwei Tagen.

Von wegen Lieblingsmütze.

Nicht einmal Isalie hatte ich mich ohne diese angebliche Lieblingsmütze gezeigt, obwohl die Farbränder an Stirn und Ohren schon verblasst waren. Nachdem die Mütze fortgeweht war, bildete ich mir ein, dass alle mich anstarrten, doch in Wahrheit war es Isalie, die alle Blicke auf sich zog, weil sie so heftig lachte, dass sie kaum noch Luft bekam.«

Ein paar der Frauen lachten lauthals, andere kicherten und auch Tilda fand, dass es eine charmante Story war. Automatisch fragte sie sich, was wohl in ihrem Päckchen sein würde und welche Geschichte Isalie von ihr erwartete.

Doch zuvor war Anna dran, dann Nicole, eine Bekannte namens Marion und eine Anneliese.

Auch deren Geschichten waren allesamt amüsant, und mit jeder weiteren Episode stieg die Stimmung. Als Tilda endlich an der Reihe war, schauten alle mit erwartungsvollen Mienen auf sie.

Sie griff nach dem Paket, schüttelte es, vernahm ein dumpfes Klappern. »Ist da was Zerbrechliches drin?«

Isalie schüttelte grinsend den Kopf.

Langsam löste Tilda die knallrote Schleife von dem champagnerfarbenen Seidenpapier, unter dem sich ein goldfarbener Karton mit Deckel befand. Sie hob ihn lächelnd, starrte auf den Inhalt, spürte, wie sich um sie herum die Welt zu drehen begann. Sie schloss für den Bruchteil einer Sekunde die Augen, öffnete sie wieder, in der Hoffnung, einer widerlichen Illusion erlegen zu sein.

Sie starrte wieder darauf.

Doch sie hatte sich nicht geirrt.

Der Inhalt war der Gleiche.

Er lag auf dem Bodes des kleinen Kartons wie eine Anklage.

Ihr war nicht bewusst, dass sie einen lauten Schrei ausstieß. Ihre Hand bewegte sich, wollte zufassen, den Gegenstand anheben.

Doch sie blieb einfach nur sitzen. Ihr Körper bebte, Mund und Hals fühlten sich wie ausgetrocknet an, während nur noch ein Wimmern über ihre Lippen kam.

Sie ließ die Hände sinken, der Karton rutschte von ihrem Schoss, fiel in den Sand.

Sie wankte, als sie mühsam aufstand, einen Schritt auf Isalie zuging. Das Gesicht der Freundin war hinter dem Schleier aus Tränen, der ihre Augen flutete, nur noch eine unscharfe Fratze. Langsam öffnete Tilda den Mund, wollte etwas sagen, doch es kam nur ein heiseres Krächzen hervor.

Sie spürte die verdatterten Blicke der anderen auf sich ruhen, kümmerte sich nicht darum. Sie hörte, wie sie schluchzte, als wäre es eine andere Person, als würde sie sich selbst zusehen.

Ruckartig drehte sie sich um, blickte auf die Hecken, zu dem Weg, der zum Gästehaus führte.

Lauf, flüsterte die Stimme in ihrem Kopf.

Renn weg, bevor du vor all den Leuten zusammenklappst!

Das tat sie. Sie lief und lief.

Stürzte ins Innere des Hauses.

Schaffte es nicht mal bis auf die Couch oder das Bett, brach auf dem Läufer hinter der Eingangstür zusammen, hemmungslos schluchzend.

Sie wusste nicht, wie viel Zeit vergangen war, in der sie dagehockt und geweint hatte, als plötzlich ein zögerndes Klopfen ertönte.

Sie biss sich auf die Innenseiten ihrer Wangen, bis sie Blut schmeckte, zwang sich, vollkommen leise auszuharren, bis der ungebetene Besucher wieder verschwunden war.

»Tilda«, erklang Isalies Stimme, »ich weiß, dass du da drinnen bist. Bitte mach die Tür auf, damit ich mit dir reden kann.«

Tilda schnappte nach Luft, richtete sich mühsam auf, griff nach der Klinke. Sie wusste, dass sie grauenhaft aussehen musste, auch ohne dass sie einen Blick in den Spiegel warf, wusste auch so, wie sie mit verquollenem Gesicht und rot geweinten Augen aussah. Es war ihr scheißegal!

Grenzenloser Zorn erfasste sie, gab ihr Kraft.

Sie riss an der Klinke, funkelte Isalie an. »Wie konntest du das tun?« Sie brach ab, suchte nach Worten. »Das war … grausam.«

Isalie riss entsetzt die Augen auf, hob beschwichtigend die Hände. »Süße, bitte, du denkst doch wohl nicht, dass ich das Ding …« Sie hielt inne, wirkte fassungslos.

Doch Tildas Wut steigerte sich noch. Es gab keine andere Erklärung, Isalie hatte ihr das Paket gepackt. Nur sie kam infrage. »Du bist die Einzige, die davon wusste«, schleuderte sie ihr entgegen. »Dieser Wal war Theos absolutes Lieblingsspielzeug. Er hatte ihn immer bei sich. Auch als er … als er …« Sie brach ab.

»Auch als er verschwand, ich weiß. Es stand damals in allen Zeitungen. Ich hab´s gelesen, ich hab alles über das Verschwinden deines Bruders und den Überfall gelesen. Auch wenn ich mir damals gewünscht hätte, dass du es mir selbst erzählst. Dass du mit mir darüber redest, dass du mich dir helfen lässt. Aber du … du hast dich zurückgezogen, dich allen gegenüber komplett verschlossen. Auch mir gegenüber. Das tat weh, weißt du? Fast noch mehr als diese Anschuldigung heute. Wie kannst du nur denken, dass ich es gewesen bin, die das Ding eingepackt hat.«

»Wer dann?«, stieß Tilda heftig aus. »Du wusstest davon, und sonst niemand. Du kanntest Theo fast genauso gut, wie du mich kanntest. Du hast gedacht, es sei witzig, so ein Ding zu kaufen, es einzupacken und mich zu erschrecken. Warum?

Warum hast du das getan?

Weil ich nicht da war, als deine Mutter gestorben ist?«

Isalie zuckte unter ihren Worten zusammen, als sei sie geschlagen worden. Für einen Augenblick wirkte sie wütend und verletzt, doch dann hatte sie sich rasch wieder gefangen.

»Hast du dir den kleinen Wal auch mal genauer angesehen?«

Tilda starrte die Freundin an, schüttelte stumm den Kopf.

»Ich schon«, kam es von Isalie. »An dem Ding klebt Erde, es ist vollkommen verwittert, keinesfalls neu gekauft worden.« Sie brach ab, sah Tilda fest an. »Was ich damit sagen will …« Isalie holte Luft, als fiele es ihr schwer, es auszusprechen. »Ich denke, dass es das Original sein könnte, verstehst du? Nicht irgendein Spielzeugwal, den jemand besorgt hat, um dir eins auszuwischen. Dieses Teil könnte tatsächlich deinem Bruder gehört haben. Und noch was: Wenn es sich dabei um das echte Lieblingsspielzeug von Theo handelt, dann hat derjenige, der es dir heute in dem Päckchen untergejubelt hat, definitiv auch mit seinem Verschwinden zu tun.«

»Was zum Teufel ist hier passiert?«, keuchte Oliver, der plötzlich hinter Isalie auftauchte.

Neben ihm stand Silas, der sie ebenfalls misstrauisch anstarrte. »Nicole hat angerufen und gemeint, dass du zusammengebrochen bist«, wandte er sich an Tilda.

»Also«, fragte Oliver erneut, »was ist los?«

»Ich hab für die Mädels Päckchen gepackt. Es sollte ein lustiges Erinnerungsspiel werden, und das war es auch, bis Tilda ihres öffnete. In meinem Karton für Tilda waren eine Rolle saure Drops, Tildas Lieblingsbonbons von früher, und ein Spielzeugkoffer mit Arztutensilien. Tilda hat als Kind im Unterricht einen von den Drops verschluckt. Es blieb ihr im Hals stecken, und weil sie schlecht Luft bekam, musste sie mit dem Rettungswagen ins Krankenhaus. Unterwegs fuhr der Wagen über einen Hubbel, das Ding rutschte Tilda aus dem Hals und dem hübschen Sanitäter an seinen Kittel. Das Ganze war Tilda so peinlich, dass sie danach nie wieder diese Bonbons essen wollte.«

»Na und?«, fragte Oliver.

Isalie hob die Schultern, seufzte. »Nur waren in dem Paket, das Tilda öffnete, weder die Drops drin noch ein Spielzeugkoffer für kleine Ärzte. Stattdessen befand sich das Lieblingsspielzeug ihres seit fünfzehn Jahren vermissten Bruders darin, und Tilda denkt, dass ich damit etwas zu tun habe.«

Plötzlich kam sich Tilda unglaublich dumm vor. Sie sah Isalie an, schaffte es aber nicht, sich für die haltlosen Vorwürfe zu entschuldigen. In ihrem Kopf drehte sich alles und sie fühlte sich hilflos, als sie dann auch noch Olivers fragendem Blick begegnete. Innerlich stöhnend, schloss sie die Augen, wünschte sich, weit, weit fort zu sein.

»Du hast einen Bruder, der vermisst wird?« Olivers Stimme grollte.

Stille.

Tilda öffnete die Augen, begegnete wieder seinem Blick.

Sie brachte es nicht über sich, auch nur ein Wort zu sagen.

»Und das seit fünfzehn Jahren?«

Sie nickte ertappt.

»Du wusstest das nicht?«, stieß Isalie atemlos aus.

Tilda verfluchte sie im Stillen. Selbst wenn sie mit dem Orca nichts zu tun hatte, sollte sie wissen, wann es besser war, die Klappe zu halten.

»Nein, das wusste ich nicht«, sagte Oliver. »Das hat Tilda nie erwähnt.« Sein Tonfall hatte etwas Leeres, Kaltes, so als hätte diese neue und zugegebenermaßen wichtige Information irgendwas zwischen ihnen verändert.

Sie sah ihn an, spürte, wie eine eiskalte Hand nach ihrem Inneren griff, eisig wie sein Blick.

»Darf ich bitte noch mal nachhaken, was genau passiert ist?«, mischte sich jetzt Silas ein.

Isalie brachte ihn mit wenigen Worten auf den Stand der Dinge, was ihm einen erschrockenen Laut entlockte. »Vielleicht sollten wir die Polizei informieren«, stieß er aus, sah Tilda fragend an.

Sie schüttelte den Kopf. »Nicht nötig. Ich fahre morgen nach Hause zurück und werde dort umgehend meine früheren Kollegen informieren. Die Polizei vor Ort in diese Sache reinzuziehen, würde nichts bringen. Ganz davon zu schweigen, dass andere merkwürdige Dinge passiert sind, seit ich auf der Insel bin. Ich muss erst mal selbst in Ruhe über alles nachdenken und versuchen, mir ein Bild zu machen.« Tilda hörte erleichtert, dass ihre Stimme fest und sachlich klang. Die Polizistin und ihr pragmatischer Teil gewannen die Oberhand.

»Was für merkwürdige Dinge?«, fragte Isalie misstrauisch.

»Ach, da waren nur ein paar mysteriöse Nachrichten über WhatsApp«, gab Tilda vage zurück, um die Freundin nicht noch mehr zu beunruhigen.

»In dem Paket war also der Spielzeug-Orca von Theo, deinem Bruder?«, fragte Oliver nach.

Tilda nickte.

»Es sieht aus, als sei es der echte? Der, den Theo dabei hatte, als er verschwunden ist?«

»Ja.«

»Wurde dieses Spielzeug mal irgendwo erwähnt?«

»Er war in den Vermisstenanzeigen beschrieben. Auf einem der Fotos war ein Modell abgedruckt, das dem Wal meines Bruders am nächsten kam.«

Oliver dachte darüber nach, schüttelte den Kopf. »Ich denke trotzdem, dass all das nur die Auswüchse irgendeines Idioten sind. Jemand hat diesen Bericht gefunden und wollte dir einen Schreck einjagen. Alles andere ergibt doch überhaupt keinen Sinn.« Er sah sie an, wirkte nicht mehr ganz so kühl auf sie. »Sieh es mal mit den Augen einer Polizistin. Oder besser noch, mit den Augen einer Thriller-Autorin. Warum sollte der Täter, der Theo entführt, ihm vielleicht sogar etwas angetan hat, dir fünfzehn Jahre später das Lieblingsspielzeug deines Bruders schicken? Das würde ja bedeuten, dass er bereit wäre, nach all den Jahren aus der Versenkung aufzutauchen.«

»Er würde riskieren, geschnappt zu werden«, gab Tilda zu.

»Richtig. Es könnten Fingerabdrücke, Faserreste oder anderes darauf sein. Und wer würde das riskieren? Also ich denke, dass jemand sich mit dir nur einen wirklich makabren Scherz erlaubt hat.«

Isalie seufzte, sah Oliver nachdenklich an. »Ich hoffe wirklich, dass du recht hast.«

Tilda schwieg.

DREIZEHN
AUGSBURG

JUNI 2022

Paul reichte seiner Besucherin die Hand. Claudia Staller trug ihr einst dunkles Haar inzwischen rot gefärbt, war nach wie vor zierlich, kleidete sich modern, wirkte insgesamt sogar um einiges jünger.

Obwohl diese Frau seit fünfzehn Jahren eines ihrer Kinder vermisste, schien sie mit sich im Reinen zu sein. Sie strahlte eine kühle Eleganz aus und schien nicht viel mit der Frau von damals gemein zu haben. Er erinnerte sich, wie sie damals zusammengebrochen war, nachdem feststand, dass ihr kleiner Junge, Theo, verschwunden war. Lange war sie nicht vernehmungsfähig gewesen und musste psychologisch behandelt werden. Von Tilda wusste er, dass sich ihre Trauer später in Zorn verwandelt hatte. Nicht gegen die Entführer, sondern gegen die eigene Tochter.

Damals hatte sie sich in die Vorstellung geflüchtet, dass Tilda log und genau wusste, was mit ihrem kleinen Bruder passiert war.

Tilda war erst wenige Wochen in seinem Team, als sie ihm anvertraute, dass sie bereits mit achtzehn von zu Hause ausgezogen war, weil sie die offensichtliche Abneigung ihrer Mutter nicht mehr länger ertrug. Am meisten zugesetzt hatte Tilda, dass ihre Mutter jede Hoffnung auf die Rückkehr des kleinen Theo aufgegeben hatte, und sie fürchtete, dass dies auf sie übergreifen könne.

Dass Claudia Staller und nicht Tilda mit ihrer unerschütterlichen Hoffnung auf die Rückkehr ihres Bruders recht behalten hatte, schmerzte Paul, als er ihrem allzu gefassten Blick begegnete.

»Sie haben ihn gefunden?«, fragte die Frau mit fester Stimme.

»Wir haben seine Überreste geborgen«, gab Paul zurück. »Es tut mir wirklich sehr leid.«

»Wo?«

»Im Siebentischwald, der Hund des Försters hat sie entdeckt.«

»Und wie lange …?« Claudia Staller brach ab.

»Die Überreste lassen darauf schließen, dass Theo bereits vor langer Zeit starb.«

»Vor fünfzehn Jahren?«

Paul nickte.

»Ich wusste es«, stieß Claudia Staller aus und wankte jetzt doch leicht. Paul wollte ihr zur Hilfe eilen, doch sie hob die Hände, atmete tief ein und aus. »Lassen Sie, es geht mir gut«, wehrte sie ab, obwohl dem nicht so war. Offensichtlich bemühte sie sich krampfhaft, keine Regung zu zeigen. »Haben Sie schon meine Tochter informiert?«

Paul schüttelte den Kopf. »Ich dachte, da Sie die Mutter sind, sollten wir Sie zuerst darüber in Kenntnis setzen.«

Die Frau sah ihn an. »Erinnern Sie sich daran, was ich damals, als mein Junge verschwand, zu Ihnen sagte?«

Paul nickte. »Ich wünschte wirklich, es wäre anders gekommen. Und ich verspreche Ihnen, dass wir alles tun werden …«

Claudias hysterisches Lachen unterbrach ihn.

»Sie glauben wirklich, dass Sie nach all den Jahren herausfinden, was Theo damals zustieß?«

»Zumindest werde ich den Fall neu aufrollen, um genau das zu versuchen.«

»Fragen Sie meine Tochter. Wenn es jemand weiß, dann sie …«

»Frau Staller, ich glaube, Sie schätzen Tilda falsch ein. Sie ist …«

»Eine gute Polizistin«, unterbrach Claudia. »Ansonsten wissen Sie nichts über meine Tochter.« Sie seufzte leise. »Tilda war ein schreckliches Kind, seit ihr Vater … seit er fort ist. Sie kam nie darüber weg, wünschte, dass ich stattdessen fort wäre. Das hat sie mir einige Male gesagt.«

»Sie war ein Kind und meinte es nicht so.«

Claudia Staller lachte böse. »Oh doch, sie meinte es genauso. Und sie hasste mich, was sich verschlimmerte, als ich einen neuen Mann in unser Leben ließ und ein Kind von ihm bekam. Ich glaube, dass sie auch Theo hasste. Sie ignorierte ihn, obwohl er seine große Schwester vergötterte. Und wenn ich sie bat, sich um Theo zu kümmern, war es ihr jedes Mal eine Last.«

»Das hat sie mir anders erzählt.«

»Natürlich hat sie das. Selbst mich hat sie angelogen und nach Theos Verschwinden behauptet, sie hätte ihren Bruder geliebt. Ihre angebliche Hoffnung, er käme zurück – alles Lügen. In Wahrheit war sie froh, dass Theo nicht mehr da war. Auch als sein Vater mich einige Zeit vorher verlassen hatte, war sie darüber glücklich. Das muss man sich mal vorstellen.«

Sie schnaubte, als Paul sie nur stumm anblickte. »Sagen Sie mir, welches Kind reagiert so? Welches Kind ignoriert es, wenn die eigene Mutter sich Nacht für Nacht in den Schlaf weint?«

»Dieser Mann, dem sie nachgeweint haben, hat Tilda schlecht behandelt«, stieß Paul aus. »Und dieser Mann, um den Sie geweint haben, war auch kein liebender Vater für Theo. Doch das wissen Sie selbst am besten, er verließ Sie ja schon kurz nach Theos Geburt.«

»Er verließ mich, weil er mit Tilda nicht klarkam.«

»Das ist Ihre Sicht der Dinge. Sie sollten sich mit ihrer Tochter aussprechen ...«

»Wozu? Ich hab keinen Kontakt zu meiner Tochter. Seit Jahren nicht. Die Dinge, die ich über sie weiß, hab ich aus der Zeitung.«

»Vielleicht sollten Sie darüber nachdenken, Ihr Verhältnis wieder aufzufrischen. Niemand sollte in einer so schweren Stunde allein sein.«

»Ich bin nicht allein«, erklärte Claudia Staller. »Ich habe Freunde und meinen Lebensgefährten.«

Paul sah die Frau an, wusste immer weniger, wie er mit ihrer ablehnenden Haltung gegenüber der eigenen Tochter umgehen sollte. »Ich spreche auch von Tilda«, stieß er etwas zu schroff aus. »Ihre Tochter wird Sie brauchen. Sie ist bis heute fest davon überzeugt, dass Theo lebt und dass es ihm gut geht. Die Wahrheit wird ihr den Boden unter den Füßen wegreißen.«

»Sie hat einen Freund, er ist Autor, bestimmt haben Sie davon gelesen.«

»Tilda braucht jetzt aber auch ihre Mutter. Und Sie brauchen Tilda.«

»Meine Tochter hat mich noch nie gebraucht. Und was mich angeht …« Sie seufzte tief. »Ich lebe seit fünfzehn Jahren mit der Gewissheit, dass mein Sohn tot ist. Und mit Ihrem heutigen Anruf habe ich seit Ewigkeiten gerechnet. Das Einzige, womit ich mich jetzt noch abfinden muss, ist die Tatsache, dass ich wohl niemals erfahren werde, was meinem kleinen Jungen damals zugestoßen ist.«

Wieder allein in seinem Büro, lehnte Paul sich in seinem Stuhl zurück und schloss die Augen. Das Gespräch mit Claudia Staller hatte ihn zutiefst erschüttert. Zu erleben, dass Tilda mit allem, was sie ihm über diese Frau erzählt hatte, recht hatte, war erschütternd. Wie konnten sich die Fronten zwischen einer Mutter und ihrem Kind so verhärten?

Er warf einen Blick auf die Uhr, hob den Hörer des Festnetzapparates ab, wählte Andreas Nummer.

»Und wie lief es?«, fragte sie ihn gespannt.

»Vielleicht wäre es besser gewesen, wenn du dabei gewesen wärst.«

»So schlimm?«

»Schlimmer! Tilda hat noch untertrieben, als sie ihr schlechtes Verhältnis beschrieb.«

»Was hätte ich da ausrichten können? Du und Tildas Mutter kennt euch zumindest von früher.«

»Du hast recht, es hätte wohl kaum was geändert, Claudia Staller hat ihre festgefahrene Meinung, von der sie wohl nichts abbringt. Sie wird Tilda keine Stütze sein.«

»Fährst du jetzt zu ihr?«

Paul räusperte sich. »Ja, und ich fürchte, das wird eine lange Nacht. Tilda wird die Stelle im Wald sehen wollen, an der Theo gefunden wurde, und vermutlich Einsicht in die neuen Akten verlangen.«

»Mitten in der Nacht?«

Paul lachte freudlos. »Du hast ja keine Ahnung …«

Tilda wohnte in einem kleinen Mehrfamilienhaus am Rande der Stadt. Während Paul auf die Haustür zuging, hasste er sich dafür, dass er Tilda das Herz brechen musste. Sie leiden zu sehen, war schon immer mehr gewesen, als er ertragen konnte. Inzwischen hatte er sie eine Weile weder gehört noch gesehen, und allein die Vorstellung, ihr in wenigen Sekunden gegenüberzustehen, löste bei ihm einen Schweißausbruch aus. Noch immer empfand er weit mehr für sie als nur ein guter Freund und Kollege.

Er drückte auf die Klingel, wartete.

Nichts.

Er klingelte erneut.

Dann noch mal.

Er sah auf die Uhr.

Dann fiel ihm ein, dass der Autor, mit dem sie liiert war, in München wohnte. War sie momentan bei ihm?

Er zog sein Handy aus der Tasche, suchte ihren Kontakt, drückte auf Verbinden. Es klingelte eine knappe Minute, doch Tilda ging nicht dran.

Paul runzelte die Stirn, versuchte es erneut.

Wieder hob sie nicht ab.

Das war seltsam.

Es war noch nie vorgekommen, dass Tilda auf seine Anrufe nicht reagierte. Wieder blickte er auf die Uhr. Es war erst kurz nach neun und Tilda war eine Nachteule. Dass sie bereits schlief, war schlicht unmöglich. Sie ging nie vor Mitternacht ins Bett, meist sogar später.

Er schrieb ihr eine Nachricht über WhatsApp, wartete ein paar Sekunden, doch das zweite Häkchen, der Beweis dafür, dass die Nachricht bei ihr eingegangen war, blieb aus.

Was war da los?

Sollte er es bei ihrem Freund, diesem Cassian Otto, versuchen?

Er wollte schon eine Suchanfrage über Google starten, als ihm klar wurde, dass das nur sein Pseudonym war. Wie hieß der Mann mit bürgerlichem Namen?

Oliver fiel ihm nach einer Weile ein, doch der Nachname? … Hatte Tilda ihm gegenüber den vollen Namen jemals erwähnt?

Er googelte, doch auch die Suchmaschine spuckte nichts aus. Dann erinnerte er sich, dass Tilda ihm erzählt hatte, dass Olivers echter Name als Autor verbrannt sei, er deswegen ein Pseudonym nutze.

Logisch, dass er nichts darüber im Internet fand.

Dann hatte er eine Idee, suchte auf Instagram zuerst nach Tilda, dann nach Cassian Otto.

Da endlich wurde er fündig. Tildas Freund hatte erst heute Morgen ein Strandfoto gepostet. Paul erinnerte sich, dass Tilda ihm vor einigen Wochen erzählt hatte, dass sie im Sommer zu einer Hochzeit auf Sylt eingeladen war. Er erinnerte sich nicht, dass sie ein Datum genannt hatte.

Aber alles passte zusammen. Wahrscheinlich war sie genau jetzt mit ihm auf der Insel. Er stieß die Luft aus, überlegte. Dann schloss er Instagram, öffnete WhatsApp. Das zweite Häkchen fehlte noch immer. Er schickte eine weitere Nachricht hinterher, steckte das Handy in die Tasche und ging zurück zu seinem Wagen.

Sobald sie wieder online war, würde sie seine Nachrichten sehen und sich melden. Bis dahin gönnte er ihr von Herzen, die letzten Minuten oder Stunden ohne Schmerzen, Verzweiflung und Trauer. Die würde er ihr noch früh genug bescheren müssen.

VIERZEHN
SYLT

JUNI 2022

Tilda lag stocksteif im Bett und versuchte, regelmäßig zu atmen, damit Oliver nicht mitbekam, dass sie noch wach war. An seinen Atemzügen erkannte sie, dass auch er nicht schlief. Vermutlich grübelte er darüber nach, warum sie ihm sogar ihren verschwundenen kleinen Bruder verschwiegen hatte.

Wie sehr ihn das verletzt hatte, konnte sie nur ahnen, nachdem er sich ins Badezimmer zurückgezogen hatte und anschließend ohne ein weiteres Wort im Bett verschwunden war. Als sie sich zu ihm gelegt hatte, hatte er sich schlafend gestellt.

Sie widerstand der Versuchung, ihn anzusprechen, um eine Aussprache zu erzwingen, verschob es auf später, auf die Zeit, wenn sie wieder allein waren und dieser verfluchte Hochzeitsrummel endlich vorbei war.

Ein Schrei ertönte.

Tilda blinzelte verwirrt.

Hatte sie ihn sich nur eingebildet?

Dann regte sich auch Oliver neben ihr.

Ein weiterer Schrei ertönte.

Noch lauter, noch schriller.

Im Halbdunkel sah sie, wie Oliver nach der Nachttischlampe tastete und den Schalter betätigte. Schlagartig wurde es hell, geblendet schloss sie die Augen. Eine Hand griff nach ihrer Hüfte, schüttelte sie sanft. Sie gab sich Mühe, den Aufwachprozess zu imitieren, regte sich nur langsam, fragte mit verwaschener Stimme: »Was ist los?«

»Hast du es nicht gehört?«

»Was gehört?«

»Jemand hat geschrien. Ich glaube, das war Isalie.«

Tilda richtete sich auf. »Ich dachte, ich hab das geträumt« setzte sie ihr Schauspiel fort. »Es klang wie der Schrei eines Tieres, vielleicht eine Möwe.« Waren Möwen überhaupt nachtaktiv? Sie wusste es nicht.

Dann hörte sie einen weiten Schrei. Und jetzt erkannte sie auch die Stimme. »Isalie?«, stieß sie aus. »Du hast recht! Das ist Isalie! Los, lass uns nachsehen, was da los ist!«

Oliver schwang seine Beine bereits aus dem Bett, stand auf und blickte auf sie hinab. »Besser du bleibst hier, ich erledige das.«

Tilda stieß ein Lachen aus. »Was soll das, Oliver? Ich bin Polizistin. Ich komme mit.«

Mit einem Satz sprang sie auf, griff nach ihren Klamotten, als ein Klopfen an der Tür ertönte. Es wurde heftiger, ging in ein Hämmern über.

»Da stimmt was nicht«, murmelte Tilda und wechselte mit Oliver einen Blick, bevor sie sich hastig das Shirt überstreifte. Als sie wieder was sah, war Oliver bereits aus dem Zimmer. Barfuß hastete sie ihm nach, zerrte an dem Shirt, um sich wenigstens notdürftig zu bedecken.

Das Hämmern wurde heftiger.

Oliver riss die Tür auf, schreckte zurück, als Isalie mit wutverzerrtem Gesicht an ihm vorbei auf Tilda losstürmte.

»Du warst das«, spie sie aus und streckte Tilda ein weißes Bündel entgegen.

Tilda runzelte die Stirn, sah von dem Stoffbündel zu ihrer Freundin. »Was war ich?«

Isalie fauchte, warf ihr den Stoff vor die Füße. »Es ist vollkommen hinüber. Ist es das, was du wolltest? Mir alles ruinieren?«

»Was ist das? Um was geht es hier eigentlich?«, fuhr Oliver dazwischen.

»Mein Brautkleid«, kreischte Isalie. »Sie hat es zerfetzt. Vollkommen zerfetzt. Ich hab keine Ahnung, in was ich morgen vor den Altar treten soll.« Sie starrte Tilda an. »Warum hast du das getan? Wolltest du dich rächen? Dachtest du wirklich, ich war das mit dem Spielzeug in deinem Päckchen?«

Tilda schüttelte entsetzt den Kopf, hob abwehrend die Hände und wich einen Schritt zurück. »Ich hab dein Kleid nicht angerührt. Wie auch? Ich hab das Haupthaus, seit ich hier bin, nicht mal betreten.«

»Ach, und das soll ich dir glauben?« Isalie riss die Augen auf. »Du bist vom Strand hochgelaufen, wir anderen blieben wie erstarrt zurück, wussten nicht, was los war.«

»Du bist mir doch nachgeeilt ...«

»Nach einer halben Ewigkeit, nachdem ich versucht hab, die anderen zu beruhigen. Also, red dich nicht raus. Du warst fast eine halbe Stunde allein, hattest also genug Zeit, dich an meinem Kleid auszutoben.« Sie deutete auf das Stoffbündel zu ihren Füßen. »Es hing im Ankleidezimmer, für jeden zugänglich.«

Tilda nickte. »Genau, für jeden zugänglich. Wieso kommst du dann als Erstes auf mich?«

»Wer sollte es sonst gewesen sein? Denkst du, Silas zerschneidet mein Kleid?«

»Jeder der Partygäste hätte es tun können«, sagte

Tilda mit bemüht ruhiger Stimme. »Immerhin mussten die Mädels auch mal auf Toilette und dazu dein Haus betreten.«

»Warum sollte eine von denen mein Kleid zerstören? Sag es mir! Du bist die Einzige, die wütend auf mich war. Du dachtest ernsthaft, ich hätte Theos Orca eingepackt. Wie besessen warst du von der Vorstellung, dass ich dir etwas Böses will. Also bist du auch die Einzige, der ich so was zutraue. Alles andere ergibt keinen Sinn.«

Tilda hob das Bündel vom Boden auf, breitete es aus, erschrak, als sie anhand der Schnitte die Wut erkannte, mit der jemand das Kleid zerstört hatte. Entsetzt sah sie Isalie an. »Ich war das nicht. Genauso wenig wie du das mit dem Orca warst. Glaub mir bitte. Ich schwöre es. «

Isalie biss sich auf die Lippen, sah von ihr zu Oliver, wirkte vollkommen verzweifelt. »Was soll ich denn jetzt machen? Ich kann doch nicht in diesem … diesem Fetzen auf meine Hochzeit gehen.«

Tilda sah, wie Oliver mitleidig das Gesicht verzog, wie er ihrem fragenden Blick auswich.

Etwas in ihr zerbrach.

Glaubte er etwa auch, dass sie das Hochzeitskleid zerstört hatte? Achtlos ließ sie die Reste des Kleides fallen, wandte sich um und lief ins Schlafzimmer, um zu packen. Sie wollte nur noch weg.

Aus dem Wohnzimmer hörte sie leises Gemurmel. Sollten die beiden doch glauben, was sie wollten. Sie wusste, dass sie es nicht getan hatte. Vor Wut schnaubend riss sie ihre Kleidungsstücke aus dem Schrank, stopfte sie in den Koffer und überlegte, wie sie am schnellsten hier wegkam.

»Was soll das werden?«, hörte sie Olivers Stimme hinter sich.

Sie wirbelte herum, funkelte ihn an. »Denkst du etwa auch, dass ich das gewesen bin?«

Oliver, der auf ihre Hände starrte, wich vor ihr zurück. Erst jetzt bemerkte sie, dass sie diese zu Fäusten geballt hatte. Schnell öffnete sie sie, brüllte los.

»Du warst es also nicht?«, fragte er mit unbewegter Miene.

Sie antwortete nicht, schob sich an ihm vorbei, um ihren Kulturbeutel aus dem Bad zu holen. In ihrem Kopf drehte sich alles.

»Du kannst doch jetzt nicht einfach abhauen«, rief Oliver ihr nach.

Sie hielt inne, drehte sich zu ihm um. »Und warum nicht? Was hält mich noch hier? Ich verschwinde. Mit oder ohne dich. Ich hätte schon vorhin packen sollen, gleich nach der Party am Strand.«

»Guck doch mal auf die Uhr, verdammt. Es ist drei Uhr nachts. Um die Zeit geht keine Fähre, kein Autozug. Willst du dir etwa mitten in der Nacht ein Hotel suchen? Vergiss es! Sylt ist voll, du kommst nirgends unter.« Er brach ab, sah sie an. »Ich mach dir einen Vorschlag: Wir bleiben so lange hier, bis der erste Autozug aufs Festland geht und reisen dann zusammen ab.«

Sie hielt inne, sah ihn argwöhnisch an. »Und du versuchst nicht, mich zu überreden, doch an dieser verfluchten Hochzeit teilzunehmen?«

Oliver stieß ein bitteres Lachen aus. »Das wär ziemlich dumm von mir. Es ist unwahrscheinlich, dass Isalie dich nach allem, was passiert ist, noch dabeihaben möchte.«

Sie legte den Kopf schräg, studierte seine vorwurfsvolle Miene. »Denkst du noch immer, dass ich es war? Dass ich so etwas meiner ehemals besten Freundin antun würde? Ihr Brautkleid zerstören! So etwas machen nur Psychopathen.«

Oliver schnaubte, schien nachzudenken und senkte den Blick.

»Antworte!«, forderte sie ihn auf. »Traust du mir so etwas Boshaftes zu?«

Er blickte sie an, sein Gesichtsausdruck war verhärtet. »Lass uns drüber reden, wenn wir die Insel verlassen haben. Ich will mir nicht auch noch den Rest der Nacht um die Ohren schlagen, wenn ich in ein paar Stunden mehr als tausend Kilometer herunterreißen muss.«

»Wann brechen wir auf?«, fragte Tilda.

»Gegen acht Uhr, dann bekomm ich wenigstens noch ein paar Stunden Schlaf. Suchst du uns einen Autozug raus, der gegen neun von Westerland abfährt?«

Tilda nickte, versuchte, sich ihre bittere Enttäuschung nicht anmerken zu lassen. »Ja, sicher. Ich werde eh kein Auge mehr zumachen.«

Sie mied Olivers Blick, schloss den Koffer, hob ihn vom Bett, verließ das Schlafzimmer. Im Wohnbereich nahm sie das Handy von der Kommode, schaltete es ein, wartete, bis der vertraute Ton verkündete, dass das Gerät startbereit war. Als sie sah, dass Paul mehrmals versucht hatte anzurufen, zog ihr Innerstes sich schmerzhaft zusammen.

Paul!

Sie hätte schon längst mit ihm reden müssen. Mit zittrigen Händen scrollte sie durch die Nachrichten, sah, dass er mehrere, mit der dringenden Bitte um Rückruf, geschickt hatte. Ihr Finger schwebte schon auf dem Hörerbutton, doch dann fiel ihr ein, dass es mitten in der Nacht war. Auch dieser Anruf musste bis zum Morgengrauen warten.

Sie stöhnte frustriert.

Schließlich suchte sie die Internetseite der Fährverbindungen und buchte wenigstens schon mal die Überfahrt.

Nur weg hier!

Wenn sie erst wieder zu Hause in Augsburg war,

konnte sie Paul persönlich treffen und ihn bitten, ihr zu helfen. Zusammen würden sie eine Erklärung dafür finden, wie Theos Lieblingsspielzeug in das Trauzeuginnen-Präsent ihrer Freundin gekommen war.

Etwas ruhiger geworden, verband sie das Handy wieder mit dem Ladekabel und sah sich unschlüssig um. Sich hinzulegen war sinnlos. Sie würde wirklich kein Auge zubekommen. Noch weniger ertrug sie im Moment Olivers Nähe.

Es verletzte sie zutiefst, dass er ihr zutraute, Isalies Kleid zerschnitten zu haben. Das passte einfach nicht zu ihm. Grübelnd ließ sie die Ereignisse noch mal vor ihrem inneren Auge Revue passieren. War sein Misstrauen eine Reaktion darauf, dass sie ihm etwas Wichtiges aus ihrer Vergangenheit vorenthalten hatte? Hatte das sein Vertrauen erschüttert? Und war sie dann nicht zum Teil selbst schuld daran, dass er ihr misstraute?

Sie schluckte, legte den Kopf in den Nacken, hatte plötzlich das Gefühl, die Wände kämen auf sie zu. Ihre Handflächen fühlten sich heiß und feucht an, ein zunehmendes Pochen in ihren Schläfen kündigte Kopfschmerzen an.

Raus, dachte sie.

Ich muss hier raus!

Hastig schlüpfte sie in ihre Turnschuhe, riss ihren Cardigan vom Haken und verließ mit zittrigen Knien das Gästehaus in Richtung Strand.

FÜNFZEHN
AUGSBURG

JUNI 2022

Ein leises Surren ließ Paul hochschrecken. Verwirrt blickte er sich um und bemerkte, dass er mal wieder in voller Montur auf dem Sofa eingenickt war.

Wieder dieses Surren. Er runzelte die Stirn, blinzelte und rieb sich die pochenden Schläfen. Vor ihm auf dem Tisch stand die nur noch halb volle Flasche des Hochprozentigen, die er gestern Abend geöffnet hatte.

Ihm wurde übel.

Wankend kam er auf die Beine, stolperte ins Bad und spritzte sich eiskaltes Wasser ins Gesicht. Sein Blick fiel auf den Spiegel, während er sich die Zähne putzte, um den widerlichen Geschmack von Whiskey loszuwerden. Nur gut, dass seine Kollegen ihn nicht in diesem Zustand sahen oder seinen muffeligen Geruch einatmen musste. Er spülte kräftig nach, nicht dass sie in Ohnmacht fielen, wenn er den Mund aufmachte.

Erneut hörte er ein Surren, warf einen Blick auf die Uhr an seinem Handgelenk, fluchte. Wer zur Hölle rief ihn um Viertel vor sechs an?

Der Nebel in seinem Kopf lichtete sich nur langsam, während er zurück ins Wohnzimmer ging und darüber nachsann, ob ein starker Kaffee seinem angegriffenen Magen guttäte. Eher nicht, wenn er arbeiten und bis zum Abend durchhalten wollte. Also Tee, beschloss er und schlurfte Richtung Küche, als er sein Smartphone blinken sah. Er bückte sich, nahm es auf, keuchte, als ein stechender Schmerz durch seinen Kopf schoss. Als er sah, dass Tilda zurückgerufen hatte, schluckte er die hochschießende Magensäure angewidert hinunter.

Ihr in seinem Zustand mitzuteilen, dass man die Überreste ihres Bruders gefunden hatte, war mehr, als er im Moment ertrug. Aber er hatte keine Wahl, rieb sich die schmerzenden Schläfen, atmete tief ein und aus und drückte auf Rückruf.

Sie meldete sich. Ihre Stimme klang leise und brüchig, als habe sie geweint.

»Alles in Ordnung?«, fragte er sanft, obwohl alles in seinem Innern danach schrie, seine schreckliche Nachricht rasch loszuwerden, damit er es hinter sich hatte.

»Nein, nichts ist in Ordnung«, sagte sie und räusperte sich.

»Was ist passiert?«, fragte er und hielt den Atem an. Wusste sie etwa, was er ihr sagen wollte?

Sie atmete schwer, dann brach es aus ihr hervor: »Jemand hat mir Theos Lieblingsspielzeug zukommen lassen.«

Er brauchte einen Moment, bis ihm dämmerte, wovon sie sprach. »Du meinst den Orca, den er dabei hatte, als er verschwunden ist?«

»Ja. Jemand hat ihn in das Präsent zum Junggesellinnenabschied meiner Freundin geschmuggelt.«

»Moment mal, du bist also auf dieser Hochzeit in Sylt«, stellte er fest. »Und da hat jemand dir Theos Spielzeug zukommen lassen? Wie kam es dazu?«

Tilda schilderte es ihm, gab an, dass sie zunächst Isalie verdächtigt hatte.

Paul stieß die Luft aus. »Glaubst du ihr?«

»Ja.«

»Aber wer könnte es dann gewesen sein?«

»Ich hab nicht die geringste Ahnung.«

»Warum hast du mich nicht sofort angerufen?«

»Ich war total geschockt, konnte zunächst nicht klar denken«, erklärte sie. »Und da ich heute ohnehin abreise, wollte ich mich mit dir verabreden, wenn ich wieder in Augsburg bin. Aber dann las ich deine Nachrichten.«

»Du klingst mitgenommen. Ist sonst noch was passiert?«

»Ja, ich hab einige seltsame WhatsApp-Nachrichten erhalten und jemand hat Isalies Hochzeitskleid zerschnitten. Sie denkt, ich war es.«

»Warum solltest du so etwas Bescheuertes tun?«

Er hörte sie erleichtert lachen.

»Danke, dass wenigstens du mir das nicht zutraust.«

»Natürlich nicht, glaubt deine Freundin wirklich, du warst das?«

»Ja, sie dachte, es ist ein Racheakt für diese Gesichte mit Theos Wal.«

»Wusste sie von Theos Lieblingsspielzeug?«

»Ja.«

»Dann ist dein Gedanke nicht so abwegig.«

»Danke«, flüsterte sie. »Danke, dass wenigstens du mir glaubst«, wiederholte sie.

Er spürte, wie sich sein Magen verkrampfte. »Bist du alleine auf Sylt?«

»Oliver ist auch hier. Aber ...«

»Was ist mit ihm?«

»Er ist scheißwütend auf mich.«

»Auf dich? Gottverdammt, was ist denn da los bei euch?«

»Ich hab ihm nichts von Theo erzählt.«

»Was bedeutet das?«

»Das, was ich gesagt habe. Er wusste nichts von meinem Bruder. Ich habe ihm nie von ihm erzählt.«

»Na und? Du entscheidest, wem du etwas von deiner Vergangenheit anvertraust.«

»Er glaubt wie Isalie, dass ich ihr Kleid zerschnitten habe.«

»Dann kennt er dich aber nicht besonders gut.«

Sie stieß einen verzweifelten Lacher aus. »Sieht so aus.«

»Soll ich dich abholen kommen?«

»Oliver und ich reisen nachher ab, trotzdem danke.«

»Da ist noch etwas, das ich dich fragen muss.«

»Okay …?«

»Deine Mutter … hat sie sich bei dir gemeldet?«

»Warum sollte sie?«

Er spürte, wie ihm der Schweiß ausbrach. »Sie war gestern bei uns.«

»Auf dem Präsidium?«

»Ja.« Er holte Luft, schloss die Augen, zählte bis drei. »Es tut mir leid, Tilda …«, begann er und brach ab.

»Was tut dir leid? Du machst mir Angst!«

»Wir haben ihn gefunden. Theo.«

Stille.

Sekundenlang.

Oder waren es Minuten?

Es fühlte sich für ihn wie eine Ewigkeit an.

»Und du hast es ihr zuerst gesagt?«, stieß sie fast tonlos hervor. »Du hast es meiner Mutter zuerst gesagt.«

»Es ging nicht anders. Sie ist seine Mutter. Und dir wollte ich es persönlich sagen. Ich war gestern Abend bei dir, hab geklingelt, dich angerufen. Wirklich Tilda, es tut mir unendlich leid.«

»Schon gut«, gab sie mit erstickter Stimme zurück. »Wo habt ihr ihn gefunden? Und was wisst ihr?«

»Im Siebentischwald. Wie es aussieht, lag er über zehn Jahre dort begraben. Wahrscheinlich länger.«

»Fünfzehn Jahre, um genau zu sein«, stellte sie fest.

»Ja, fünfzehn Jahre«, wiederholte er. »Nicht zu fassen, dass deine Mutter nicht versucht hat, dich zu erreichen.«

»Kennt ihr die Todesursache?«, fragte Tilda, ohne auf seine Bemerkung einzugehen.

»Die Forensiker sind dran, wenngleich die Hoffnung, etwas zu finden, minimal ist. Die Knochen waren zu lange der Feuchtigkeit ausgesetzt. Du weißt, dass es das schwierig macht.«

Er hörte ihr leises Schniefen und wünschte sich sehnlichst, sie in seine Arme zu nehmen und nicht mehr loszulassen. Auch wenn das jetzt wohl die Aufgabe dieses Schreiberlings war, der hoffentlich seinen Groll hinunterschlucken und für sie da sein würde.

»Wann werdet ihr in Augsburg sein?«, fragte er, nur um irgendwas zu sagen.

Sie schnäuzte sich. »Das kann spät werden.«

»Ich warte auf dich. Okay?« Plötzlich hörte er Schreie durch den Hörer.

»Was ist da bei dir los? Tilda, wo bist du im Augenblick?«

Es dauerte eine Weile, ehe sie antwortete. »Am Strand. Ich bin seit drei Uhr hier. Starre aufs Meer, frage mich, was schiefgelaufen ist. Ich hätte niemals herkommen dürfen.«

Wieder Schreie. Lauter diesmal. Näher.

»Tilda, hallo ...?« Er hörte, dass etwas in der Leitung raschelte.

»Keine Ahnung«, stieß sie hektisch aus. Ihre Stimme klang panisch.

Jemand sprach mit ihr, schrie sie an.

»Tilda? Hörst du mich noch? Melde dich, sag was da bei dir los ist!«

Sie antwortete ihm nicht, aber er hörte ihre verhalten klingende Stimme. Sie unterhielt sich mit einem Mann.

Es raschelte erneut in der Leitung, er hörte sie hektisch atmen. »Ich muss auflegen«, erklärte sie, »hier bricht gerade die Hölle los.«

SECHZEHN
SYLT

JUNI 2022

Tilda hatte im Moment weder Augen für den prächtigen Sonnenaufgang am Horizont noch für die zwei Gestalten, die sich ihr näherten. Erst als diese wild mit den Armen fuchtelnd auf sie zustürzten, erkannte sie durch ihren Tränenschleier, dass es Oliver und Silas waren. »Was ist los?«, brachte sie mühsam hervor.

»Wo ist sie?«, rief Silas und sah sich um.

»Wer?«, fragte Tilda.

»Isalie, sie ist verschwunden.«

»Verschwunden?« Tilda verstand zwar die Worte, doch sie kamen nicht in ihrem Bewusstsein an. Das Einzige, was langsam in ihr Hirn einsickerte, war, dass Theo, ihr kleiner Bruder, nicht mehr lebte. Seit Jahren schon nicht mehr.

Sie sank in den Sand, barg das Gesicht in ihren Händen, weinte jetzt hemmungslos. Eine Hand legte sich auf ihre Schulter.

»Tilda … was geht hier vor? Weißt du, wo Isalie ist?«, fragte Oliver besorgt. »Hast du sie gesehen?«

Sie sah zu ihm auf, schüttelte den Kopf. »Nein, ich

bin die halbe Nacht hier unten am Strand gewesen. Seit drei Uhr.«

Oliver starrte sie perplex an. »Du hast die Nacht hier verbracht? Wieso? Wie siehst du überhaupt aus?«

»Ich konnte nicht schlafen.«

»Und du hast wirklich keine Ahnung, wo Isalie ist?«, fragte Silas, dem seine Sorge und Ungeduld deutlich anzuhören waren.

Sie schüttelte den Kopf. »Vielleicht ist sie joggen gegangen. Oder nach Westerland, ein neues Kleid besorgen.«

»Ohne Wagen?«, stieß Silas bitter hervor. »Wohl kaum. Sie hat nichts dabei. Ihr Handy ist im Haus, ihre Handtasche und Geldbörse ebenfalls.«

Tilda stand auf, schwankte, kämpfte gegen die aufsteigende Übelkeit an. Wischte sich die Tränen ab.

Oliver sah sie forschend an, fasste sie am Arm. »He, sieh mich an! Was stimmt jetzt schon wieder nicht mit dir? Sag es mir.«

»Nicht, lass mich.« Tilda schüttelte seinen Arm ab.

Silas achtete weder auf sie noch auf Oliver. »Isa hat in einer knappen Stunde den ersten Termin«, sagte er, auf die Uhr blickend. »Die Friseurin ist Monate im Voraus ausgebucht, Isalie würde sie niemals versetzen.«

Wie zuvor rauschten die Worte an Tilda vorbei, sie stöhnte, sah von Oliver zu Silas, der sich inzwischen verzweifelt die Haare raufte.

»Und der Fotograf … oh Mann … wisst ihr, wie schwer es war, ihn an diesem Wochenende auf die Insel zu bekommen? Sein Terminplan ist bis oben hin voll und wir können glücklich sein …«

»Ich weiß, das wird schwer für dich zu begreifen sein«, unterbrach Tilda ihn. »Aber euer Friseur und der Scheißfotograf gehen mir gerade am Arsch vorbei. Die sterblichen Überreste meines Bruders wurden gefunden.«

Sie bemerkte Olivers entsetzten Blick, wich ihm aus. Auch Silas starrte sie vollkommen entgeistert an.

»Wann wurden sie gefunden?«, fragte Oliver leise.

»Keine Ahnung. Ich weiß von Paul nur, dass sie ihn gefunden haben.«

»Wann habt ihr telefoniert?«, fragte Oliver.

»Gerade eben. Ich hab Paul von dem Orca erzählt, von den Nachrichten und von Isas Kleid. Dann hat er es mir gesagt. Ein Förster habe Theos Knochen in einem Erdloch im Wald gefunden.«

»In einem Loch im Wald?« Oliver war blass geworden.

»Du erinnerst dich an die Nachricht, die ich nach der Ankunft hier bekommen habe?«

Er nickte. »Ist es das …« Er brach ab.

»Ich weiß es nicht, Oliver. Ich muss erst mit Paul darüber sprechen. Deswegen will ich jetzt auch los. Sofort!«

»Tilda«, stieß Oliver aus und sah sie betreten an. »Wir können jetzt nicht einfach hier weg … Isalie ist verschwunden. Wir sollten helfen, sie zu finden.«

»Du hast es mir versprochen.«

»Ich weiß«, gab Oliver zurück. »Aber da ahnte ich nicht, was heute Morgen los sein würde. Silas macht sich große Sorgen um sie.«

Tilda sah von ihm zu Isalies Verlobtem. »Na und? Dann bleib doch hier und hilf bei der Suche und ich fahre mit dem Zug.« Sie hörte selbst, wie forsch sie klang. Doch sie konnte nicht anders, ihre Nerven lagen blank.

»Bleib bitte«, flehte Oliver.

»Wozu? Ihr seid genug Leute. Ich muss nach Hause. Paul wollte bereits herkommen, mich abholen. Ich hab abgelehnt, weil du versprochen hast, dass wir heute früh abreisen und ich schon am Abend in Augsburg sein kann, um mich mit ihm zu treffen. Ich hätte seinen Vorschlag annehmen sollen!«

»Tilda, bitte, sei nicht so«, sagte Oliver mit sanfter Stimme. »Außerdem hab ich mit keiner Silbe gesagt, dass wir heute nicht nach Hause fahren. Wir brechen auf, sobald wir Isa gefunden haben.«

Tilda sah ihn an, schüttelte den Kopf. »Sie ist sauer, okay. Wegen ihres Kleides. Deswegen schmollt sie jetzt irgendwo und will, dass alle Welt sich um sie sorgt und sie bemitleidet. So war sie früher schon.« Ihr Blick glitt zu Silas. »Vielleicht hat sie auch einfach nur kalte Füße bekommen.«

Als sie bemerkte, wie Silas' Gesichtszüge entgleisten, bereute sie ihre Worte. »Überleg doch mal«, sprach sie etwas ruhiger auf ihn ein. »Wo soll sie schon sein? Ohne Geld, ohne Auto? Habt ihr es bei ihrer Familie versucht? Bei den Mädels?«

»Natürlich haben wir das«, gab Silas mit bebender Stimme zurück. »Niemand hat sie gesehen.«

»Scheiße, verdammt«, fluchte Tilda und rieb sich mit beiden Händen über die noch feuchten Wangen. »Na gut. Ich helfe euch suchen. Doch sobald wir sie gefunden haben, verschwinden wir!«

Es war fast elf Uhr, als sie mit Oliver wieder zum Haus zurückkehrte. Sie sah Silas, der sich hektisch mit Isalies Vater, dessen Frau und seiner Schwester Nicole unterhielt.

Als Silas sie bemerkte, kam er ihnen entgegen. »Und?«, fragte er mit brüchiger Stimme.

Tilda schüttelte bedauernd den Kopf. »Wir waren in allen Kneipen und Cafés, die jetzt schon geöffnet haben, und haben ihr Foto, das du uns gegeben hast, herumgezeigt. Danach haben wir die umliegenden Strände abgesucht, sind die Straßen in der Umgebung abgefahren. Sie ist nirgendwo aufgetaucht.«

Silas rieb sich über die Augen, ließ den Kopf hängen. »Ich hatte auch kein Glück«, stieß er aus. »Ich hab jede einzelne ihrer Freundinnen abgeklappert, sie angefleht, mir zu sagen, ob Isa es sich anders überlegt hat. Doch sie alle waren absolut sicher, dass sie mich heiraten wollte. Sie sei glücklich mit mir.«

Isalies Vater gesellte sich zu ihnen. »Und wir sind rumgefahren, haben alle Leute, die wir auf der Insel kennen, angesprochen, niemand weiß was. Auch bei der Friseurin und dem Fotografen hat sie sich nicht gemeldet. Keine Ahnung, was das zu bedeuten hat.«

»Du hast keine Ahnung?« Silas lachte bitter. »Das bedeutet, dass die Hochzeit geplatzt ist. Der erste Termin ist in zwanzig Minuten und meine Braut ist verschwunden. Also hat sie es sich wohl im allerletzten Moment doch noch anders überlegt.«

Oliver sah von ihm zu Isalies Vater, dann zu ihr. Sein Gesichtsausdruck sprach Bände.

Tilda legte den Kopf in den Nacken, seufzte lautlos. Dann riss sie sich noch ein letztes Mal zusammen und blickte sie jeden Einzelnen an. »Hört zu. Es tut mir leid. Aber ich kann nicht mehr länger bleiben, weil es da etwas gibt, um das ich mich dringend kümmern muss. Deswegen schlage ich vor, dass ihr die Polizei benachrichtigt.«

»Die Polizei«, wiederholte Silas kopfschüttelnd, »was hat die mit meiner verschwundenen Braut zu tun?«

Tilda suchte seinen Blickkontakt. »Silas, wenn ihr euch nicht gestritten habt, nichts weiter zwischen euch vorgefallen ist, dann ist sie wohl kaum verschwunden, weil sie kalte Füße bekommen hat wegen eurer Hochzeit.

Fest steht, wir haben alles abgesucht und sie nicht gefunden. Es scheint, als habe sie sich in Luft aufgelöst. Das ist Grund genug, die Polizei einzuschalten.«

Sie spürte Olivers harten Griff an ihrem Arm, zuckte zusammen. »Was?«, fauchte sie. »Ich hab meinen Teil der Abmachung eingehalten. Wir haben nach ihr gesucht, sie nicht gefunden. Der Rest ist Sache der Polizei. Ich bin keine Polizistin mehr, ganz zu schweigen davon, dass die Insel nicht mein Ermittlungsgebiet wäre. Die Kollegen vor Ort müssen sich darum kümmern. Und wir fahren jetzt nach Hause.«

Oliver zog sie ein Stück zur Seite, wo die anderen sie nicht hören konnten. »Du siehst es nicht, oder?«

»Was meinst du?«

»Isalie ist weg. Spurlos verschwunden. Am Tag ihrer Hochzeit. Sie hat nichts bei sich. Nicht einmal ihr Handy. Kommt dir das nicht seltsam vor?«

Tilda hob die Schultern. »So verwunderlich ist das nicht. Sie ist eben wankelmütig, hat vielleicht doch keine Lust zu heiraten. So was kommt öfter vor.«

»Aber eben hast du Silas noch etwas ganz anderes gesagt.«

»Ja, hab ich! Damit wir hier wegkönnen.«

»Aber siehst du nicht, wie das für die anderen und für die Polizei aussehen wird, wenn wir beide jetzt verschwinden?«

Tilda starrte ihn verdattert an.

»Du hattest gestern Abend Streit mit ihr. Zweimal sogar. Zuerst wegen Theos Spielzeug. Dann wegen Isalies Kleid. Du hast die halbe Nacht allein am Strand verbracht. Hast also kein Alibi. Und jetzt ist deine ehemals beste Freundin verschwunden und du hast nichts Besseres vor, als die Flucht zu ergreifen?«

»Die Flucht ergreifen? Sag mal, spinnst du?«

»Nein, und jetzt hör endlich auf, nur an dich zu

denken, oder sieh wenigstens ein, dass du gerade dabei bist, dich verdächtig zu machen.«

»Wie bitte? Ich soll aufhören, an mich zu denken? Hast du mir eben nicht zugehört? Man hat Theos Leiche in Augsburg entdeckt. Oder das, was noch von ihm übrig ist …« Ihre Stimme brach und sie brauchte einen Augenblick, um sich wieder in den Griff zu bekommen. Sie sah Oliver fest an, ignorierte die Blicke der anderen. »Theo ist tot. Seit vielen Jahren schon und so langsam wird mir bewusst, wie naiv ich gewesen bin, all die Jahre in falscher Hoffnung gelebt zu haben. Er ist tot, mein unschuldiger kleiner Bruder ist für immer fort. Glaubst du wirklich, mich interessiert es im Moment auch nur einen Scheiß, was irgendwelche Dorfpolizisten von mir denken könnten, wenn ich jetzt von hier verschwinde?«

»Dann lass es mich mal zusammenfassen«, konterte Oliver scharf. »Wenn du verschwindest … wenn wir verschwinden, während eine Vermisstensuche läuft, mit der wir in direkter Verbindung stehen, dann sind wir ganz schnell was …?« Er machte eine bedeutungsschwangere Pause, sah sie abwartend an.

Sie starrte zurück, verschränkte die Arme vor der Brust.

»Das ist es, was dir Sorgen macht? Dein verdammter Ruf? Du befürchtest, dass die Polizei dich für einen Verdächtigen in einem Vermisstenfall halten könnte?«

»Das ist nicht abwegig und das weißt du.«

»Möglich, aber weißt du was? Mir ist das egal, weil ich weiß, dass ich nichts mit Isalies Verschwinden am Hut hab. Wir beide haben nichts damit zu tun. Und was die anderen über mich oder uns denken, ist mir schnurz.«

»Verdammt, Tilda, komm zur Vernunft! Die Presse könnte Wind davon bekommen. Wie sieht das dann aus? Überleg mal!«

Tilda kniff die Augen zu Schlitzen zusammen, musterte ihn. Dann lachte sie hysterisch. »Also hab ich recht gehabt! Das ist alles, was dir Sorgen bereitet. Bloß keine schlechte Publicity auf dich ziehen, was?«

»Er hat recht«, mischte sich eine männliche Stimme ein. Tilda wandte den Blick, sah sich Isalies Vater gegenüber. Er wirkte blass, beinahe grau vor Sorge.

»Ich könnte mir vorstellen, dass die Beamten vor Ort wenigstens ein paar Worte mit euch wechseln wollen. Wenn wir die Polizei einschalten, gilt Isalie offiziell als vermisste Person und dann seid ihr beide wichtige Zeugen, deren Aussage die Polizei braucht.« Er sah Tilda an, legte den Kopf schräg. »Von deinen momentanen Problemen mal abgesehen … Du bist doch Polizistin … Was würdest du denken, wenn die beste Freundin einer Vermissten plötzlich das Weite sucht?«

SIEBZEHN
SYLT

JUNI 2022

»Sie ist was?« Bela Anderson umklammerte den Hörer fester und schob seinen Kaffee, den er gerade trinken wollte, von sich.

Der Anrufer, der von der Zentrale der örtlichen Polizeidienststelle durchgestellt worden war, schien den Tränen nahe. »Ich bin heute Morgen aufgestanden und habe bemerkt, dass ihre Seite des Bettes unbenutzt ist. Nach dem Drama gestern Nacht dachte ich, dass sie vielleicht nicht schlafen konnte, deswegen aufgeblieben ist, um in aller Früh wegen eines Ersatzkleides nach Westerland zu fahren. Doch ihr Wagen steht in der Einfahrt und ihr Handy sowie ihre Handtasche sind auch noch hier. Wir haben bereits überall nach ihr gesucht.«

Bela stieß die Luft aus. »Wer ist wir?«

»Zuerst hab ich mit Tilda und ihrem Freund die nahe Umgebung abgesucht. Anschließend hab ich Nicole und Isalies Familie angerufen und um Hilfe gebeten.«

»Hattet ihr Streit? Isa und du?«

»Nein«, kam es von seinem Kumpel. »Natürlich nicht!«

»Aber du sagtest doch eben, dass es gestern Nacht ein heftiges Drama gab.«

»Damit hatte ich nichts zu tun. Es ging um ihr Brautkleid. Ein sündhaft teures Teil von irgendeiner Designerin. Hat über zehntausend Euro gekostet. Jemand hat es zerschnitten.«

Bela runzelte die Stirn. »Jemand? Hast du einen Verdacht?«

»Naja, Isalie dachte, es sei ihre alte Freundin Tilda gewesen.«

»Warum sollte sie so etwas tun?«

»Hat Frauke dir nicht erzählt, was beim Junggesellinnenabschied los war?«

»Sie meinte nur, Isas alte Freundin sei ziemlich seltsam drauf. Wegen einer Lappalie sei sie total ausgeflippt und habe allen gründlich die Stimmung verdorben. Irgendwas mit einem Päckchen ... Frauke war übrigens schon kurz nach elf wieder zu Hause. Ich wollte nach der Schicht gleich ins Bett, wir haben uns nur kurz ausgetauscht. Und heute früh haben wir noch nicht miteinander gesprochen. Wir wollten uns nachher auf der Feier treffen.«

»Tja, daraus wird nichts.« Silas am anderen Ende lachte bitter. »Die Hochzeit fällt wohl aus, von Isalie fehlt jede Spur.«

»Habt ihr es im Krankenhaus versucht? Vielleicht ist sie ja beim Laufen gestürzt. Niemand kann dich kontaktieren, wenn sie keine Papiere dabeihat.«

»Ich hab bereits alle Krankenhäuser angerufen. Nirgends ist eine Frau eingeliefert worden, deren Beschreibung auf meine Verlobte passt.«

»Und bei einem der Mädels?«

»Nichts. Sie ist einfach verschwunden.«

»Und du bist absolut sicher, dass ihr beide in den letzten Tagen keinen Streit hattet, den sie dir noch übel nehmen könnte? Vielleicht ist ihr erst im allerletzten Moment bewusst geworden, dass sie doch nicht heiraten will und ist abgetaucht?«

»Ohne Geld, ohne Handy ...?«

»Stimmt auch wieder«, murmelte Bela. »Könnte Isalie … ich meine, ich kenne sie ja nicht so gut wie du oder Frauke, aber könnte sie … na ja … ein psychisches Problem haben, das ihr über den Kopf gewachsen ist?«

»Fragst du mich ernsthaft, ob meine Zukünftige am Tag ihrer Hochzeit einen Nervenzusammenbruch erlitten haben könnte?«

»Sie wäre nicht die Erste, der das passiert, glaub mir.«

»Und selbst wenn, was dann? Wo sollte sie sich versteckt haben?«

Bela schwieg, holte tief Luft.

»Glaubst du etwa, sie könnte sich etwas angetan haben? Meine Isa?«

»Alter«, gab Bela zerknirscht zurück, »daran hab ich jetzt wirklich nicht gedacht, aber na ja, wir müssen in alle Richtungen überlegen …« Er brach ab. »Hör zu, ich schnapp mir Florian und bin in einer knappen halben Stunde bei euch.«

»Danke«, antwortete Silas und ihm war die Erleichterung deutlich anzuhören.

Bela brütete kurz vor sich hin. Kam sich schäbig vor. Konnte er seinem Kumpel nicht noch was anderes sagen? Etwas Aufbauendes? Immerhin war heute der Tag seiner Hochzeit und seine Braut war verschwunden. So etwas wünschte er nicht mal seinem schlimmsten Feind. Er räusperte sich. »Wir finden sie, okay?«

Silas am anderen Ende der Leitung keuchte leise. »Glaubst du wirklich?«

»Ja«, gab Bela zurück und stieß lautlos den Atem aus. »Bis gleich.«

Nachdem er aufgelegt hatte, stand er auf, ging ins Büro nebenan, riss die Tür auf, ohne zu klopfen. »Auf gehts«, sagte er zu Flori, seinem Kollegen.

»Was gibts?«

»Es geht um Isalie. Sie ist weg.«

»Heiratet die nicht heute?«

»So wars geplant. Aber eben rief Silas an, sie ist verschwunden.«

Flori grinste. »Die Braut, die sich nicht traut.«

Bela starrte ihn an. »Was?«

»Kennst du den Film nicht? Julia und Richard, das Traumpaar schlechthin. Elli hat mich gezwungen, ihn mit anzugucken.«

Bela hob die Schultern. »Gut möglich, dass sie nur kalte Füße bekommen hat und jetzt irgendwo sitzt und wartet, bis es vorbei ist. Aber das wissen wir nicht und deswegen sollten wir alle Hebel in Bewegung setzen und nach ihr suchen.«

»Seit wann ist sie weg?«

»Er sagt, seit heute Morgen.«

»Wäre es dann nicht besser, bis morgen zu warten? Du weißt schon … vierundzwanzig Stunden …«

Bela seufzte. »Silas ist mein Kumpel. Ich kann ihm schlecht sagen, dass wir bis morgen warten. Was schadet es, wenn wir ihm helfen, die Insel abzuklappern? Sollte sie bis morgen nicht aufgetaucht sein, rate ich Silas, dass er eine Vermisstenanzeige aufgeben soll.«

»Okay.« Florian nickte, stand auf. »Dann mal los.«

Als Bela seinen Dienstwagen die Auffahrt zu Silas' und Isalies Haus hinauflenkte, bemerkte er eine aufgeregte

Menschentraube, die sich auf dem Parkplatz versammelt hatte und über etwas zu diskutieren schien.

»Probleme?«, fragte er, nachdem er ausgestiegen war.

Silas kam ihm mit grimmigem Gesichtsausdruck entgegen. »Kann man wohl sagen.« Er wies auf eine Frau, die sich etwas abseits hielt. »Sie will abhauen. Einfach verschwinden, und das, obwohl ihre Freundin vermisst wird. Ich hab ihr gesagt, wie beschissen ich das finde, da ist sie auf mich losgegangen.«

Bela sah mit hochgezogenen Brauen zu Flori, dann wieder zu seinem Kumpel.

»Wer ist auf dich los?«

»Tilda. Sie hat ihr Zeug gepackt und wollte es gerade in den Wagen packen, als ich dazukam. Ich hab es zuerst im Guten versucht ... aber irgendwann hat es mir gereicht. Ich hab ihr gesagt, dass du entscheidest, wann wer von hier verschwinden darf, da ist sie ausgetickt.«

»Ausgetickt?«

»Sie hat mich angebrüllt.«

Bela hob beschwichtigend die Hände. »Jetzt komm mal runter und stell mich den Leuten vor, okay?«

Silas nickte, zog ihn mit sich. Er deutete auf einen gut aussehenden älteren Herrn. »Mein Schwiegervater, ich meine, ihr habt euch schon mal gesehen.«

Bela nickte, gab dem Mann die Hand.

»Ich bin Nicole«, sagte eine Frau, die Silas wie aus dem Gesicht geschnitten war. Er begrüßte auch sie, dann wandte er sich einer Frau zu, neben der ein kleines Mädchen stand. »Ich bin Anna, die Frau von Isalies Vater, und das hier …«, sie deutete auf das Mädchen neben sich, »ist unsere Tochter.«

Bela grinste die Kleine an, strich ihr übers Haar. Sein Blick glitt zu einem Typen, der ihm vage bekannt vorkam.

»Den kennst du«, erklärte Silas. »Das ist Cassian Otto.«

Bela runzelte die Stirn, bevor es ihm einfiel. »Der Fantasy-Autor.« Er streckte ihm die Hand entgegen.

»Thriller«, gab der Mann zurück und erwiderte seinen Gruß.

Natürlich wusste Bela, welche Art von Büchern Otto schrieb, aber irgendwas an ihm reizte ihn.

»Mein Kumpel mag deine Bücher nicht«, erklärte Silas prompt.

Bela verkniff sich ein Grinsen, als er Cassian Ottos betroffene Reaktion bemerkte. Nach Sekunden hatte dieser sich aber wieder im Griff und lächelte ihn verbindlich an. »Mein richtiger Name ist übrigens Oliver.«

Bela nickte, sah dann zu der Frau neben ihm. War das nicht die Frau, mit der sich Silas eben gestritten hatte? Eine ausgesprochen aparte Erscheinung, ja eine seltene Schönheit, wenn man von ihrem übellaunigen Gesichtsausdruck absah. »Sie müssen Tilda sein«, sagte er und reichte ihr die Hand.

»Sie ist auch Polizistin«, warf Silas in einem abfälligen Ton ein.

»Ach ja?« Bela runzelte fragend die Stirn. »Von wo kommen Sie?«

»Augsburg«, erklärte Tilda mit ernstem Blick. »Und genau dahin muss ich schnellstmöglich zurück, aber Silas besteht darauf, dass ich bleibe.«

»Sie müssen zum Dienst?«, fragte Bela.

»Sie arbeitet aktuell nicht als Polizistin, schreibt seit einiger Zeit auch Bücher«, erklärte Silas und erntete einen bösen Blick von ihr.

»Darf ich vielleicht selbst antworten?«, wies sie ihn zurecht.

Silas hob ergeben die Hände.

Sie beachtete ihn nicht weiter, sondern nickte Bela mit offenem Blick zu. »Aber es stimmt. Ich schreibe ebenfalls Thriller und habe mich beurlauben lassen. Eine lange Geschichte ... Aber das tut nichts zur Sache. Ich muss schnellstmöglich zurück nach Augsburg.«

»Tilda«, mischte sich nun wieder Oliver ein. »Isalie ist weg und ich finde wirklich ...« Er verstummte, als er ihren zornigen Blick bemerkte.

»Verdammt, hatten wir das nicht schon? Mein Bruder, der seit fünfzehn Jahren als vermisst galt, wurde gefunden. Besser gesagt seine Überreste. Kapier endlich, dass ich zurückmuss.«

Bela starrte sie entgeistert an. »Könnten Sie ein wenig präziser werden?«

»Ich weiß auch noch nichts Genaueres. Mein ehemaliger Kollege hat es mir erst vor ein paar Stunden gesagt. Seine Knochen wurden in einem ausgehobenen Loch im Wald entdeckt.«

»Und er war fünfzehn Jahre lang vermisst?«

Tildas Augen schwammen in Tränen, während sie stumm nickte.

»Das tut mir schrecklich leid«, sagte er und meinte es genauso.

»Da ist auch noch etwas anderes«, kam es von Tilda.

»Ja?« Er sah sie auffordernd an.

»Seit ich hier bin, passieren merkwürdige Dinge. Ich bekam Drohungen auf mein Handy. Gestern Abend tauchte das Lieblingsspielzeug meines Bruders auf dem Junggesellinnenabschied auf, verpackt als Präsent. Ich dachte, Isalie hätte sich einen makabren Scherz erlaubt. Es kam zum Streit. Und später, es war mitten in der Nacht, stürmte sie zu uns ins Gästehaus und behauptete, ich hätte ihr Brautkleid zerstört.«

»Silas hat das am Telefon erwähnt«, sagte Bela. »Aber sie waren es nicht?«

Kopfschütteln.

»Aber Isa und Sie hatten einen Streit deswegen?«

»Ja. Sie war felsenfest davon überzeugt, dass ich es gewesen bin.«

»Und jetzt ist Isalie weg …« Er erwartete keine Antwort und es kam auch keine. Alle Anwesenden schwiegen.

»Hören Sie«, meldete sich Tilda nach einer viel zu langen Pause. »Ich weiß, wie das aussieht. Gut, wir hatten Streit. Aber denken Sie, ich hab ihr etwas zuleide getan, weil sie mich der Zerstörung ihres Kleides beschuldigt hat? Das ist lächerlich.«

»Du dachtest, sie habe dir den Wal eingepackt«, kam es von Silas. »Und du warst die halbe Nacht allein draußen unterwegs.«

Bela beobachtete, wie Tildas Blick zu Silas und dann zu Cassian Otto ging, der sich ihm als Oliver vorgestellt hatte. Sie sah wütend aus. Schließlich sah sie wieder ihn an. »Es stimmt, ich war am Strand, wollte allein sein. Ist das ein Verbrechen?«

Bela schüttelte den Kopf.

»Dann spricht also nichts dagegen, dass ich abreise?«

Bela sah sie an, schürzte die Lippen. »Normalerweise nicht. Aber in Anbetracht all dessen, was ich jetzt weiß, würde ich Sie bitten, hierzubleiben.« Er brach ab, sah sie weiterhin durchdringend an. »Dieses Spielzeug … wieso dachten Sie, dass Isalie damit zu tun haben könnte?«

»Sie kannte Theo. Isa und ich sind alte Freundinnen, die sich über Jahre aus den Augen verloren hatten. Ihre Hochzeit war der Anlass für unser Wiedersehen nach der langen Zeit.«

»Also wusste Isalie, dass Ihr Bruder ein solches Spielzeug besaß?«

»Ja.«

»Und sie wusste von seinem Verschwinden?«

Sie nickte.

»Und Sie dachten, dass Isalie ein solches Spielzeug gekauft und es für Sie eingepackt hat? Warum? Ich dachte, Sie seien Freundinnen. Wieso sollte Isalie einer alten Freundin, die ihren Bruder vermisst, so etwas Grausames antun?«

Tilda hob die Schultern. »Sie war außer mir selbst die Einzige hier, die von Theo wusste, die ihn sogar gekannt hat. Vermutlich habe ich überreagiert, als ich Theos kleinen Wal sah. Es hat mich zerrissen, und ich hab in meinem Schmerz Dinge gesagt, die mir rasch leidtaten. Ich hätte wissen müssen, dass Isalie mir so etwas niemals antun würde.« Sie stieß die Luft aus, sah aus, als würde sie jeden Augenblick in Tränen ausbrechen. Schließlich sah sie auf.

»Brauchen Sie eine Pause, einen Schluck Wasser?«

»Danke, nein«, lehnte sie ab, schien sich wieder gefangen zu haben. »Da ist noch was. Es ist mir erst später klar geworden, nachdem ich erfahren hatte, dass man Theos Überreste gefunden hat.«

»Was meinen Sie?«

»Dieser kleine Orca in dem Überraschungspäckchen könnte das Original sein und keine Kopie, wie ich zunächst glaubte. Er sieht alt aus, Erdreste kleben daran.«

»Darf ich ihn sehen?«, fragte Bela.

Tilda zögerte einen Augenblick, dann nickte sie. »Ich hab meine Sachen schon im Wagen. Wenn Sie sich einen Augenblick gedulden, hole ich ihn.«

Er nickte, sah ihr nach, wie sie zu einem dunklen Mercedes lief, dann wandte er sich ihrem Freund zu. »Was sagen Sie dazu?«

Oliver hob die Schultern. »Ich wusste bis gestern nicht mal, dass Tilda einen Bruder hat. Noch dazu einen, der vermisst wird. Auch von Isalie, ihrer alten Freundin, habe ich erst kürzlich erfahren. Tilda ist …« Er brach ab, schien nach den richtigen Worten zu suchen. »Sie war nicht sonderlich mitteilsam, wenn es um ihre Familie oder Vergangenheit ging.«

Bela sah ihn nachdenklich an. »Wenigstens wissen Sie jetzt, warum sie nicht darüber gesprochen hat. Über einen vermissten Bruder würde ich auch nicht gerne reden wollen.«

Innerlich grinsend beobachtete er, wie Olivers Kiefer mahlte. Was für ein anmaßender Honk, dachte er, und sah Tilda entgegen, die mit einem Schuhkarton in den Händen auf ihn zukam.

Er nahm ihn ihr ab, hob den Deckel, studierte den etwa zwanzig Zentimeter großen Plastikwal. »Wie Sie sagten, er sieht ziemlich verwittert aus.« Er sah auf, bemerkte, dass sich Tildas Gesicht verdüstert hatte.

»Ich muss wirklich zurück ...«, wiederholte sie.

Seufzend nickte er ihr zu. »Ich versteh das, glauben Sie mit. Aber es wäre mir wirklich lieber, wenn Sie noch dableiben könnten«, erklärte er. »Nicht, weil ich Sie verdächtige, Isalie etwas angetan zu haben, sondern um sicherzugehen, dass alle Anwesenden in der Nähe sind, falls Isalie …« Er brach ab, sah zu Silas.

»Was willst du damit sagen?«, fragte dieser.

»Nimms mir nicht übel, Silas, aber ich persönlich hoffe ja noch immer, dass sie nur Panik vor der Hochzeit bekommen hat und deswegen irgendwo untergekrochen ist, doch angesichts der Umstände …«, er sah wieder Tilda an, »wäre es hilfreich, wenn Sie für weitere Fragen verfügbar blieben.«

»Was unternimmst du jetzt?«, wollte Silas wissen.

»Zuerst brauche ich ein paar Antworten von dir. Welche Kleidung trug Isa, als du sie zuletzt gesehen hast? Verfügt ihr über Bargeldreserven im Haus? Sie hat zwar ihr Portemonnaie nicht dabei, vielleicht aber ein paar Scheine.«

»Wir sollten auch noch mal die Krankenhäuser abtelefonieren, vielleicht auch die Hotels in der Nähe, da sie ja zu Fuß unterwegs ist«, schaltete sich Isalies Vater Thomas ein, nachdem er sich die ganze Zeit über respektvoll zurückgehalten hatte.

Bela nickte. »Das werden wir. Und wir aktivieren ein paar Leute, um einen Suchtrupp zusammenzustellen. Offiziell darf ich erst nach vierundzwanzig Stunden eine Vermisstenanzeige rausgeben und eine Suche organisieren. Aber es spricht nichts dagegen, wenn wir die Zeit bis zum Abend nutzen, um die Insel mit ein paar Freiwilligen nach Isa abzusuchen.«

Er sah zu Tilda. »Tut mir wirklich leid, dass ich Sie hier festhalte, aber die Sicherheit einer gemeinsamen Freundin geht jetzt erst einmal vor, finden Sie nicht? Ich meine … es werden doch sicherlich die Kollegen vor Ort in Hinsicht Ihres Bruders ermitteln? Viel können Sie als beurlaubte Polizistin da eh nicht ausrichten.«

»Das stimmt natürlich«, gab Tilda zu. »Aber Paul, mein Kollege, wollte sich den Orca so schnell wie möglich persönlich ansehen und ihn ins kriminaltechnische Labor schicken. Vielleicht sind darauf sogar Fingerabdrücke feststellbar.«

Bela überlegte blitzschnell. »Sollte Isalie bis morgen nicht zurück sein, kann ich die Untersuchung veranlassen und die Ergebnisse nach Augsburg schicken. Wäre es Ihnen recht, wenn ich mit den Kollegen vor Ort darüber spreche?«

Tilda nickte, zog ihr Smartphone aus der Hosentasche, öffnete Pauls Kontaktdaten und reichte ihm das Gerät. »Das ist der Kollege, der Theos Fall bearbeitet. Außerdem ist er mein früherer Partner. Rufen Sie ihn gerne an.«

Bela nahm sein eigenes Handy, um die Daten zu übertragen, dann gab er Tilda ihr Gerät zurück.

»Lass uns für alles Weitere ins Haus gehen«, wandte er sich an Silas.

»Sorry«, meldete sich Silas' Schwester Nicole und sah Bela unsicher an. »Ich weiß nicht, ob es wichtig ist, aber mir ist noch was eingefallen ...«

Bela hob die Brauen empor, wartete.

»Es ist nur … Isalie. Am Tag von Tildas Ankunft, da war sie irgendwie seltsam.«

»Was meinen Sie mit *seltsam*? Anders als sonst?«

»Ja, ganz anders. Mir kam es vor, als wäre sie unsicher und hätte Bedenken. Das Treffen mit ihrer ehemals besten Freundin hätte sie doch eigentlich in freudige Aufregung versetzen müssen.«

»Hat sie irgendwas gesagt oder wie hat sich das geäußert?«

Nicole kaute unbehaglich auf ihrer Unterlippe, warf Tilda einen Blick zu. »Ich hatte den Eindruck, dass Isa sogar ein wenig Angst vor dem Treffen hatte.«

»Warum hat sie sie dann eingeladen, wenn sie sich vor dem Treffen fürchtete?«

»Das hab ich sie auch gefragt«, gab Nicole etwas zu eifrig zurück und kaute erneut auf ihrer Unterlippe.

»Und?«

»Isalie sagte, es gäbe etwas Unausgesprochenes zwischen Tilda und ihr. Etwas, das vor vielen Jahren geschehen und für den Bruch ihrer Freundschaft verantwortlich gewesen sei. Von dem Wiedersehen erhoffte sie sich wohl, dass sie darüber sprechen und es bereinigen könnten.«

ACHTZEHN
SYLT

JUNI 2022

Fassungslos starrte Tilda hinüber zu Nicole. Was Silas' Schwester eben über Isalie ausgesagt hatte, war nicht nur rätselhaft, es stand auch im krassen Gegensatz zu dem herzlichen Empfang, den sie ihr und Oliver bereitet hatte. Sie ließ ihren Blick schweifen, begegnete dem des Polizisten, der sich als Bela Anderson vorgestellt hatte. Die anderen schienen ihn gut zu kennen, Silas und er hatten sich wie alte Freunde begrüßt. Doch im Moment hatte er sie im Fokus.

»Irgendeine Ahnung, was Isalie damit gemeint haben könnte?«, fragte er.

Tilda schüttelte wie betäubt den Kopf. »Wir hatten damals keinen Streit. Und es gab auch keinen Vorfall, der zum Bruch zwischen uns führte. Ich überlege, wie Isa darauf kommt.«

»Warum erzählt sie es dann?«

»Woher soll ich das wissen?«, blaffte Tilda. »Das mit Isalie und mir … mein Gott, wie oft habe ich das eigentlich in den letzten Stunden wiederholen müssen?« Sie stoppte, schüttelte genervt den Kopf. »Na schön, dann auch noch mal für Sie: Isa und ich haben uns damals eine Weile nicht mehr gesehen und danach war es einfach nicht mehr wie vorher.«

»Was glauben Sie, woran das lag?«

»Ich kann nur vermuten, dass alles, was mit meinem Bruder passiert ist, uns entfremdet hat. Ich war völlig fertig und wollte niemanden sehen. In der Zeit ist dann auch noch Isalies Mutter verstorben und ich war nicht für sie da. Ich hatte mich in meiner Verzweiflung von allen isoliert und denke, dass sie mir das übel genommen hat. Am Tag unserer Ankunft hat sie etwas in der Art durchblicken lassen.«

Nicole sah sie zweifelnd an. »Ich glaube nicht, dass Isa das gemeint hat. Das hätte sie mir sagen können. Ich wusste ja, dass ihre Mutter vor vielen Jahren an Krebs gestorben ist. Sie sprach aber von einem Vorfall, der zum Bruch zwischen euch geführt hätte. Ich glaube kaum, dass sie den Tod ihrer Mutter als Vorfall bezeichnet hätte.«

Tilda schluckte ihren Ärger hinunter, sah Nicole an. »Was immer Isa auch gemeint haben mag, ich hab keinen Schimmer davon. Und jetzt ist dieses Thema für mich auch beendet, okay?« Schon wieder erschrak sie über den harschen Tonfall ihrer Stimme, ahnte, wie das für die anderen klingen musste, doch es war ihr egal. Sie warf Bela Anderson einen Blick zu. »Wenn das vorerst alles war?«

Er nickte, wandte sich Silas zu. »Gehen wir ins Haus.«

Tilda beobachtete Anderson und ahnte, dass sie weiter Gesprächsthema Nummer eins sein würde, doch auch das interessierte sie momentan nicht die Bohne. Sie wollte nur eins: Hier weg! Atem holen, in Ruhe über alles nachdenken. Sie sah zu Oliver. »Ich würd gerne ein Stück laufen, kommst du mit?«

Er sah sie unschlüssig an. »Später vielleicht, ich

kümmer mich erst einmal um Silas und frage, ob und wie ich helfen kann.«

Ihr Blick glitt zu Nicole, die sichtlich nervös zu sein schien. Die Frau zuckte regelrecht zusammen, als sie sie ansah, wurde rot. »Tut mir leid«, brachte sie betreten hervor. »Ich wollte nicht …«

»Schon gut«, unterbrach Tilda sie. »Sie kennen mich nicht und jetzt ist Isa weg. Sie wollten helfen, das versteh ich.«

Nicole atmete sichtlich erleichtert auf und verschwand mit Oliver im Haus.

Anders Isalies Vater Thomas. Als sie ihn ansah, erwiderte er ihren Blick. Sekundenlang sah er ihr einfach nur schweigend und mit undeutbarem Gesichtsausdruck in die Augen.

»Alles klar, Schatz?«, fragte seine Frau. Er nickte, riss den Blick von Tilda los, sah erst Anna, dann seine Tochter lächelnd an. »Lasst uns reingehen und überlegen, wie wir Silas helfen können.«

Als Tilda später allein im Gästehaus war, ging ihr der Blick von Isalies Vater nicht mehr aus dem Sinn. Irgendwie hatte der Mann gewirkt, als gäbe er ihr die Schuld für alles. Doch auch die anderen schienen sich gegen sie verschworen zu haben. Selbst Oliver glaubte, dass sie Isalies Brautkleid in einem Anflug von rasendem Zorn zerstört hatte. Dabei konnte das jeder getan haben, selbst Silas …

Sie setzte sich auf das Sofa, lehnte den Kopf an die Lehne, schloss die Augen und grübelte darüber nach, wieso Oliver sich mehr um Silas' Wohl sorgte als um das ihre. Ja, Silas' Verlobte war verschwunden, doch Oliver hatte diesen Mann und Isalie bis vor wenigen Tagen nicht einmal gekannt. Es schien ihn kaum zu berühren, wie es ihr erging, dass sie voller Trauer um ihren Bruder war, und schnellstmöglich hier wegwollte.

Sei nicht unfair, flüsterte die Stimme in ihrem Kopf. *Er wusste bis gestern Abend nicht einmal, dass du einen Bruder hast.*

Tilda stieß die Luft aus. War sie wirklich ungerecht zu Oliver?

Aber war es nicht so, dass er sich ihr gegenüber völlig anders verhielt, seit sie hier auf der Insel waren? Ihr kam es vor, als sei er vor allem damit beschäftigt, sich bei den anderen im bestmöglichen Licht darzustellen.

Nur nicht bei ihr!

Er verhielt sich gleichgültiger denn je, ja teils rücksichtslos. Schon am Abend nach ihrer Ankunft hatte er sie allein ins Haus gehen lassen, war bei den anderen sitzen geblieben.

Und danach?

Er hatte nicht mal ansatzweise verstanden, wie sehr dieser Orca in dem Päckchen sie schockiert hatte … Okay, er wusste damit nichts anzufangen, doch selbst nachdem er von Theo erfahren hatte, war er kein bisschen verständnisvoller gewesen. Im Gegenteil. Er hatte ihr sogar Vorwürfe gemacht, ein schlechtes Gewissen eingeredet, als sie abreisen wollte. Und selbst heute Morgen, nachdem klar gewesen war, dass Theo tot war, hatte er wieder nur Silas beigestanden, dessen Verlobte nicht tot, sondern nur vermisst war.

Und wo war er jetzt?

Er ließ sie schon wieder im Stich, nachdem Nicole diesem Polizisten gesteckt hatte, wie seltsam sich Isalie über ihren bevorstehenden Besuch geäußert hatte.

Sie spürte, dass Müdigkeit und Erschöpfung Besitz von ihr ergriffen, stand deswegen auf, lief rastlos in dem winzigen Gästehaus von einem Zimmer in das andere.

Sie wollte nicht einschlafen, durfte nicht zur Ruhe kommen. Ihr Hirn funktionierte unter Druck am besten, so war es auch schon gewesen, als sie noch im Dienst gewesen war.

Was hatte all das zu bedeuten?

Die seltsamen Nachrichten?

Sie zog ihr Handy aus der Hosentasche, öffnete WhatsApp, seufzte erleichtert, als sie sah, dass die letzten beiden noch da waren.

Sie schickte das Foto des Lochs an Paul, mit der Bitte, es sich anzusehen und Bescheid zu geben, falls es sich um die Stelle handeln sollte, an der Theo gefunden wurde. Auch die später eingegangene Nachricht schickte sie an ihren früheren Kollegen mit der Bitte, die Nummer zu überprüfen.

Ein Teil von ihr sagte ihr zwar, dass es ein sinnloses Unterfangen sein würde, weil dahinter höchstwahrscheinlich nur eine nicht zurückverfolgbare Prepaidnummer steckte, aber vielleicht ja auch nicht. Man durfte keine Möglichkeit ungenutzt lassen – Pauls Worte, nicht ihre.

Danach schrieb sie Paul eine weitere Nachricht und brachte ihn auf den neusten Stand, teilte ihm mit, dass sie den Orca einem Inselpolizisten ausgehändigt hatte, der sich mit ihm in Verbindung setzen würde.

Kurz überlegte sie, Paul anzurufen, doch dann entschied sie sich dagegen, wollte stattdessen versuchen, sich ein eigenes Bild von der Situation zu machen.

Inzwischen war sie zu hundert Prozent überzeugt davon, dass der Absender der SMS auch derjenige war, der den Orca in das Paket getan hatte, das Original, das einst Theo gehört hatte. Das ließ nur einen Schluss zu: Die Person, die den kleinen Orca in ihr Päckchen geschmuggelt hatte, war in Theos Tod verwickelt.

Dieser Jemand wusste außerdem, dass sie das

Wochenende auf Sylt verbrachte. Er wusste von der Junggesellenabschiedsfeier, von Isalies Idee des Spiels mit den Präsenten. Er wusste alles …

Aber steckte derjenige auch hinter der Sache mit dem Kleid? Möglich …

Ihre Gedanken kreisten, sie ging mehrere Szenarien durch.

Wenn die Person es darauf angelegt hatte, sie in Isalies Augen als Verdächtige dastehen zu lassen, was dann?

Tilda wurde eiskalt, als ihr bewusst wurde, was genau das bedeutete. Derjenige, der mit Theos Tod in Verbindung stand, vielleicht sogar sein Mörder war, befand sich in ihrer aller Nähe. Und es war möglich, dass er Isalie in seiner Gewalt hatte.

Hatte er sie entführt?

Sie musste dringend mit jemandem über ihren Verdacht reden, hatte aber Angst, als verrückt abgestempelt zu werden.

Langsam, mahnte sie sich.

Geh erst mal alle Beteiligten durch.

Da war Isas Vater, Thomas.

Bereits zum zweiten Mal während ihres Aufenthaltes hier hatte sie in seiner Gegenwart ein ungutes Gefühl verspürt. Auch vorhin hatte er sie regelrecht fixiert. Nicht freundlich. Eher boshaft. Anklagend?

Aber wieso sollte er seiner Tochter die Hochzeit ruinieren? Ihr Kleid zerfetzen?

Vielleicht sollte sie den Mann einfach darauf ansprechen, ihn nach dem Problem fragen, das er mit ihr zu haben schien.

Sie zuckte zusammen, als die Tür aufging, Oliver hereingestürmt kam.

»Was ist los?«, fragte sie.

»Die Polizei ist weg, Silas und ich fahren jetzt die

Insel ab. Wenn du dich also dazu herablassen könntest, dich den Frauen bei der Suche nach Isalie anzuschließen …«

»Sag mal, hast du sie noch alle?«, schrie sie ihn an. »Was glaubst du, wen du vor dir hast? Eine Idiotin? Mir ist sehr wohl bewusst, dass Isalie gefunden werden muss. Trotzdem sehe ich keinen Grund dafür, dass ich mich vor dir oder sonst wem rechtfertigen müsste, dass mein Bruder oder viel mehr die Umstände seines Todes mir mehr am Herzen liegen.«

Oliver starrte sie an, schien vollkommen geschockt zu sein. Tilda achtete nicht weiter darauf, stürmte an ihm vorbei in Richtung Tür.

»Wo willst du hin?«, rief er ihr nach.

Sie verzichtete auf eine Erklärung, warf die Tür hinter sich ins Schloss.

Als sie durch den Garten auf das Haupthaus zuging, hörte sie Silas durch die geöffnete Tür mit jemandem sprechen. Sie ersparte sich das höfliche Anklopfen, lief einfach auf ihn zu, wartete, bis er sein Telefonat beendet hatte. »Ich muss mit dir reden«, sagte sie, kaum dass er fertig war.

Er starrte sie pikiert an, doch es war ihr egal.

»Was genau hat dir Isalie über mich erzählt?«

»Gar nichts, warum?«

Tilda stieß ein freudloses Lachen aus. »Ihr haltet mich alle für dämlich, oder? Denkst du wirklich, ich hätte nicht bemerkt, wie du mich angesehen hast, als ich hier angekommen bin? Ein Blinder konnte sehen, dass du mich nicht leiden kannst, und ich würde wirklich gerne wissen, was Isalie dir über mich erzählt hat.«

Er hob die Schultern, wirkte plötzlich hilflos. »Ich weiß nicht, was du hören willst, Tilda. Sie hat nicht viel gesagt. Nur, dass sie früher eine Freundin hatte, die sie gern einladen würde.«

»Warum sollte sie deiner Schwester gegenüber einen Vorfall andeuten, den sie gemeinsam mit mir aufarbeiten will, wenn sie ihrem zukünftigen Mann gegenüber kein Wort darüber verliert? Das ergibt wenig Sinn, findest du nicht auch?«

Er seufzte theatralisch, schüttelte den Kopf. »Ganz ehrlich, für so eine Scheiße hab ich jetzt keine Zeit. Meine verdammte Braut ist weg!«

»Wem sagst du das? Immerhin glaubt die Polizei, ich könnte etwas damit zu tun haben.«

»Wundert dich das? Ihr habt gestritten, sogar zweimal kurz nacheinander, und du hast dich über Nacht allein an den Strand verkrümelt. Du bist doch Polizistin, wie würde das für dich aussehen?«

Tilda holte Luft, versuchte, sich so freundlich wie nur irgend möglich zu geben, als sie Silas anblickte. »Ich weiß nicht, wo Isa ist, glaub mir bitte. Und ich hab auch nichts damit zu tun, dass sie weg ist. Als ich sie zum letzten Mal gesehen habe, war Oliver dabei. Das war, als sie mich wegen ihres Kleides angeschrien hat.«

»Bist du es gewesen?«

Ein Kichern brach aus Tildas Kehle hervor. »Das mit dem Kleid? Wie alt bin ich? Zehn?«

»Also warst du es nicht?«

»Natürlich nicht.«

»Wer dann?«

Tilda legte den Kopf in den Nacken. »Vielleicht die Kleine deines Schwiegervaters. Als wir aus Westerland kamen und anschließend zusammen gegessen haben, waren er und seine Familie dabei. Ich erinnere mich, dass Isas kleine Schwester ins Haus rein ist und eine Weile nicht mehr raus kam. Vielleicht war sie es, aus welchem Grund auch immer. Kinder handeln manchmal nicht unbedingt logisch.«

»Aber du schon, oder?«

Tilda nickte verwirrt.

Auf was spielte Silas an?

Er grinste bösartig, als würde er die unausgesprochene Frage zwischen ihnen in ihrem Gesicht lesen können.

Tilda holte Luft, blickte ihm gerade in die Augen. »Isa und du … hattet ihr in letzter Zeit Krach miteinander?«

»Darauf hab ich schon gewartet.«

»Was soll das heißen?«

»Wann du anfängst, von dir abzulenken, und andere ins Rampenlicht zerrst.«

»Das ist eine berechtigte Frage, verdammt! Isalie wollte dich heiraten, jetzt ist sie weg. Falls ihr euch gestritten habt, könnte sie weggelaufen sein. Ich hätte sogar Verständnis dafür, dass dir das peinlich ist und du diesen Streit gegenüber allen verheimlichst. Zudem erlebst du gerade, was dabei herauskommt, wenn man ehrlich ist. Man gerät ins Kreuzfeuer …«

»Ich hatte keinen Streit mit meiner Verlobten. Und ich wäre an deiner Stelle wirklich zurückhaltend in punkto Ehrlichkeit, okay?«

»Was willst du damit sagen?« Tilda starrte ihn an. »Du kennst mich doch gar nicht.«

»Ich schätze, tief in deinem Innern weißt du, worauf ich anspiele«, gab er verächtlich zurück. »Außerdem muss ich dich nicht gut kennen, um zu wissen, dass du ein hinterhältiges Miststück bist.«

»Alles in Ordnung bei euch beiden?«, kam es von Oliver, der unbemerkt hinter ihnen aufgetaucht war und jetzt verwirrt von ihr zu Silas sah.

Silas nickte knapp, sah ihn auffordernd an. »Können wir los?«

Oliver nickte. »Ich will nur noch kurz ein paar Worte mit Tilda wechseln, unter vier Augen.« Er nahm sie, zog sie aus dem Wohnzimmer auf die Terrasse hinaus, sah sie an. »Ich muss mich wohl bei dir entschuldigen.«

»Du musst?«

Er schüttelte den Kopf. »Ich möchte es. Ich hätte mehr auf dich eingehen sollen, für dich da sein sollen. Irgendwie hatte ich das Gefühl, ich müsste mich deinen Freunden gegenüber von meiner besten Seite zeigen. Tut mir wirklich sehr leid, falls ich übers Ziel hinausgeschossen bin.«

»Okay«, sagte Tilda, fand jedoch, dass Olivers Entschuldigung nicht aufrichtig klang. Seine Worte hörten sich für sie einstudiert an, als wolle er nur die Wogen zwischen ihnen glätten, um nach außen hin wieder das Bild eines perfekten Pärchens abzugeben. Die Außenwirkung schien ihm ja über alles zu gehen.

»Wir reden später«, sagte sie vage und bemühte sich um ein Lächeln.

»Willst du bei uns mitfahren?«, fragte er.

Schnell schüttelte sie den Kopf, sah zu Nicole, die gemeinsam mit Isalies Vater und dessen Familie aus dem Haus kam. »Ich suche mit Nicole zusammen die Insel ab.«

Diese zog verdattert die Brauen empor.

»Ich hoffe, das ist dir recht?«, fragte Tilda sie. »Oliver fährt mit Silas, Isas Papa wird sicher mit seiner Familie nach Isa suchen wollen. Deshalb dachte ich, schließe ich mich dir an, da ich mich auf der Insel nicht auskenne.«

»Meine Tochter ist müde«, erklärte Isalies Vater Thomas. »Ich bringe Anna und sie ins Hotel zurück, fahre dann nach Westerland zur Polizeiwache, um mich dem freiwilligen Suchtrupp anzuschließen, den Bela Anderson kurzfristig organisiert hat.«

Nicole neben ihr seufzte. »Alles klar, dann also nur wir beide.« Sie sah Tilda an. »Sollen wir?«

Tilda nickte, bemerkte aus dem Augenwinkel, wie sie

schon wieder angestarrt wurde. Dieses Mal von Anna, auf eine Weise, die sie frösteln ließ.

»Stimmt etwas nicht?«, fragte Tilda sie geradeheraus.

Anna wandte peinlich berührt den Blick ab, hakte sich bei ihrem Ehemann ein.

»Lass es einfach gut sein, okay?« Thomas sah Tilda mit bohrendem Blick an.

»Denkst du etwa auch, ich hätte etwas mit Isalies Verschwinden zu tun?«

Er schüttelte den Kopf.

»Was dann? Redet mit mir, wenn ihr ein Problem habt!«

Ein Schatten verdunkelte sein Gesicht. »Vielleicht sollten wir das«, stieß er schließlich mit zittriger Stimme aus. »Aber nicht jetzt. Jetzt ist es erst einmal wichtig, meine älteste Tochter zu finden.«

»Was hat Isas Vater vorhin damit gemeint, dass ihr reden solltet?«, fragte Nicole, nachdem sie eine Weile schweigend im Auto nebeneinandergesessen hatten.

Tilda stöhnte. »Weiß ich nicht. Vielleicht ging es ja tatsächlich um das Brautkleid.«

Nicole warf ihr einen kurzen Blick zu, bevor sie sich wieder auf die Straße konzentrierte.

»Ich hab es Silas gegenüber bereits angesprochen«, nahm Tilda das Gespräch wieder auf. »Möglich, dass es die Kleine war, die das Kleid kaputt gemacht hat. Vielleicht wollte Thomas darüber mit mir reden, nachdem alle Welt mich für die Irre hält.«

Sie sah zu Nicole, bemerkte deren zweifelnden Gesichtsausdruck, auch wenn sie weiter den Blick geradeaus auf die Fahrbahn gerichtet hielt.

»Okay«, stieß Tilda aus. »Vielleicht hält er mich ja für eine Verrückte, die seine Tochter ermordet und am Strand verscharrt hat. Wolltest du, dass ich das sage?«

Nicole zuckte entsetzt zusammen, verriss kurz das Steuer. »Natürlich nicht!«

Tilda schluckte schwer. »Isalie und ich … wir beide waren früher wirklich eng, doch nach allem, was jetzt passiert ist, schätze ich, dass sich dieses Band nicht mehr erneuern lässt. Unsere Freundschaft ist Geschichte, so leid es mir tut. Dabei wünschte ich wirklich, es wäre anders gekommen.« Sie hielt inne, sah zu Nicole rüber.

Diese zuckte nur mit den Schultern. »Ich weiß nicht, was ich dazu sagen soll.«

Tilda atmete schwer, stieß verzweifelt die Luft aus. »Seit dem Abend am Strand, der Sache mit dem Kleid … Da ist so viel Misstrauen zwischen uns. Früher hätten wir einander blind vertraut …«

»Was ist passiert? Damals, meine ich?«

Tilda schüttelte den Kopf. »Ich weiß nur noch, dass ich wie betäubt war, nachdem mein kleiner Bruder verschwunden war. Isalie war wohl überfordert und wusste nicht, wie sie sich mir gegenüber verhalten sollte.«

»Das tut mir wirklich leid«, sagte Nicole mitfühlend. »Also, das mit deinem Bruder. Ich hoffe, die Polizei findet heraus, was ihm zugestoßen ist.«

»Danke.« Tilda sah sie an. »Darf ich dich etwas fragen?«

»Klar.«

»Silas und Isalie … wie haben die sich eigentlich kennengelernt?«

»Das hat sie dir nicht erzählt?«

»Ich weiß von ihr, dass er ihr nach dem Tod ihrer Mutter beigestanden hat, weil euer Vater ebenfalls an Krebs starb.«

Nicole nickte.

»Er kannte sie bereits aus der Schule, war ein Jahrgang über ihr. Damals war sie ihm kaum aufgefallen, er ihr auch nicht, wie das bei jungen Leuten nun mal so ist. Nach dem Tod ihrer Mutter war sie am Ende, suchte sich Hilfe. Zuerst bei einem Therapeuten, dann in einer Selbsthilfegruppe. Silas war auch in der Gruppe, erkannte Isalie wieder, sprach sie an.«

»Und wie hat es die beiden dann in den Norden verschlagen?«

»Silas hatte schon immer ein Händchen für Geld. Er hat ein paar clevere Aktiengeschäfte abgeschlossen, ordentlich Kohle gemacht. Isalie träumte von einem Haus am Meer und Silas hat ihr diesen Wunsch nur zu gerne erfüllt.«

»Bist du traurig, dass dein Bruder so weit weg von dir lebt?«

»Ein wenig«, gab Nicole zurück. »Aber wir besuchen uns, so oft es geht, und ich hab ja auch noch unsere Mutter.«

»Sie lebt noch?«

»Ja, in einem Heim in Augsburg. Sie hat MS, ziemlich schlimm sogar.«

»Tut mir leid zu hören.«

Wieder verstummten sie, bis Tilda erneut das Schweigen brach. »Glaubst du, Isalie ist weggelaufen?«

Nicole setzte den Blinker, fuhr rechts ran, hielt den Wagen an, schüttelte langsam den Kopf.

Tilda verzog das Gesicht. »Ich auch nicht, wenn ich ehrlich bin.«

»Ich glaube«, setzte Nicole zögernd an, brach dann aber ab, schien um Fassung zu ringen.

»Du vermutest, ihr könnte etwas zugestoßen sein?«

Nicken.

Tilda lehnte den Kopf zurück, schloss die Augen.

»Damit meine ich nicht, dass ich glaube, du könntest ihr etwas angetan haben.«

Tilda drehte den Kopf, sah Nicole ernst an. »Dein Bruder sieht das anders. Er hat mich vorhin als Miststück beschimpft. Er denkt definitiv, dass ich etwas über das Verschwinden der Liebe seines Lebens weiß.«

»Die Liebe seines Lebens …« Nicole lachte auf. »Das ist Isalie nicht wirklich.«

»Was meinst du?«

»Na ja, ich hab die Beziehung der beiden ja von Anfang an mitbekommen. Er liebt sie und sie ihn, ja. Aber das zwischen den beiden war nie eine Hollywoodromanze oder so was wie Liebe auf den ersten Blick. Es war eher so, dass sich zwei verletzte und trauernde Seelen zusammengetan haben, um das Beste daraus zu machen. Von einer romantischen *Liebe-meines-Lebens-Story* sind die beiden meilenweit entfernt.«

»Das habe ich alles nicht gewusst«, murmelte Tilda nachdenklich.

Nicole verzog das Gesicht. »Silas war als Teenie unsterblich in ein Mädchen aus seiner Schule verknallt. Das ging so weit, dass er sie Mom und mir gegenüber als Mutter seiner Kinder und künftige Ehefrau beschrieb. Viele Jahre schwärmte er von ihr, himmelte sie an, war wie benebelt, wenn sie in seiner Nähe war. Aber er wagte es nicht, sie anzusprechen. Manchmal hatte ich den Eindruck, dass er so große Angst davor hatte, von ihr zurückgewiesen zu werden, dass er sich in eine Art Traumromanze mit ihr flüchtete. Mom fand es süß, dass ihr kleiner Junge so verliebt in ein Mädchen war. Aber mir kam das alles schon ziemlich schräg vor.«

»Warum das?«

»Silas ließ damals niemanden in sein Zimmer, sperrte immer ab. Irgendwann konnte ich dann doch mal einen

Blick erhaschen. Er hatte die Wände mit Bildern von ihr tapeziert.«

»War sie hübsch?«, fragte Tilda schmunzelnd, doch Nicole verzog nur die Brauen.

»Ich hab ihr Gesicht nie gesehen, weil alle Fotos sie ausschließlich von hinten zeigten. Allenfalls seitlich angeschnitten, jedoch niemals von vorne.«

Tilda spürte, wie die Härchen in ihrem Nacken sich aufrichteten. »Er hat sie gestalkt?«

Nicole seufzte, antwortete aber nicht.

»Wie ging es weiter?«

»Seine schräge Schwärmerei für dieses Mädchen ging noch eine ganze Weile weiter. Oft war er bis spät in die Nacht im Van unseres Vaters unterwegs, keine Ahnung, wo genau er sich herumtrieb. Doch dann, eines Tages kam er ziemlich wütend nach Hause. Ich hörte es aus seinem Zimmer poltern und krachen. Später am Abend hat er ein Feuer im Garten gemacht.«

»Ein Feuer?«

»Er hat den Holzkohlegrill angezündet und etwas darin verbrannt.«

»Lass mich raten, die Fotos des Mädchens?«

Nicole nickte. »Ich hab alles von meinem Zimmer aus beobachtet.«

Tilda war inzwischen eiskalt geworden. »Und du bist sicher, dass dieses Mädchen auf den Fotos keinesfalls Isalie war?«

Nicole sah sie an. »Absolut sicher. Als Silas Isalie mit nach Hause brachte, war sie wie heute, zierlich, beinahe jungenhaft, dunkelhaarig. Dieses Mädchen hingegen wirkte sehr weiblich und hatte langes blondes Haar.« Nicole hielt inne, sah sie an. »Ungefähr wie du.«

Tilda erstarrte innerlich, zwang sich aber dazu, sich nichts anmerken zu lassen. »Wann genau war das, als dein Bruder die Fotos verbrannte? Erinnerst du dich daran?«

Nicole nickte. »Ziemlich genau sogar. Es war ein paar Monate nach dem Tod unseres Vaters, im Sommer 2007.«

In Tildas Kopf drehte sich alles.

»Stimmt etwas nicht?«, fragte Nicole besorgt.

Tilda schüttelte den Kopf, schluckte gegen die aufsteigende Übelkeit an. »Alles gut … es ist nur … ich mach mir schreckliche Sorgen um Isalie. Lass uns weiterfahren.«

Nicole nickte, startete den Wagen.

Während sie fuhren, hatte Tilda Mühe, nicht in Tränen auszubrechen.

Nicoles Worte hallten in ihrem Kopf nach.

Im Sommer 2007!

Genau zu der Zeit, als jemand sie hinterrücks überfallen und Theo, ihren kleinen Bruder, entführt hatte.

NEUNZEHN
SYLT

JUNI 2022

»In der Lobby wartet jemand auf dich«, sagte Svenja, eine junge Kollegin, die erst seit Kurzem zu seinem Team gehörte.

Bela sah auf, runzelte die Stirn. »Ich wollte gleich los, die Leute vom Suchtrupp unterstützen. Wir haben noch immer keine Spur von der Verlobten meines Kumpels.«

»Vielleicht weiß die Frau, die auf dich wartet, mehr. Sie scheint in den Vermisstenfall involviert zu sein. Ihr Name ist Tilda Staller.«

»Tilda Stiller? Sag ihr, dass ich noch ein Telefonat führe und sie dann persönlich abhole.«

»Alles klar.«

Als er wieder allein war, lehnte er sich nachdenklich zurück. Dass gerade sie hier auftauchen würde, hatte er nicht erwartet. Nicht, nachdem sie vehement darauf bestanden hatte, so rasch wie möglich von der Insel zu verschwinden. Auch sonst war sie ihm zunächst nicht sonderlich kooperativ vorgekommen, eher, als sei sie wütend auf ihn.

Es war bei Polizisten ähnlich wie bei Ärzten.

Ärzte sind die schlimmsten Patienten, hieß es unter

Medizinern, und unter Polizisten gab es einen ganz ähnlichen Vergleich.

Er stöhnte leise.

Sich mit ihr zu unterhalten, würde kein Zuckerschlecken werden. Dass sie schlau war, hatte er auf Anhieb erkannt, und ihr Kollege, Paul, mit dem er kurz nach dem Gespräch mit Silas telefoniert hatte, hielt große Stücke auf sie.

Sie war keineswegs eine hysterische Zicke oder verirrte Irre, wie Silas behauptet hatte. Auf ihn hatte sie den Eindruck einer Frau gemacht, die mit beiden Beinen fest im Leben stand und eine hervorragende Polizistin war. Auch wenn sie momentan wegen eines dramatischen Zwischenfalls nicht mehr im Dienst war.

Selbst ihre Bücher waren um Welten besser rezensiert als die ihres berühmten Typen, der ihm immer noch suspekt war.

Was also hatte Silas an ihr auszusetzen? Es war offensichtlich, dass er sie nicht ausstehen konnte. Natürlich hatte er das nicht direkt zugegeben, aber Bela kannte ihn schon ein paar Jahre und wusste, wie er tickte.

Statt das angebliche Telefonat zu führen, kaute er auf dem Ende seines Stifts herum, versuchte, sich einen Reim auf das alles zu machen.

Isalies Verschwinden an ihrem Hochzeitstag, war, nüchtern betrachtet, nicht ungewöhnlich. Sie wäre nicht die erste Braut, die lieber feige abtaucht als Ja zu sagen. Und fast alle Bräute und Bräutigame, die in letzter Sekunde kalte Füße bekommen hatten, waren nach kurzer Zeit wieder aufgetaucht.

Die Frage war daher, wieso er gerade bei Isalie ein so mieses Gefühl hatte.

Warum?

Er stieß die Luft aus. Es war ihretwegen.

Wegen Tilda und dem, was sie über die mysteriösen

WhatsApp-Nachrichten, dem Orca ihres Bruders und den Umständen seines Verschwindens erzählt hatte.

Tilda hatte ihm lediglich gesagt, dass die Überreste ihres Bruders gefunden worden waren, nachdem er fünfzehn Jahre lang als vermisst gegolten hatte. Inzwischen wusste er, dass viel mehr dahintersteckte. Der kleine Theo war nicht einfach entführt worden, nein. Jemand hatte seine damals siebzehnjährige Schwester Tilda verfolgt, überfallen und niedergeschlagen.

Damals hatte Tilda ausgesagt, dass es mehrere Täter gewesen waren, ein Mann und eine Frau. Paul, ihr Kollege, hatte ihm auch berichtet, dass Tilda all die Jahre an der Vorstellung festgehalten hatte, dass es sich bei den Entführern ihres Bruders um Menschen handele, die sich verzweifelt ein Kind wünschten und deswegen den niedlichen Theo ausgesucht hatten.

Bela runzelte die Stirn.

Deshalb hatte sie wohl auch so distanziert auf das Verschwinden ihrer Freundin reagiert. Sie war Polizistin, kannte die Regeln. Erwachsene verschwanden gerne mal, tauchten irgendwann wieder auf, zumindest der Großteil von ihnen. Bei Kindern, noch dazu bei entführten Kindern, war die Sachlage anders. Tilda hatte all die Jahre in dem Wissen gelebt, ihren Bruder niemals wiederzusehen, weil er inzwischen eine andere Familie hatte. Eine schlimme Vorstellung, dennoch weniger schmerzhaft als das Wissen um den Tod des Jungen.

Nachdem seine Überreste nun doch gefunden worden waren, stürzte dieses Konstrukt aus Hoffnung und Schönrederei zusammen. Logisch, dass Tilda das mehr mitnahm als das Verschwinden einer Frau, die vielleicht nur kalte Füße bekommen hatte.

Dass Silas das anders sah, verstand er ebenfalls. Für ihn stand Isalie an erster Stelle. Es war einfach verzwickt. Und es lag wohl an ihm, zwischen den verhärteten

Fronten zu vermitteln, sodass am Ende alle an einem Strang zogen – zumindest so lange, bis sich das Rätsel um Isalie aufgeklärt hatte.

Er stand auf, machte sich auf den Weg in die Lobby, als ihm Florian begegnete.

»Hoher Besuch, was?« , flachste er. »Sie besteht darauf, mit dir zu sprechen.«

»Woher ...?«

»Hab sie angesprochen, als ich vorbei bin«, sagte Florian. »Viel Spaß, die ist ein harter Brocken.«

Bela zog die Brauen hoch. »Gib mir ein paar Minuten, bevor wir losfahren.«

Bela kam nicht umhin, innerlich zu grinsen, als er Tildas verkniffenen Gesichtsausdruck sah, weil er sie hatte warten lassen.

»Sorry, es hat etwas länger gedauert«, entschuldigte er sich.

Sie reagierte nicht, sah ihn nur abwartend an.

Er blickte sich um, sah, dass niemand in der Nähe war, setzte sich auf einen der freien Stühle.

»Nun, womit kann ich helfen?«, fragte er.

»Es geht um Silas«, sagte sie.

Er unterdrückte ein Stöhnen, genau das hatte er befürchtet. »Ich weiß, dass er manchmal … na ja, ein wenig komisch sein kann, aber ganz ehrlich, man darf ihn nicht allzu ernst nehmen.«

Sie runzelte die Stirn. »Was soll das heißen?«

Bela lachte. »Wenn es nach meinem Kumpel ginge, müsste ich Sie festnehmen und einsperren. Er ist überzeugt davon, dass Sie wissen, was mit Isalie passiert ist.«

»Das wäre?«

»Er geht davon aus, dass sie beide sich letzte Nacht am Strand über den Weg gelaufen sind, nachdem Sie sich wegen des Kleides zerstritten hatten.«

Tilda verdrehte die Augen. »Lassen Sie mich raten? Ich hab Isalie den Hals umgedreht und ihre Leiche in die Nordsee gestoßen.«

»So ähnlich.«

»Was denken Sie?«

Bela hob die Schultern. »Im Augenblick – dass alles möglich ist. Sie kann abgehauen sein, einen Unfall gehabt haben, vielleicht ist sie ertrunken. Isalie ist … tja, Isalie eben. Sie kennen Sie ja sicher besser als ich … früher zumindest.«

Tilda grinste, wurde aber wieder schlagartig ernst. »Ich weiß vielleicht, wer mit Isalies Verschwinden zu tun hat.«

Bela hob die Brauen empor.

»Silas.«

»Wie kommen Sie auf ihn?«

Tilda faltete nervös die Hände. »Dazu muss ich weiter ausholen.«

»Haben Sie es eilig?«

Tilda, die den Wink verstand, nickte, holte Luft. »Nicole hat mir erzählt, dass er als Teenager viele Jahre lang in ein Mädchen verliebt war. Er war vollkommen verrückt nach ihr, traute sich jedoch nicht, sie anzusprechen. Nicole sagte, dass er die Wände seines Zimmers mit Bildern des Mädchens tapeziert hatte. Keine Fotos, auf denen man ihr Gesicht erkennen konnte, verstehen sie?«

»Er hat das Mädchen heimlich fotografiert.«

Tilda nickte. »Er hat sie vermutlich gestalkt. Eines Tages, so erinnert sich Nicole, kam er heim und war schrecklich sauer. Später am Abend hat sie beobachtet, wie Silas etwas im Holzkohlegrill verbrannte.«

»Die Fotos«, führte Bela aus und runzelte die Stirn.

»Ja! Ich denke, dass ich dieses Mädchen gewesen bin.«

»Was? Hat Nicole Sie auf den Fotos erkannt?«

»Das nicht, aber sie erinnert sich an blondes, langes Haar, eine weibliche Statur. Spaßeshalber meinte sie, es könnte tatsächlich ich gewesen sein.«

»Das wissen wir aber nicht genau, und selbst wenn, worauf wollen Sie hinaus?«

»Ich fragte Nicole nach dem Zeitpunkt der Bilderverbrennung. Es war der Sommer 2007.«

»Ja, und? Was ist daran so bemerkenswert?«

»Genau zu der Zeit, also im Sommer 2007, datete ich einen Jungen aus meiner Klasse. Es ist durchaus möglich, dass Silas uns beobachtet hat und seine romantischen Träume zerplatzten. Nur kurz danach wurde ich überfallen und mein Bruder verschwand.«

»Warum sollte Silas Sie angreifen und Theo töten, nur weil sie ihm einen anderen vorgezogen haben.«

»Verrückte gibt es in den besten Familien« erwiderte Tilda. »Außerdem war sein Vater kurz vorher gestorben, er befand sich also in einer psychologischen Ausnahmesituation.«

»Schon, trotzdem ergibt es keinen Sinn. Also der Überfall auf Sie, gut … mit viel Fantasie lasse ich den gelten, doch wieso sollte Silas dann auch noch Ihren Bruder ermorden und vergraben?«

»Was weiß ich, vielleicht war es eine Kurzschlussreaktion? Oder er wollte mich erschrecken, etwas ging schief. Da gibt es einiges, was infrage käme. Silas hat die Antworten, also fragen Sie ihn und nicht mich!«

»Ich kann nicht einfach losgehen und Leute beschuldigen, noch dazu ohne jeglichen Beweis.«

»Nicole weiß, was ihr Bruder damals für ein Spinner gewesen ist.«

»Klar, und ganz sicher ist Ihre neue Freundin richtig happy darüber, wenn ich ihr sage, dass Sie unmittelbar nach dem Gespräch mit ihr zur Polizei gerannt sind, um ihren Bruder zu beschuldigen.«

Tilda seufzte. »Hören sie, ich mache mir Sorgen um Isa, Sie müssen einfach was tun, egal was irgendwer denken könnte.«

»Ich verstehe wirklich nicht, wie Sie die damaligen Ereignisse, Ihre Anschuldigungen gegenüber Silas, Theos Tod und Isalies Verschwinden in Verbindung bringen. Erklären Sie es mir.«

Er bemerkte, dass Tilda vor seinen Worten zurückzuckte, ihn anstarrte, als sei er ein minderbemitteltes Individuum.

»Das liegt doch auf der Hand! Isalie muss irgendwie dahintergekommen sein, was passiert ist. Sie fand heraus, was ihr Verlobter getan hat, wollte es mir sagen. Sie war ja dabei, als ich den Wal auspackte, zählte vermutlich eins und eins zusammen. Und jetzt … jetzt ist sie vielleicht auch tot, genau wie mein Bruder Theo!«

ZWANZIG
SYLT
JUNI 2022

Tilda nahm sich ein Taxi, um nach dem Gespräch mit Bela Anderson nach Rantum zurückzukehren. Unterwegs ließ sie das Gespräch mit dem Polizisten noch einmal Revue passieren.

Sie konnte nicht mit Gewissheit sagen, ob er ihr glaubte oder sie für eine Irre hielt, die sich in eine abstruse Vorstellung verrannte. Dennoch hatte er zugesagt, gleich am nächsten Morgen mit Silas zu sprechen. Doch statt erleichtert darüber zu sein, dass er ihrem Verdacht nachgehen würde, plagte sie ihr Gewissen. Belas Einwand, dass Nicole nicht begeistert wäre, erführe sie davon, dass sie bei der Polizei gewesen war, ergab Sinn.

Und nicht nur das.

Nach ihrer Aussprache und ihren Schilderungen über Silas' unglückliche Jugendliebe hatte Nicole noch mit ihrem Bruder telefoniert und vorgeschlagen, dass sie sich dem Suchtrupp anschließen sollten. Doch statt auf ihren Vorschlag einzugehen, hatte sie Nicole mitten in Westerland gebeten, anzuhalten weil es ihr nicht gut ginge und sie ein wenig allein sein wollte.

Nicole hatte sie misstrauisch angesehen, als sie ihrem Wunsch nachkam. Ob sie bemerkt hatte, dass sie nur ihrem Bruder aus dem Weg gehen wollte?

Egal!

Sie musste sich jetzt auf das Wesentliche konzentrieren.

Zuerst musste sie mit Oliver reden, auch wenn sie zugegebenermaßen noch immer wütend auf ihn war.

Und anschließend – allein der Gedanke bereitete ihr Unbehagen – musste sie mit Isalies Vater sprechen.

Seine merkwürdigen Blicke, das seltsame Starren seiner Frau … Tilda wusste einfach nicht, was sie davon zu halten hatte.

Außer …

Sie schnappte nach Luft, erregte die Aufmerksamkeit des Taxifahrers, der sie im Rückspiegel ansah. »Alles klar bei Ihnen da hinten?«

Sie nickte.

War es möglich, dass Isalie ihrem Vater anvertraut hatte, was sie wusste? Sie schloss die Augen, ließ sich diese Möglichkeit genauer durch den Kopf gehen.

Bei der ersten Begegnung im Brautmodeladen war er zuerst überrumpelt, dann nett, vielleicht sogar freudig überrascht gewesen. Beim Essen am selben Tag hatte er sie hin und wieder angestarrt, was daran liegen mochte, dass er in ihrem Gesicht nach dem Mädchen von damals suchte.

Aber beim nächsten Aufeinandertreffen, heute, am Vormittag, war sein Starren düsterer, geradezu grüblerisch gewesen. Hatte er da womöglich schon mehr über den Vorfall beim Junggesellinnenabschied gewusst und mit Anna darüber gesprochen? Das würde auch deren seltsame Blicke erklären.

Hatte er deswegen seine Familie ins Hotel und außer Silas' Reichweite gebracht?

Wahrscheinlich vermutete er, genau wie sie, dass Silas für Isalies Verschwinden verantwortlich war. Aber wieso war er dann nicht zur Polizei gegangen? Es ging doch um seine Tochter. Warum hatte er dann schweigend zugesehen, wie alle sich auf sie als Verdächtige eingeschossen hatten?

Sie schüttelte den Kopf, als ihr klar wurde, dass sie irgendwo einen Denkfehler machte.

»Wir sind da«, rief der Taxifahrer, sah sie durch den Rückspiegel stirnrunzelnd an.

Sie zog ihre Geldbörse hervor, gab ihm einen Schein. »Stimmt so«, murmelte sie, kletterte aus dem SUV.

Ohne sich noch einmal umzudrehen, stürmte sie durch den Seiteneingang in den Garten auf das Gästehaus zu. Alles dunkel …

Mist, sie hatte gehofft, dass Oliver und Silas inzwischen zurück waren, und sie brannte darauf, mit jemandem, der ihr nicht übel gesonnen war, über ihren Verdacht zu sprechen.

Als sie es nicht mehr aushielt, zog sie ihr Handy hervor, wählte Olivers Nummer.

»Wo bist du?«, schnauzte er sie ohne Begrüßung an.

»Im Haus«, gab sie zurück, darum bemüht, nicht sauer auf seinen Tonfall zu reagieren.

»Warum bist du nicht mitgekommen?« Olivers Stimme klang misstrauisch. »Nicole meinte, du wolltest allein sein. Wo warst du?«

Sie seufzte, als ihr bewusst wurde, wie merkwürdig ihr Alleingang auf ihn wirken musste. »Mir ist schlecht geworden«, wiederholte sie ihre Ausrede. »Das alles … es war einfach zu viel, verstehst du? Außerdem hatte ich die Idee, die Fußgängerzone abzuklappern, da, wo kein Auto fahren kann. Als ich mit Isa ihr Kleid abgeholt habe, hat sie mir ihre Lieblingsläden gezeigt und mich in eine nette Bar eingeladen. Ich war also nicht untätig. Was ist mit euch? Irgendwas Neues?«, lenkte sie ab.

»Keine Spur von Isalie. Wir kommen jetzt zurück. Wir wollten ein paar Zettel mit ihrem Foto ausdrucken, die wir dann gleich verteilen können.«

»Gute Idee«, sagte sie. »Dann kommst du jetzt her?«

»Wir sind schon auf der Zielgeraden.«

Sie holte Luft. »Das ist gut. Ich muss mit dir reden, allein.«

»Warum?«

»Das sage ich dir persönlich«, gab sie zurück, wohl wissend, dass Silas neben ihm saß und eventuell Gesprächsfetzen mitbekam. »Sobald du hier bist, komm bitte kurz zum Gästehaus, ja?«

Oliver starrte sie entsetzt an, schien nicht fassen zu können, was sie ihm gerade anvertraut hatte. »Und du hast darüber bereits mit Bela Anderson gesprochen?«

Sie nickte.

»Wir haben uns eben mit ihm am Kliff getroffen und das weitere Vorgehen für morgen besprochen. Er stand Silas gegenüber, hat aber keinen Ton gesagt und ihn auch nicht beiseite gezogen, um mit ihm zu reden.«

»Das hätte ich auch nicht gemacht«, erklärte sie. »Was Nicole mir über ihren Bruder erzählt hat, klingt im ersten Augenblick beinahe harmlos. Erst wenn man diese Geschichte mit dem verknüpft, was Theo und mir damals passiert ist, versteht man, wie verdächtig Isalies Verschwinden tatsächlich ist. Ich schätze, er will erst gründlich darüber nachdenken, bevor er Silas mit einem so furchtbaren Verdacht konfrontiert.«

Oliver nickte, wirkte noch immer vollkommen schockiert. »Du weißt aber schon, dass es auch ganz anders gewesen sein könnte?«

»Was genau?«

»Was, wenn du nicht das Mädchen auf den Fotos warst und der Überfall auf dich sowie Theos Verschwinden nur zufällig zeitgleich passierten? Und was ist, wenn Bela, weil er mit Silas befreundet ist, diese Sache mit anderen Augen betrachtet?«

Tilda war erleichtert, nachdem sie insgeheim befürchtet hatte, Oliver würde sie, wie zuvor, nicht ernst nehmen.

Welche Schlüsse Bela Anderson zog, war ihr herzlich egal. Notfalls würde sie die Ermittlungen selbst in die Hand nehmen oder Paul bitten, herzukommen. Paul würde wissen, dass ihre Vermutung nicht zu weit hergeholt war. Ihr früherer Kollege dachte meist ähnlich wie sie, deswegen hatten sie während ihrer Zusammenarbeit so gut harmoniert.

»Was machen wir jetzt?«, fragte Oliver und riss sie aus ihren Gedanken. »Auf gar keinen Fall sagst du etwas zu Silas, verstanden? Wenn du recht hast, dann ist er ein Irrer und mit hoher Wahrscheinlichkeit gefährlich.«

Tilda grinste. »So schlau war ich auch, danke sehr.« Sie stieß die Luft aus, sah auf die Uhr. »Am liebsten wäre es mir, wenn wir zu Isalies Vater ins Hotel fahren und mit ihm sprechen könnten. Ich will herausfinden, ob er irgendwas weiß.«

»Er ist hier«, erklärte Oliver.

Tilda sah ihn an. »Was meinst du?«

»Auf dem Weg hierher hat er bei Silas angerufen und ihn gefragt, ob er hier übernachten kann. Irgendwie klang er, als habe er Streit mit seiner Frau gehabt, aber ich kann mich auch täuschen. Vielleicht weiß er ja wirklich etwas und will in der Nähe des Mannes bleiben, von dem er vermutet, dass er mit dem Verschwinden seiner ältesten Tochter zu tun hat.«

»Sie sitzen auf der Terrasse«, flüsterte Oliver ihr zu, während sie langsam auf das Haupthaus zugingen.

»Das ist gut, aber ich muss allein mit Thomas reden. Kannst du Silas irgendwie ablenken und dafür sorgen, dass er mit dir ins Haus geht? Ich brauche nur ein paar Minuten.«

Oliver nickte, während sie auf die beiden Männer am Tisch zuliefen, die in eine Unterhaltung vertieft waren.

»Sollen wir uns um die Zettel für morgen kümmern?«, fragte Oliver und ließ sich auf den Stuhl neben Silas fallen.

»Schon erledigt«, gab Silas zurück. »Thomas hat mir geholfen. Denkst du, dass hundert Kopien reichen?«

Oliver überlegte. »Könnte knapp werden«, gab er zurück. »Wir wollen die Suchzettel ja auf der ganzen Insel aufhängen, an jedem Parkplatz, in Supermärkten und Kneipen, an Bushaltestellen und so weiter. Auch in der Fußgängerzone und in Hotels sollten wir sie verteilen. Ich denke, wir brauchen mindestens zweihundert.« Er sah Silas an. »Darf ich sie mal sehen?«

»Klar, komm mit.«

Silas und Oliver standen auf, gingen ins Haus.

Als die beiden verschwunden waren, spürte Tilda den Blick von Isalies Vater auf sich. Hatte er ihre Strategie, Silas wegzulocken, durchschaut?

»Was willst du?«, fragte er sie.

»Über Silas reden.« Sie hielt kurz inne, obwohl die Zeit knapp bemessen war, die ihnen allein blieb.

Dann erklärte sie ihm in wenigen Sätzen, was sie von Nicole über Silas erfahren hatte, und erläuterte ihm die Verknüpfung mit dem Überfall auf sie.

Isalies Vater starrte sie schockiert an, schüttelte den Kopf. »Woher willst du wissen, dass dieses Mädchen auf den Fotos du gewesen bist?«

»Weil nur das einen Sinn ergibt. Er stand auf mich, stalkte mich, schoss heimlich Fotos von mir. Und dann muss er mitbekommen haben, dass es da jemanden gab. Er wurde sauer, verbrannte zuerst die Fotos, doch das reichte ihm noch nicht, weil er ein Irrer ist. Warum sonst sollte er über Jahre ein Mädchen stalken, es heimlich beobachten und fotografieren?«

Thomas sah sie immer noch unverwandt an, als müsse er über ihre Worte nachdenken, bevor er zweifelnd den Kopf schüttelte. »Und Nicole ist absolut sicher, dass dieses Mädchen auf den Fotos blondes Haar hatte, so wie du damals?«

Tilda nickte, beobachtete, wie Isalies Vater blass wurde, schließlich in sich zusammensackte, als würde ihm bewusst, was das für Isalie bedeutete.

Er sah wieder zu ihr auf, schwieg sekundenlang.

Tilda runzelte die Stirn.

Warum sagte er nichts?

Dann wurde ihr klar, dass es für ihn ganz sicher nicht leicht zu verdauen war, was er soeben über seinen Schwiegersohn in spe erfahren hatte.

Sie beugte sich über den Tisch, näher zu ihm, starrte ihm fest ins Gesicht, senkte die Stimme: »Wenn Isa das herausgefunden hat, ist es möglich, dass er ihr etwas angetan hat, um sie daran zu hindern, zur Polizei zu gehen.«

Er zuckte zurück, erhob sich leicht schwankend, fast als habe er zu viel getrunken.

»Was hast du vor?«, fragte sie irritiert und ängstlich zugleich.

Er sah sie an und plötzlich war da wieder dieses Zucken seiner Mundwinkel, das verräterische Zittern seines Kinns, ein Schatten, der sein Gesicht verdüsterte.

Glaubte er ihr etwa nicht?

»Es ist die Wahrheit«, erklärte sie fest. »Ich hab es auch diesem Polizisten erzählt.«

Noch immer starrte er sie mit weit aufgerissenen Augen an. »Du warst bei der Polizei?«

Sie nickte. »Bela Anderson will morgen mit Silas darüber sprechen.«

Sie beobachtete, wie sein Unterkiefer herunterklappte. »Das hättest du nicht tun dürfen«, sagte er mit brüchiger Stimme.

Sie sah ihn wie vom Donner gerührt an. »Warum nicht? Alles ergibt absolut Sinn. Silas' wahnhaftes Stalken eines Mädchens, dessen Beschreibung auf mich zutrifft, der Überfall auf mich, Theos Entführung, das Auftauchen seines Spielzeugs, die Entdeckung von Theos Grab und jetzt Isalies Verschwinden. Jemand hat herausgefunden, dass Silas hinter allem steckt, und ich denke, dass dieser Jemand deine Tochter ist. Siehst du das denn nicht?«

Er klappte den Mund auf, schloss ihn wieder. Dann, plötzlich, brach ein heiseres Lachen aus ihm hervor.

Tilda schüttelte irritiert den Kopf.

Waren denn jetzt alle verrückt geworden?

»Was gibt es da zu lachen?«, fuhr sie ihn an. »Deine Tochter ist vielleicht in Gefahr oder bereits tot und du findest das alles zum Brüllen?«

Er musterte sie, schüttelte den Kopf, sah jetzt vollkommen verzweifelt aus. »Nicht alles von dem, was du sagst, ergibt Sinn. Und genau das ist es, was mir gerade eine Heidenangst einjagt. Du hast …« Er brach ab, schien um Fassung zu ringen.

»Was ist? Was hab ich?«

»Du hast bei der ganzen Sache etwas außer Acht gelassen, keine Ahnung, warum, aber …« Wieder hielt er inne, schien in ihrem Gesicht nach etwas zu forschen.

Sie sah ihn an, runzelte die Stirn. So langsam verlor sie die Geduld. »Was soll das bedeuten? Was ergibt deiner Meinung nach keinen Sinn? Und was habe ich nicht bedacht?«

Er hob unschlüssig die Schultern. »Ich glaube nicht, dass Silas Isalie etwas angetan hat.« Er schien mit den Tränen zu kämpfen. »Ich schätze, die Wahrheit ist grausamer.«

Tilda spürte, wie eine eisige Kälte von ihr Besitz ergriff. »Was willst du damit sagen? Was ist mit Isa?«

Er senkte den Blick, seufzte. »Du bist doch Polizistin, finde es selbst heraus.«

EINUNDZWANZIG
SYLT

JUNI 2022

»Ich fahre jetzt noch mal zu Silas rüber«, sagte Bela zu seinem Kollegen Florian.

»Soll ich mitkommen?«

Bela schüttelte den Kopf. »Nicht nötig, ich will mich nur noch mal nach dem Stand der Dinge erkundigen, ehe wir die Suche nach Isalie offiziell machen und eine Vermisstenanzeige aufgeben.«

»Das mit Isalie ist wirklich rätselhaft.«

Bela nickte schwer. »Und es wird immer rätselhafter.«

»Inwiefern? Hat sich was Neues ergeben?«

Bela winkte ab, es war zu früh, seinem Kollegen von Tildas Verdacht zu berichten. Erst wollte er persönlich mit Silas sprechen, und zwar inoffiziell.

»Silas hat mir gestern Abend noch geschrieben. Sie haben Suchzettel mit einem aktuellen Foto von Isalie erstellt, die sie auf der Insel verteilen wollen, und ich überlege, ob wir auch die Medien vor Ort hinzuziehen sollen.« Er brach ab, sah Florian an.

Sein Kollege runzelte die Stirn. »Was glaubst du, was da wirklich los ist?«

»Keine Ahnung, ehrlich gesagt.«

»Könnte sie weggelaufen sein? Das würde doch zu ihr passen. Aber du kennst sie besser als ich ... Was sagt übrigens deine Frau dazu? Sie war doch auch auf der Junggesellinnenparty?«

Bela verzog das Gesicht. »Sie macht sich Sorgen. Vor allem wegen Tilda, nachdem die auf der Party so ausgerastet ist. Wobei ich Tildas Verhalten nachvollziehbar finde, nachdem ich die Geschichte ihres verschwundenen Bruders kenne. Aber Frauke meinte, sie habe in Isalies Augen Angst gesehen. Angst vor Tilda.«

»Mmh. Diese Tilda scheint ja so etwas wie eine Schlüsselrolle in der ganzen Geschichte zu spielen. Du hast mir immer noch nicht erzählt, was Sie gestern so Wichtiges mit dir zu besprechen hatte.«

Bela seufzte. »Später, okay? Lass mich zuerst mit Silas reden, dann sehe ich weiter.«

Als Bela knappe fünfunddreißig Minuten später vor dem Haus seiner Freunde ankam, stellte er den Motor ab, blieb noch einen Moment im Wagen sitzen. Er lehnte den Kopf zurück, ging in Gedanken noch mal durch, was Tilda ihm gestern anvertraut hatte.

Er hatte Florian bewusst noch nicht eingeweiht, weil er sich Silas nicht als Stalker vorstellen konnte. Er hatte Silas vor knapp fünf Jahren als bodenständigen Typen kennengelernt, der sein Leben im Griff hatte. Dass sein Kumpel einst einem Mädchen hinterherspioniert, heimlich Fotos von ihm geschossen und gar einen Mord begangen haben sollte, überstieg seine Vorstellungskraft.

Aber er nahm Tildas Hypothese durchaus ernst und

sie kam ihm keineswegs überdreht oder durchgeknallt vor, auch wenn seine Frau das Gegenteil behauptete.

Was ihr widerfahren war, erklärte, dass sie beim Auftauchen des Orcas auf der Party kurzzeitig die Nerven verloren hatte. Blieb die Frage: War Tilda jemand, der anderen ein Leid zufügen konnte?

Bela rief sich ihr Bild vor Augen. Schüttelte den Kopf.

Nein! Definitiv nicht.

Sie war eine Frau, die mit beiden Beinen fest im Leben stand, selbst wenn sie sich über Jahre hinweg einer vergeblichen Hoffnung hingegeben hatte.

Sie war Polizistin geworden, und das nicht ohne Grund.

Sie hatte ihren Bruder damals nicht beschützen können, wollte stattdessen aber anderen Menschen helfen, indem sie Verbrechen aufklärte, für Gerechtigkeit sorgte.

Bei der gestrigen spätabendlichen Suche nach Isalie hatte er sich zusammenreißen müssen, Silas gegenüber keinen Ton von Tildas Besuch bei ihm verlauten zu lassen. Stattdessen hatte er mitbekommen, wie Silas sich über Tilda das Maul zerrissen und sie beschuldigt hatte, mehr zu wissen, als sie vorgab.

Aber warum hatte Silas nur derbe Andeutungen gemacht, statt zu sagen, was er wusste? Wenn er überhaupt etwas wusste, was er bezweifelte.

Warum die Freundschaft zwischen den beiden Frauen damals wirklich in die Brüche gegangen war, hatte Isalie ja nicht einmal Frauke gegenüber erwähnt. Und so schlimm konnte das alles nicht gewesen sein, sonst hätte Isalie Tilda doch niemals zu ihrer Hochzeit eingeladen.

Umgekehrt gab es auch keinen Grund für Tilda, ihrer Freundin etwas Böses anzutun. Laut Aussage ihres Kollegen Paul traf Tilda Entscheidungen anhand von

Fakten und Beweisen. Das passte nicht zu Silas' Vorstellung von einer Tilda, die ausgerastet sein könnte.

Anders Silas selbst. Wenn es stimmte, was Tilda ihm erzählt hatte – und warum sollte sie lügen? –, dann war Silas der Einzige unter allen Anwesenden, der etwas zu verbergen hatte. Und Menschen mit Geheimnissen neigten nun einmal dazu, diese mit allen Mitteln zu bewahren.

Er stieg aus, straffte die Schultern, lief auf den Eingang zu und drückte auf die Klingel.

Nichts rührte sich.

Ungeduldig sah er auf seine Uhr. Es war fast acht Uhr und Silas war, genau wie er selbst, ein Frühaufsteher. Warum öffnete er dann nicht?

Er hatte die Hand schon wieder über dem Klingelknopf, lauschte ...

Im Haus war alles still.

Er klingelte noch einmal, fing dann an, gegen die Tür zu hämmern.

»Silas, Alter, mach auf, ich muss mit dir reden!«

Wieder nichts.

Er drehte sich um, sah beide Autos auf dem Hof stehen.

Demnach musste Silas doch im Haus sein.

Es sei denn ...

Silas liebte es, am frühen Morgen laufen zu gehen. War sein Kumpel unterwegs am Strand, um sich frischen Wind um die Ohren pusten zu lassen? Oder war er schon so früh auf Achse, um weitere Suchzettel zu verteilen? Bela runzelte die Stirn. Er hatte Silas gestern Abend noch angekündigt, dass er heute gegen acht bei ihm auf einen Kaffee vorbeikäme, um das weitere Vorgehen mit ihm zu koordinieren.

Plötzlich vernahm er Schritte von innen, die Tür ging auf. Thomas Wagner, Isalies Vater, stand vor ihm. Er wirkte übernächtigt, schien über Nacht um Jahre gealtert, seine Augen lagen in dunklen Höhlen, das Gesicht war rot und wirkte verschwollen.

»Ich wollte zu Silas«, erklärte Bela. »Sie habe ich hier allerdings nicht erwartet. Übernachten Sie nicht in der Strandrose?«

Wagner nickte schwach. »Normalerweise ja. Aber gestern ist es spät geworden und ich wollte Anna und meine Kleine nicht wecken. Deswegen hab ich Silas gebeten, hier übernachten zu dürfen. Ich glaube, er war ganz froh darüber, nicht allein im Haus bleiben zu müssen.«

Die Stimme des Mannes klang rau und kraftlos und Bela fühlte Mitleid in sich aufsteigen. Nicht zu wissen, wie es seiner Tochter ging, wo sie sich befand, ob sie überhaupt noch am Leben war – Bela vermochte sich nicht einmal vorzustellen, wie es in dem Mann aussah.

»Darf ich reinkommen?«, fragte er.

Wagner trat zur Seite, ließ ihn ins Haus.

»Wollen Sie einen Kaffee?«, fragte er.

Bela nickte. »Ist Silas schon wach?«

»Ich weiß nicht, hab ihn heute Morgen weder gesehen noch gehört.«

Bela verzog das Gesicht. »Würde es Ihnen etwas ausmachen, mal an seine Schlafzimmertür zu klopfen und ihm Bescheid zu geben, dass ich warte?«

Isalies Vater nickte, wies mit fahriger Geste ins Innere. »Sie wissen ja, wo die Küche ist. Der Kaffee-Automat ist an, bedienen Sie sich.«

Bela nickte dankbar, sah dem Mann nach, wie er die Treppe hinaufschlurfte, als sei ihm jeder Schritt zu viel.

In der Küche angekommen, schaute er sich um. Überall stand schmutziges Geschirr herum, auf dem Boden lagen Krümel, eine angebrochene Packung Butter lag offen auf der Anrichte, der Rest eines Brotes trocknete vor sich hin. *Isalie rastet aus, wenn sie das sieht.* Die Verlobte seines Kumpels hatte einen Putzfimmel und würde sich schämen, wenn jemand ihre Küche in diesem Zustand sah.

Augenblicklich fühlte er sich fehl am Platz und war versucht, wenigstens das herumstehende Geschirr in die Spülmaschine zu packen, als ein markerschütternder Schrei ertönte.

Ein Ruck ging durch seinen Körper, sekundenlang glaubte er, an dem klebrigen Küchenboden seiner Freunde festgewachsen zu sein. Dann kam Bewegung in ihn.

Er rannte aus der Küche in den Gang, steuerte auf die Treppe zu. Mehrere Stufen auf einmal nehmend, stieg er in den ersten Stock, sprintete auf die offen stehende Tür zum Schlafzimmer seiner Freunde.

Er blieb auf der Schwelle stehen.

Versuchte, das, was er sah, zu begreifen.

Thomas Wagner stand mit dem Rücken zu ihm vor dem Bett. Seine Schultern zuckten heftig.

Lachte der Mann etwa?

Erst mit Verzögerung begriff Wagner, dass Silas' zukünftiger Schwiegervater wie Espenlaub zitterte.

Und dann traf ihn der Gestank mit voller Wucht.

Fäkalien gemischt mit Metall.

Kupfer.

Den Atem anhaltend trat er neben Wagner, blickte auf nackte Haut, sah all das Blut.

Eine Menge davon …

Es hatte das Laken durchtränkt, war bis an das Oberteil des edlen Boxspringbettes gelangt und hatte die Wand darüber mit einer Fontäne kleinerer Spritzer übersät.

Eine Welle der Übelkeit ergriff ihn, als sein Blick die

riesige Schnittwunde erfasste. Ein tiefer Schnitt, von einem Ohr zum anderen.

»Um Himmels willen«, flüsterte er zurückweichend. Instinktiv griff er nach Wagner, zerrte ihn ein Stück von dem Getöteten zurück. Verfiel in einen einstudierten Polizistenmodus, der ihm half, zu funktionieren. Schließlich schaffte er es, sein Smartphone aus der Tasche zu ziehen und seinen Kollegen Florian anzurufen.

Mit dem Blick noch immer auf dem massakrierten Körper vor ihm, kämpfte er gegen den Schock an, holte tief Luft.

»Schnapp dir einige Kollegen von der Spurensicherung und kommt auf dem schnellsten Wege nach Rantum. Wir haben hier eine Leiche.«

ZWEIUNDZWANZIG
SYLT

JUNI 2022

»Schatz!«

Tilda blinzelte kurz, wusste im ersten Augenblick nicht, wo genau sie war. Sie sah Olivers Gesicht über sich, erkannte das Schlafzimmer von Isalies Gästehaus und floh wieder zurück in ihren Traum, zu dem Gespräch mit ihrer Mutter, bei dem auch Paul anwesend war …

Tilda stöhnte, während sie versuchte, die Traumszene weiterzuführen, blendete Olivers Stimme aus und fand sich übergangslos in einem völlig anderen Szenario wieder. Sie stand Thomas gegenüber. Wie in einer Zeitschleife erlebte sie das gestrige Gespräch mit ihm halb wachend, halb träumend noch einmal. Fühlte sich schlecht, als dieser sie nicht ernst nahm … als nur ein Wispern ertönte.

»Sag mal, hörst du mir überhaupt zu?« Olivers Stimme drang leicht angesäuert zu ihr durch.

»Hab ich dir von Thomas erzählt?«, nuschelte sie schlaftrunken. »Wir haben geredet …«

»He, schläfst du oder träumst du noch?«

Mühsam schlug sie die Augen auf. »Was ist los?«

»Sag mal, bist du taub?«

»Was?« Sie fuhr hoch, blickte sich um, strich sich die Haare aus dem Gesicht, als könnte sie so das leiser werdende Wispern ihres Unterbewusstseins zum Schweigen bringen.

Doch das Wispern war real, es waren echte Laute, die aus dem Garten kamen. Sie erkannte zwei männliche Stimmen und die einer Frau. Keine davon kam ihr bekannt vor. Sie sah Oliver an. »Was ist da los?«

»Schau selbst, da draußen wimmelt es von Polizisten.«

Tilda zuckte hoch, setzte sich jetzt vollends auf.

»Polizisten? Nicht nur Bela und sein Kollege?«

»Bela hab ich nicht gesehen. Möglich, dass er im Haus ist. Die Leute da draußen tragen weiße Anzüge.«

Mit einem Satz war Tilda auf den Beinen, schlüpfte in ihre Klamotten vom Vortag, hüpfte, während sie in ihre Jeans stieg, in Richtung Fenster, starrte hinter dem Vorhang hinaus.

»Die sind von der Spurensicherung«, stieß sie erschrocken aus. »Da muss was passiert sein.«

»Deswegen hab ich dich geweckt«, gab Oliver zurück. »Ich vermute, dass sie Isalie gefunden haben.«

Augenblicklich wurde es Tilda speiübel. Sie drehte sich zu Oliver um. »Wir müssen sie fragen, was los ist, hörst du? Wenn Isa wirklich … also wenn sie tot ist, dann müssen sie Silas definitiv verhören. Er ist es gewesen, da bin ich absolut sicher.«

Oliver, der mittlerweile auch dabei war, sich anzukleiden, verzog das Gesicht. »Ich weiß, was du mir gestern erzählt hast. Das alles passt ja auch zusammen. Aber ich hab noch mal nachgedacht, und Silas …« Er brach ab, suchte nach Worten.

»Was?«, fragte Tilda. »Glaubst du mir immer noch nicht?«

»Mit Glauben hat das nichts zu tun«, erklärte er. »Nicole hat dir etwas über ihren Bruder erzählt und du schließt deswegen auf das, was Theo und dir damals zugestoßen ist.«

»Ja, und?«

»Du glaubst doch nicht allen Ernstes, dass Silas so abgebrüht ist. Überleg mal, aus verletztem Stolz eine Frau zu überfallen, ihren Bruder zu töten und das alles so lange zu verschweigen? Und Jahre später soll er auch noch Isalie etwas angetan haben?«

Tilda sah ihn fassungslos an, blickte von ihm hinaus auf das Treiben der Kriminaltechniker, war versucht, an ihm vorbeizurasen und sich unter sie zu mischen.

»Ich hab das Gefühl, dass du Silas nie eine Chance gelassen hast. Was ist das zwischen euch?«

Tilda schwieg, versuchte vergeblich, sich in Oliver hineinzuversetzen, der wie zuvor alles Verständnis der Welt für Silas aufbrachte und nicht mal im Ansatz zu ihr hielt.

»Und du bist voreingenommen«, sagte sie leise. »Ist es, weil er dich bewundert, weil er ein Fan deiner Bücher ist?«

»Blödsinn«, wehrte er ab. »Aber ich hatte etwas Zeit, Silas kennenzulernen, und ganz unter uns, für so schlau und gewieft, so einen perfiden Plan über viele Jahre hinweg zu schmieden, halte ich ihn nicht. Um ehrlich zu sein, haben gerade die Fragen, die er mir zu meinen Büchern gestellt hat, etwas ganz anderes offenbart. Auf mich wirkt Silas wie eine Person, die zu naiv und unbedarft ist, um so eine Tat zu begehen und sie Jahre später im derzeitigen Szenario, im Rahmen einer Hochzeit, wieder aufleben zu lassen.«

Tilda schluckte. »Du bist Autor von Thrillern, kein Polizist. Du kennst die Menschen nicht. Weißt nicht, zu was sie fähig sind. Nicht so wie ich. Nicht wie Paul. Und ich rate dir, unterschätze Silas nicht!«

Sie wartete nicht ab, bis Oliver auf ihre Bemerkung eingehen konnte, schnappte sich ihre Jacke, wollte gerade zur Tür hinaus, als es laut klopfte. Sie warf einen Blick über die Schulter, sah Oliver an, der – mal wieder – nicht mit ihrem Vorpreschen einverstanden schien. Sie straffte die Schultern, riss an der Klinke.

»Kommt beide mit ins Haus«, sagte Bela und drehte sich ohne ein erklärendes Wort auf dem Absatz um.

»Scheint angepisst zu sein«, murmelte Oliver.

»Geschockt trifft es eher«, gab Tilda zurück und eilte dem Polizisten hinterher, keuchte, als sie ihn eingeholt hatte. »Was ist los?«, fragte sie. »Ich hab gesehen, dass die Spurensicherung auf dem Grundstück ist. Was hat das zu bedeuten?«

Bela warf ihr einen düsteren Blick zu. »Glauben Sie immer noch, dass Silas hinter Isalies Verschwinden steckt?«

Tilda nickte. »Haben Sie mit ihm gesprochen?«

Bela blieb stehen, wandte sich ihr zu. »Tilda, deswegen kam ich her, allerdings …« Er seufzte, fixierte sie mit festem Blick. »Mit wem haben Sie über die Anschuldigungen bezüglich Silas gesprochen?«

Tilda schluckte. »Mit meinem Lebensgefährten.«

»Sonst mit keinem?«

»Nur mit Isalies Vater.«

»Wann war das?«

»Gestern Abend«, gab Tilda zurück.

»Haben Sie Herrn Wagner mitgeteilt, dass Sie Silas verdächtigen, seinerzeit Ihren Bruder entführt zu haben?«

Tilda nickte schwach.

»Was noch?«

»Dass ich vermute, Silas stecke hinter Isalies Verschwinden, weil sie sein Geheimnis aufgedeckt hat.«

Bela stieß die Luft aus, sah sie kopfschüttelnd an. »Das hätten Sie nicht tun dürfen.«

»Was ist los?«, schaltete sich Oliver ein, der zu ihnen getreten war.

Bela ignorierte ihn, starrte Tilda weiterhin durchdringend an. »Wie hat Thomas Wagner auf Ihre Verdächtigungen reagiert?«

Tilda seufzte leise. »Ich denke, dass er mir kein einziges Wort geglaubt hat.«

»Waren das seine Worte?«

Tilda verneinte stumm.

»Was dann? Was genau hat Wagner von sich gegeben, nachdem Sie ihn mit Ihrem Verdacht konfrontierten hatten, dass Silas ein Mörder sei, der Ihren kleinen Bruder auf dem Gewissen hat und vielleicht auch Isalie?«

Tilda, der bewusst war, dass Oliver sie genau beobachtete, straffte die Schultern. »Er sagte, dass die Wahrheit mit Sicherheit noch grausamer sei. Ich fragte, was er damit ausdrücken wolle.«

»Was hat er geantwortet?«

»Ich sei Polizistin und solle es selbst herausfinden.«

»Hatten Sie das Gefühl, dass Thomas Wagner nicht aufrichtig zu Ihnen ist?«

Tilda seufzte. »Schon, aber ...« Sie brach ab, forschte in Belas Gesicht, das seine Sorge und Wut nicht gänzlich verbergen konnte.

Wut? Auf wen?

Auf sie?

»Nochmal zu gestern Abend«, holte Bela sie aus ihren Grübeleien zurück. »Wann haben Sie Silas zuletzt gesehen?«

»Das war, nachdem mein Lebensgefährte mit ihm

und einem Packen Flugblätter aus dem Haus kam. Ich hab mir die Zettel angesehen, danach sind Oliver und ich wieder ins Gästehaus gegangen.«

»Und Sie waren die ganze Nacht über zusammen dort? Keiner von Ihnen beiden hat das Haus noch mal verlassen?«

»Ich war bis drei Uhr, vielleicht sogar länger, wach und da lag Oliver neben mir. Keine Ahnung, ob er noch mal raus ist, nachdem ich endlich eingeschlafen war. Vermutlich nicht, das hätte ich bemerkt, ich habe einen sehr leichten Schlaf. Eine typische Polizistenkrankheit, die Sie vielleicht auch kennen.«

»Und Sie selbst? Waren Sie die ganze Nacht in Ihrer Unterkunft?«

Tilda nickte, spürte Unbehagen in sich aufsteigen. Es war beinahe, als schnürte sich ein dicker Gurt um ihre Brust, sodass sie kaum noch atmen konnte.

»Was ist hier los?«, brachte sie schließlich mühevoll hervor, fürchtete sich jedoch vor der Antwort.

»Bis gestern hatten wir es mit einem Vermisstenfall zu tun, doch heute ist es zusätzlich ein Mordfall, in dem wir ermitteln.«

»Ein Mordfall?« Oliver starrte entsetzt zu Bela, dann wieder zu ihr.

Tilda spürte, wie ihr das Blut aus dem Kopf strömte, wie ihr schwindelig wurde. »Dann wurde Isalie also gefunden?«

Bela sah sie düster an, schüttelte den Kopf. »Nicht Isalie. Wir haben Silas gefunden. Jemand hat ihn vergangene Nacht ermordet, während Sie beide im Gästehaus geschlafen haben.«

DREIUNDZWANZIG
SYLT

JUNI 2022

»Wie weit seid ihr?«, fragte Bela. »Gibt es schon irgendwas, mit dem ich arbeiten kann?«

»Wir haben eine Packung Schlaftabletten in einem der Nachtkästchen gefunden«, antwortete der Kollege von der Spurensicherung. »Gut möglich, dass Silas Ehrenberger etwas davon genommen hat, bevor er zu Bett gegangen ist. Was auch erklären würde, dass er sich nicht gegen den Angreifer gewehrt hat.«

»Hat er nicht?«

»Nein, es gibt im Zimmer keinerlei Anzeichen für einen Kampf.«

»Was ist mit seinem Körper?«

»Seine Fingernägel sind unversehrt, wir haben keine Druckstellen oder anderweitige Verletzungen an seinem Körper festgestellt, die darauf hinweisen, dass jemand ihn unsanft gepackt und überwältigt hat. Wenn du mich fragst, wurde das Opfer im Schlaf überrascht und bevor er richtig mitbekam, wie ihm geschah, war er schon am Verbluten.«

»Und was ist mit Fenstern und Türen? Irgendwelche Hinweise, die auf einen Einbruch hindeuten?«

»Nein.«

»Das bedeutet, dass der Täter einen Schlüssel hatte oder ins Haus kam, weil nicht abgesperrt war. Laut Thomas Wagner, der auch hier übernachtet hat, war die Tür von innen nicht verriegelt, als er mir geöffnet hat.«

»Oder Silas hat seinen Mörder selbst ins Haus gelassen.«

»Und sich dann aufs Ohr gehauen? Wohl kaum.«

»Wäre aber möglich. Er oder sie kann ja genau wie Wagner im Haus geblieben sein.«

»Und hat abgewartet, bis Silas eingeschlafen war«, führte Bela den Gedanken weiter und schüttelte ungläubig den Kopf. »Dann müsste Thomas Wagner davon etwas mitbekommen haben.«

»Hast du ihn schon befragt?«

Bela runzelte die Stirn. »Er behauptet, nichts gehört zu haben. Weder irgendwelche Schritte, mitten in der Nacht noch andere Geräusche, die rückblickend auf die Tragödie schließen lassen. Wagner hat ausgesagt, er sei gegen zwei Uhr morgens eingeschlafen und erst knapp zwanzig Minuten vor meinem Eintreffen wach geworden. Als ich geklingelt habe, sei er in der Küche gewesen, um sich einen Kaffee zu machen. Es hat eine Weile gedauert, bis er mir die Tür geöffnet hat.«

»Hat er das erklärt?«

»Er dachte wohl, dass Silas runterkäme und die Tür öffnen würde. Als ich dann wiederholt geklingelt und gerufen habe, hat er mir geöffnet.«

»Dann waren Silas Ehrenberger und Thomas Wagner die ganze Nacht über allein im Haus?«

Bela nickte gedankenschwer. »Wie weit seid ihr hier im Haus?«

»Der Leichnam kann abtransportiert werden. Im Schlafzimmer sind wir fertig, wir gehen nur noch den

Rest des Hauses durch. Ich schätze, in einer knappen Stunde sind wir weg.«

»Schöne Scheiße«, kam es von Florian, der hinter ihm aufgetaucht war.

Bela zog die Brauen hoch. »Kann man wohl sagen.«

»Was hat der diensthabende Arzt gesagt?«

»Er schätzt den Todeszeitpunkt auf vier Uhr morgens. Silas wurde mit hoher Wahrscheinlichkeit im Schlaf überrascht und starb an mehreren Stichen in den Hals. Der Täter hat nach meiner momentanen Einschätzung bei einem der Stiche die Hauptschlagader getroffen, ihm erst danach die Kehle durchgeschnitten. Deswegen sieht Silas Hals auch wie ein Schlachtfeld aus.«

Florian starrte ihn an. »Warum macht jemand so was?«

»Als ich den Leichnam gesehen habe, sind mir die anderen Stiche unter all dem Blut zuerst nicht aufgefallen. Der Arzt hat sie entdeckt. Einer davon ist hinten, im Nacken. Ich vermute, Silas hat auf dem Bauch oder der Seite gelegen, als er angegriffen wurde. Der erste Stich hat ihn geweckt. Aller Wahrscheinlichkeit nach hat er es gerade noch geschafft, sich auf den Rücken zu drehen, vielleicht weil er sich wehren wollte, doch der Blutverlust durch die weiteren Stiche hat das verhindert. Als ihm die Kehle durchgeschnitten wurde, könnte er bereits tot gewesen sein. Aber warten wir mal die Obduktion ab.«

»Klingt, als sei da jemand richtig stinkig auf den Mann gewesen. Anders lässt sich diese Brutalität nicht erklären, meinst du nicht?«

»Das war auch mein erster Gedanke. Alles andere …« Bela brach ab, schüttelte den Kopf. »Würde es sich um einen Einbruch mit Raubabsicht handeln, dann gäbe es ja Hinweise dafür an Schlössern oder den Fenstern.«

»Es wäre auch mehr als ungewöhnlich, dass ein Einbrecher einen Schlafenden attackiert.«

»Es ist eindeutig, dass der Täter Silas vorsätzlich umgebracht hat.«

»Erklärst du mir dann vielleicht endlich, worüber du so dringend mit Silas reden wolltest?«

Bela sah Florian an, räusperte sich und gab ihm ein kurzes Update, bei dem er ihn auch über sein Gespräch mit Tilda ins Bild setzte.

Florian unterbrach ihn kein einziges Mal, schüttelte nur ab und an zweifelnd den Kopf. »Harter Tobak! Hast du schon mit Silas' Schwester Nicole darüber gesprochen? Hat sie Tildas Aussagen bestätigt?«

»Ich hab sie noch nicht gesehen.«

Florian wies nach draußen. »Sie ist eben angekommen. Sieht ganz schön fertig aus, die Ärmste. Für wie glaubwürdig hältst du eigentlich diese Tilda?«

»Warum sollte sie mir Lügen erzählen und Silas fälschlicherweise beschuldigen, was sich ja ganz leicht entlarven ließe?«

»Ich sage nicht, dass sie gelogen hat, was Nicoles Beichte über ihren Bruder angeht. Aber ich vermute, dass sie Nicole gegenüber nicht erwähnte, welche Rückschlüsse sie gezogen hat.«

»Ich rede später mit Nicole, sie soll sich erst mal fangen.«

»Was ist mit Fingerabdrücken im Schlafzimmer?«

»Die Spurensicherung ist dort soweit durch, wir müssen jetzt abgleichen, welche Abdrücke neben denen von Silas und Isalie gesichert wurden und nicht dahin gehören.«

»Gut, dann lass uns mal den Anwesenden verklickern, dass sie ins Präsidium kommen müssen, zu einer offiziellen Befragung. Im Zuge dessen nehmen wir von allen Beteiligten die Fingerabdrücke und können sie mit denen vom Tatort abgleichen.«

Florian fuhr sich mit der Hand übers Gesicht, schüttelte nachdenklich den Kopf.

»Was ist?«, fragte Bela. »Was überlegst du noch?«

»Diese Tilda ...«

»Was ist mit ihr?«

»Hältst du es für ausgeschlossen, dass sie Silas getötet hat? Wenn sie überzeugt davon war, dass Silas hinter dem Überfall steckte, wäre das doch nicht abwegig.«

Bela sah Florian an, verzog das Gesicht. »Theoretisch könnte es jeder gewesen sein. Tilda, ihr Lover Oliver, Thomas Wagner, der gestern Abend erst von Tilda erfahren hat, wessen sie Silas verdächtigt.«

»Was denkst du denn?«

»Ich frag mich, wer das nachvollziehbarste Motiv für diesen Mord hatte. Was Tilda angeht, müssen wir nicht groß überlegen. Sie hielt ihn für den Mörder ihres Bruders. Allerdings ist sie Polizistin, und nach meinem Kenntnisstand eine sehr bedacht handelnde Kollegin. Sie war gestern bei mir, hat mir von ihrem Verdacht erzählt, wollte, dass ich Silas damit konfrontiere. Warum sollte sie ihn, noch bevor ich Gelegenheit hatte, mit ihm zu reden, umbringen? Dass wir sie als Erste verdächtigen, müsste ihr klar gewesen sein.«

»Und dieser Schriftsteller, Tildas Freund?«

»Silas und er haben sich erst vor ein paar Tagen kennengelernt. Bis vor Kurzem wusste er nichts von Tildas Bruder, wie mir Silas selbst erzählt hat. Wieso sollte er also für Tilda Silas umbringen? Passt auch nicht wirklich gut zusammen. Bleibt nur noch Thomas Wagner, Isalies Vater.«

»Und der wusste von Tilda über alles Bescheid.«

»Stimmt. Aber warum sollte Thomas seinen künftigen Schwiegersohn töten? Nur, weil er möglicherweise einst Tilda gestalkt hat?«

»Verzwickte Geschichte«, warf Florian nachdenklich

ein. »Zumal da ja auch noch Isalie, seine vermisste Tochter, ist.«

»Richtig, falls Wagner seinen Schwiegersohn in spe verdächtigt hätte, etwas mit Isalies Verschwinden zu tun zu haben ...«

»Wie es von Tilda verbreitet wurde«, führte Florian seinen Satz fort.

»Genau. Diesen Verdacht hat Tilda auch ihm mitgeteilt. Und damit scheidet Wagner als Täter aus. Indem er Silas tötete, hätte er den einzigen Menschen zum Schweigen gebracht, der weiß, wo sein ältestes Kind abgeblieben ist.«

»Das heißt, du hältst niemanden der Anwesenden für den Täter?«

»Möglich, dass das naiv ist, aber so sieht es aktuell aus.«

»Wer war es dann?«

Bela hob die Schultern. »Das Einzige, was ich sicher weiß, ist, dass es eine Verbindung zwischen Silas' gewaltsamem Tod und dem Mord an Theo vor fünfzehn Jahren geben muss. Anders lassen sich die aktuellen Vorkommnisse kaum erklären.«

»Moment mal, der Mörder des kleinen Theo würde aber kaum riskieren, dass ihm nach all den Jahren doch noch jemand auf die Schliche kommt.«

Bela nickte. »Genau das hat Tildas Kollege Paul auch geäußert. Hinter allen aktuellen Ereignissen steckt eine andere Person, ein Mitwisser. Jemand, der will, dass das Grab des Kindes entdeckt wird, damit der wahre Mörder endlich entlarvt wird. Und dieser Jemand hat Tilda den Orca aus einem ganz bestimmten Grund zukommen lassen.«

»Weil sie die Schwester des Opfers und Polizistin ist.«

Bela sah seinen Kollegen nachdenklich an und schwieg. Nach einer Weile räusperte er sich. »Tilda hat nach ihrer Ankunft auf der Insel merkwürdige Nachrichten erhalten. Eine wurde mittlerweile auf unerklärliche Weise gelöscht, die anderen hat sie noch. Sie hat sie mich lesen lassen, hat diese Nachrichten auch an ihren Kollegen in Augsburg weitergeleitet.«

»Was willst du damit sagen?«

»Dass ich mich mit diesem Paul eine ganze Weile unterhalten habe. Er hat mir alles über Tildas Fall erzählt, auch dass er damals als einer der Ersten Kontakt zu ihr hatte, als sie noch Opfer und keine Polizistin war.«

»Dieser Paul hat an dem Fall um die Entführung mitgearbeitet?«

»Ganz genau. Er kennt Tilda schon, seit sie siebzehn war. Er hat sie als Opfer kennengelernt, das im Laufe der Jahre über sich selbst hinauswuchs. Er ist nach meiner Einschätzung ein wenig blind auf einem Auge, was diese Frau angeht. Ich jedoch …« Bela hielt inne, überlegte sich seine nächsten Worte ganz genau. »Ich kenne Tilda, wie sie heute ist, bin unvoreingenommen und nicht beteiligt.«

»Worauf willst du hinaus?«

»Nur eine weitere Hypothese«, schränkte Bela nachdenklich ein. »Sehen wir doch mal, was wir haben: Die WhatsApp-Nachrichten, die Hinweise enthalten, das Spielzeug, das während der Party am Strand auftauchte, den Leichenfund des Kindes nach fünfzehn Jahren ...« Er hielt kurz inne, sah sich um nach eventuellen Mithörern, bevor er leise fortfuhr. »Ich frage mich, ob den Kollegen in Augsburg damals nicht ein Fehler unterlaufen ist. Ob sie nicht gründlich genug in die richtige Richtung ermittelt haben.«

»Ein Fehler?«

»Man ging nur deswegen von einer Entführung aus, weil Theo nicht gefunden wurde, er sich quasi in Luft aufgelöst hatte. Doch da war auch noch etwas anderes, ein wichtiger Hinweis, der die Beamten schließlich zu dieser Erkenntnis führte.«

»Und zwar?«

»Tilda«, sagte Bela knapp. »Sie sagte damals aus, sie habe während des Angriffs Stimmen gehört. Die eines Mannes und die einer Frau. Deswegen dachten die Beamten, dass es sich bei den Tätern um ein Paar gehandelt habe, das es auf den kleinen Theo abgesehen hatte. Doch der Junge wurde gar nicht entführt, wie sich nun herausstellte. Und wie kam man letztlich darauf? Weil jemand das Grab freigelegt hat.«

Bela sah, wie es hinter Florians Stirn arbeitete. Dann erhellte sich das Gesicht seines Kollegen. »Tilda könnte damals gelogen und somit der Polizei absichtlich zu dieser falschen Erkenntnis verholfen haben.«

Bela grinste entschlossen. »Ganz genau. Von Paul weiß ich, dass das Verhältnis zwischen Tilda und ihrer Mutter nicht das beste ist, weil die Frau von Anfang an überzeugt war, dass Tilda lügt. Sie sagte aus, dass Tilda ihren Bruder nicht mochte, weil er von einem anderen Mann war und nicht von Tildas Vater. Sie habe sich damals geweigert, ihn Bruder zu nennen, wollte nichts mit ihm zu tun haben. Doch ihre berufstätige Mutter verlangte von Tilda, dass sie sich um den Kleinen kümmert, was ihr überhaupt nicht gefiel.«

»Glaubst du etwa, Tilda hat ihren Bruder selbst umgebracht?«

»So weit würde ich nicht gehen. Aber möglich wäre, dass sie ihre Aufsichtspflicht verletzt hat. An dem Tag, an dem Theo verschwand, war Tilda mit ihm beim Baden an einem See. Was also, wenn der Kleine einen Unfall hatte, weil Tilda nicht aufgepasst hat?«

»Und wie erklärst du den Überfall auf Tilda? Sie wurde definitiv niedergeschlagen.«

»Als dieses Ehepaar sie fand, war sie bewusstlos, aber

nur leicht verletzt. Jemand hatte ihr etwas auf den Hinterkopf geschlagen, gerade so fest, dass sie kurz weg war, eine Gehirnerschütterung erlitt, jedoch ansonsten keinen ernsthaften Schaden davontrug. Ihr Körper wies keine anderen Verletzungen auf.«

»Worauf willst du hinaus?«

»Frag dich mal, in welchem Verhältnis diese nur leichte Verletzung zum Tod ihres kleinen Bruders steht?«

»Bislang dachte man, Theo sei entführt worden, was diese nur leichte Verletzung seiner Halbschwester erklärt. Aber der kleine Junge war tot.«

»Das ist es, genau das ist es!«, bestätigte Bela. »Er war tot, und wir wissen nicht, wie und warum er gestorben ist. Und dass er tot ist, wissen wir erst, seit seine Gebeine aufgefunden wurden oder, besser gesagt, so weit ausgegraben waren, dass jemand sie finden musste. In dem Zusammenhang ergeben Tildas nur leichte Blessuren wenig bis gar keinen Sinn.«

VIERUNDZWANZIG
SYLT

JUNI 2022

»Hast du nicht mitbekommen, wie dieser Polizist dich heute morgen angesehen hat?«

Tilda, die gerade dabei war, ihre Sachen zu packen, sah sich zu Oliver um. »Nein, wie kommst du darauf?«

»Als die beiden Polizisten sich unterhalten haben, kam es mir vor, als würde dieser Bela Anderson, der mit Silas befreundet war, dich immer wieder anstarren, so als verdächtige er dich ...«

»Silas' Mörderin zu sein? Das ist absolut lächerlich. Wenn dem so wäre, dann hätte er mich vorhin bei der offiziellen Befragung darauf angesprochen.«

»Du bist selbst Polizistin. Du weißt, wie Polizisten denken. Sie wollen dich beobachten, sie erwarten, dass du einen Fehler machst, dich verplapperst und dich damit selbst überführst.«

»Bela Anderson hält mich nicht für Silas' Mörderin.«

»Warum bist du da so sicher?«

»Weil ich am Abend zuvor bei ihm war und Silas offiziell verdächtigt habe, mit Theos Tod in Verbindung zu stehen. Warum sollte ich Silas umbringen, wenn ich Antworten von ihm will? Das ergibt keinen Sinn.

Außerdem habe ich ihn vorhin ganz offen danach gefragt. Ich wollte wissen, ob ich eine Verdächtige bin, und er sagte, dass ich zwar auf der Liste stünde, was normal und Routine ist, dass er mich jedoch für unschuldig an dem Mord an Silas hält.«

»Und trotzdem haben dich beide merkwürdig angestarrt? Warum wohl?«

»Was weiß ich?«

»Ich denke, du weißt ganz genau, warum.«

»Himmel noch mal, Oliver. Du klingst gerade, als würdest du nur darauf lauern, dass man mich in Handschellen abführt. Sag mal, kann es sein, dass du mich verdächtigst, so etwas Hirnrissiges getan zu haben?«

Oliver hob abwehrend die Hände. »Natürlich nicht. Aber ich kann Blicke deuten, und die der Polizisten waren zumindest auffallend oft auf dich gerichtet.«

»Ja natürlich waren sie das. Weil ihnen klar ist, dass diese Fälle zusammenhängen. Theo, Isalie, jetzt Silas. Die beiden sind nicht blöd.«

Olivers Gesicht verfinsterte sich. »Und warum hast du mich belogen? Wieso tust du es noch immer?«

»Mache ich nicht.«

»Du hast mir gegenüber das Gespräch mit Isalies Vater gestern Abend ganz anders wiedergegeben.«

»Und ist das wichtig?«

»Für mich schon.«

»Warum?«

»Das hat mit Vertrauen zu tun, Tilda. Du hast mir so viel nicht gesagt, ich wusste nichts von Theo, und dieser Thomas, Isalies Vater, der benimmt sich dir gegenüber äußerst seltsam. Und ich glaube, du weißt auch warum, willst es mir nur nicht sagen.«

»Diese Sache geht dich auch gar nichts an, verdammt! Theo war mein kleiner Bruder, was damals passiert ist, hat mich schwer traumatisiert, das Verhältnis zu meiner Mutter zerstört. Wieso sollte ich mit einem Mann, mit dem ich mir etwas Neues aufbauen will, über die schlimmste Zeit meines Lebens sprechen? Ich bin froh, wenn ich endlich alles hinter mir lassen kann.«

»Zu einer Beziehung gehört aber vor allem absolute Offenheit«, gab Oliver zurück. »Und du bist nicht offen, du lügst mich an.«

»Etwas zu verschweigen und zu lügen sind zwei Paar Schuhe.«

»Das denkst du wirklich?«

Tilda sah ihn an, nickte. »Das tue ich.«

Oliver verzog das Gesicht, schien einen inneren Kampf auszufechten. Schließlich seufzte er. »Ich kann das nicht, okay? Ich kann nicht mit jemandem zusammen sein, dessen Ansichten sich so extrem von denen unterscheiden, die ich vertrete.«

Tilda lachte. »Du verlässt mich, weil ich dir ein paar Dinge über mich, die dich einen Dreck angehen, nicht erzählt habe?«

Oliver antwortete nicht, nahm seine Tasche, schwang den Riemen über die Schulter. »Ich darf die Insel genauso wenig verlassen wie du, hänge hier fest, bis Isalie gefunden wird und man weiß, wer Silas ermordet hat. Also ganz so unbeteiligt an allem bin ich nicht. Dass du das anders siehst, muss ich wohl akzeptieren, gut finden muss ich es aber nicht. Deswegen suche ich mir jetzt ein Hotelzimmer auf der Insel. Sobald ich eines habe, sage ich Bela Anderson Bescheid, wo er mich erreichen kann. Und was dich angeht …« Er stieß die Luft aus, fixierte sie mit dunklem Blick. »Vielleicht tut es dir ganz gut, mal wieder für eine Weile allein zu sein. Vielleicht habe ich ja Glück und dir wird klar, dass du mit deinem Verhalten jene verletzt, die es am wenigsten verdienen.«

Nachdem Oliver gegangen war, packte Tilda ihre Tasche zusammen, dann setzte sie sich auf das Sofa, starrte gedankenverloren zur Tür, durch die ihr Lebensgefährte vor nicht einmal dreißig Minuten verschwunden war. Sie fühlte weder Zorn, noch war sie verletzt, dass er gegangen war und sie mit allem hier alleingelassen hatte, bestätigte es doch, was sie schon seit Tagen ahnte.

Oliver war ein netter Mann, ohne Frage, jedoch nicht für eine Frau wie sie geschaffen. Eine Frau, die auch innerhalb einer Beziehung stark und unabhängig bleiben wollte, die selbst entschied, ob sie dem Mann an ihrer Seite wirklich alles von sich preisgeben wollte.

Oliver brauchte eine Frau, die ihn, den Starautor, würdigte, niemals seine Persönlichkeit infrage stellte, ihn anhimmelte und sich von ihm auf Händen tragen und behüten ließ. Eine Frau, die ihr Schicksal selbst in die Hand nehmen wollte und niemanden brauchte, um sich ihren inneren Dämonen zu stellen, war nichts für ihn.

Sie war nichts für ihn!

Und er tat ihr nicht wirklich gut.

Seltsamerweise hatte sich sein Abgang gerade eben kein bisschen schmerzhaft angefühlt. Da war keinerlei Wehmut in ihr, kein Bedürfnis, ihm nachzulaufen, nur ein klein wenig Enttäuschung, dass er sie ausgerechnet jetzt in diesem Haus zurückließ. Dass er in so einer Situation lieber die beleidigte Leberwurst spielte, als ob es nicht weit wichtigere Dinge gäbe.

So viel zu den guten und schlechten Tagen, in denen ein Paar zusammenstehen sollte.

War sie deswegen verbittert?

Erstaunt stellte sie fest, dass dem nicht so war. Dass sie nur eine Leere in sich fühlte.

Als ihr Handy piepte, zuckte sie zusammen, so sehr war sie in Gedanken versunken gewesen. Sie nahm es, sah auf dem Display, dass es Paul war, der sie anrief.

»Gibt es was Neues?«, fragte sie ohne Umschweife, wartete ab. »Bei uns nicht, aber ich musste mir eben von Bela Anderson sagen lassen, dass es auf der Insel eine neue Entwicklung gibt.«

Tilda sog scharf die Luft ein und schloss die Augen. Sie hatte Paul anrufen wollen, ihm sagen wollen, was vorgefallen war, doch dann hatte Oliver seine Sachen gepackt. War gegangen.

»Er hat Angst«, stieß sie aus.

»Wie bitte?«, kam es von Paul.

Tilda, der gerade klar wurde, dass sie ihren Gedanken ausgesprochen hatte, lachte. »Ich habe nur laut gedacht«, erklärte sie. »Ich meinte Oliver. Er hat sein Zeug gepackt und ist abgehauen, hat vollkommen überreagiert.«

»Er hat dich alleingelassen? Jetzt, wo Silas tot ist?«

»Sieht ganz so aus. Vielleicht denkt er ja, dass ich es gewesen bin, und hat Angst vor mir.«

Paul am anderen Ende der Leitung schwieg.

Und dann begriff Tilda. »Bela Anderson hat dich nicht nur angerufen, um dich auf dem Laufenden zu halten. Deinem Schweigen nach zu urteilen, schätze ich, dass er mich verdächtigt.« Sie konnte nicht anders, prustete in den Hörer. »Denkst du etwa auch, dass ich es war?«

»Niemand hält dich für eine Mörderin«, antwortete Paul. Tilda hörte die Anspannung aus seiner Stimme heraus.

»Wenn er mich nicht für die Person hält, die Silas getötet hat, was ist dann los? Warum hat er dich angerufen?«

»Er hält dich für eine Lügnerin.«

Tilda erstarrte. »Wie bitte?«

»Er ist überzeugt davon, dass du diesen Überfall damals nur erfunden hast, um irgendwas zu vertuschen.«

»Du meinst, als Theo verschwand?«

»Ja. Er ist davon überzeugt, dass du damals gelogen hast. Dass es diesen Überfall niemals gegeben hat. Dass in Wahrheit du selbst für Theos Tod verantwortlich bist und dir jemand dabei geholfen hat, es wie einen Überfall aussehen zu lassen.«

»Dieses Arschloch denkt, ich hätte meinen Bruder getötet?«

»Ich glaube nicht, dass er an Mord denkt.«

»Was willst du damit sagen?«

»Tilda«, kam es zögernd von Paul.

Sie stöhnte innerlich, spürte, wie ihr die Tränen kamen. Nicht auch du noch, dachte sie und schloss die Augen, so fest sie konnte.

»Schwöre mir, dass du damals die Wahrheit gesagt hast. Schwöre es bei unserer Freundschaft.«

Sie riss die Augen wieder auf, nahm das Smartphone von ihrem Ohr weg, starrte es sekundenlang an. Als sie Pauls leise Stimme hörte, presste sie es wieder gegen ihr Ohr.

»Hast du mich gehört, Tilda? Wenn ich dir helfen soll, muss ich die Wahrheit kennen. Die ganze Wahrheit.«

Sie verzog das Gesicht zu einem wehmütigen Lächeln, wollte ihm sagen, dass er sie längst kannte, dass er alles über sie wusste, als einziger Mensch auf diesem Planeten. Doch etwas in ihrem Innern hielt sie davon ab.

Etwas Düsteres, das sich in genau diesem Augenblick den Weg nach oben zu bahnen schien. Sie stöhnte schmerzerfüllt auf, ignorierte Pauls besorgt klingende Frage, der wissen wollte, ob es ihr gut gehe.

Was zur Hölle war hier los?

Warum fühlte sich ihr Kopf auf einmal an, als herrsche dichter Nebel darin?

Sie schaffte es kaum, einen klaren Gedanken zu

fassen, spürte, wie ihr schwindelig wurde, wie ihre Beine nachgaben.

»Tilda? Was ist mit dir? Bist du noch dran?«

Pauls Stimme war es, die sie zurückholte. Sie schluckte gegen den Widerstand in ihrem Hals an. »Ich melde mich später bei dir«, brachte sie heiser hervor, bemerkte selbst, wie kraftlos und leise sie klang. Dann beendete sie das Gespräch.

Die Gedanken in ihrem Kopf tanzten, vermischten sich zu zähem Brei, verursachten ihr höllische Kopfschmerzen. Irgendetwas war da in ihrem Kopf. Etwas, das wollte, dass sie es sah, erfasste, ihre Schlüsse daraus zog.

Und dann blitzte etwas in ihr auf.

Nur kurz.

Dann wieder, etwas länger.

Ihr Unterbewusstsein kämpfte mit ihrem Verstand.

Sie sah Bilderfetzen, die auf den ersten Blick keinen Sinn ergaben. Da war Isalies Vater in ihrem Kopf. Er war halb nackt, lächelte sie an, streckte ihr seine Hände entgegen.

Eine Welle der Übelkeit ergriff sie.

Sie schaffte es auf die Beine, wankte ins Badezimmer, sank vor der Schüssel auf die Knie, erbrach sich.

Als es ihr besser ging, spülte sie sich den Mund mit Wasser aus, gurgelte, betrachtete ihr Spiegelbild.

Warum hatte sie das Bild von Isalies halb nacktem Vater vor Augen?

Und wieso lächelte er sie auf diese sehr intime Weise an?

Und dann, von einer Sekunde auf die andere, konnte sie es fühlen. Es war nicht real, das wusste sie natürlich, dennoch, da waren plötzlich Hände, erwachsene Hände, die über ihren jugendlichen Körper hinwegglitten.

Jemand küsste sie, küsste sie überall, und es gefiel ihr. Sehr sogar …

Ein Schluchzen brach aus ihr hervor, als ihr klar wurde, was hier vor sich ging. Die Bilder in ihrem Kopf, das, was sie gerade erlebte, das waren Erinnerungen.

Sie riss ihren Blick vom Spiegel los, drehte sich um, ballte die Hände zu Fäusten, kämpfte verzweifelt gegen die auf sie einströmenden Bilder an.

Isalies Vater und sie …

Sie hatten sich heimlich getroffen.

In Hotels.

Am See.

Sie hatten eine Affäre gehabt …

Sie und Tom! So hatte sie ihn genannt.

Tom, nicht Thomas.

Sie und Tom waren ineinander verliebt gewesen.

Verrückt nacheinander.

Plötzlich konnte sie sogar seine Stimme in ihrem Kopf hören.

Seine Liebesbeteuerungen.

Seine bitteren Worte, als es zu Ende gehen musste, weil seine Ehefrau es herausgefunden hatte.

Und dann war da noch Isalie gewesen.

Seine Frau, sie hatte ihm die Pistole auf die Brust gesetzt. Hatte gesagt, dass sie seiner Tochter gegenüber, die er vergötterte, kein Wort darüber verlieren würde, wenn er es sofort beendete. Es hatte wehgetan. Ihnen beiden, doch natürlich hatte sie es verstanden.

Sie war damals so viel reifer als andere Mädchen ihres Alters gewesen. Viel reifer als Isalie oder all die anderen Mädchen, mit denen sie in der Schule zu tun hatte. Was daran lag, dass sie ihren Vater so früh verloren hatte. Verantwortung hatte übernehmen müssen. Zuerst für ihre Mutter, die mit dem Verlust noch weniger klar kam als sie. Dann für ihren Halbbruder, nachdem dessen Vater ihre Mutter verlassen hatte.

Tom hatte ihr erzählt, dass seine Ehe mit Bianca schon lange vor dem Krebs am Ende gewesen war. Dass er es aber nicht fertigbrachte, sie zu verlassen, weil es da noch Isalie gab. Seine Tochter, die nach außen hin zwar wirke, als könne sie nichts erschüttern, die tief im Inneren aber noch so verletzlich wie ein kleines Mädchen sei.

Ein eisiger Schauder lief Tilda über den Rücken.

Wie hatte sie das alles nur vergessen können?

Verdrängen trifft es wohl eher, stichelte ihr inneres Ich.

Sie keuchte, als ihr klar wurde, wie befremdlich es auf Thomas gewirkt haben mochte, dass sie sich Jahre später ihm gegenüber so unbeschwert benommen hatte, als wäre da nie etwas gewesen.

Er musste sich von ihr verhöhnt gefühlt haben.

Deswegen hatte er sie immer so seltsam angestarrt.

Sie musste zu ihm, mit ihm sprechen, vielleicht fanden sie gemeinsam heraus, wie die Dinge von damals mit dem zusammenhingen, was auf der Insel vor sich ging.

Sie eilte ins Schlafzimmer, schnappte sich ihren Cardigan, schlüpfte hinein, als sie aus dem Augenwinkel eine Bewegung wahrnahm. Eine Gestalt, viel größer als sie, stämmiger. Ein Mann. Sie wirbelte herum, zuckte zurück, als sie Thomas sah, riss die Augen auf.

Er musterte sie, fragend, dann schluckte er.

»Du hast dich erinnert?«

Es klang wie eine Frage, doch an seinem traurigen Lächeln sah sie, dass er keine Antwort erwartete.

»An alles?« Seine Worte klangen wie eine Mischung aus purer Verzweiflung und Angst.

Sie nickte. »Wir hatten eine Affäre. Ich weiß nicht, wie ich das habe vergessen können.«

»Verdrängen trifft es wohl eher«, gab er schwach zurück. Dann verzog er das Gesicht. »Wir haben vielen Menschen sehr weh getan«, sagte er leise. »Haben gelogen, betrogen, sogar Menschenleben auf dem Gewissen.«

In Tilda zog sich etwas zusammen. Schweiß brach ihr aus allen Poren. »Was hast du da gerade gesagt? Was meinst du damit?«

Ein Lufthauch in ihrem Rücken ließ sie erstarren. Sie wollte sich umdrehen, doch es war zu spät. Ein Surren ertönte, dann zwang der Schmerz sie in die Knie. Die Sicht verschwamm vor ihren Augen und das Letzte, das sie sah, waren Thomas' Lippen, die lautlos ein paar Worte formten:

Es tut mir leid.

Und dann sah sie nichts mehr …

FÜNFUNDZWANZIG
AUGSBURG

JUNI 2022

Das Telefonat mit Tilda vor ein paar Stunden ließ ihm keine Ruhe. Sie hatte sich seltsam angehört, fast fremd, nachdem er ihr mitgeteilt hatte, was Bela Anderson vermutete.

Er schloss die Augen, holte sich das Bild von damals in seine Erinnerung zurück. Nachdem die erst siebzehnjährige Tilda zu sich gekommen war, hatte sie kein Wort gesprochen, weder mit ihm noch mit den Einsatzkräften der Streife vor Ort oder des Rettungsdienstes. Erst als seine damalige Chefin und Kollegin hinzugekommen war, hatte Tilda geredet. Sie hatte so zerbrechlich gewirkt, so verzweifelt. Er seufzte. War es tatsächlich möglich, dass sie ihnen allen etwas vorgespielt hatte?

Dass sie alle, die damals am Ort des Geschehens waren, nur gesehen hatten, was sie sehen sollten?

Auch er?

Nein!

Er war absolut sicher, dass ihre Verzweiflung echt gewesen war. Die Tränen, der Schock.

Doch was, wenn …

Er sog die Luft ein.

Ließ sich Belas Worte erneut durch den Kopf gehen. Wenn sie zu dem Zeitpunkt bereits wusste, dass ihr kleiner Bruder tot war, gestorben durch einen Unfall, weil sie nicht aufgepasst hatte, dann hätte sie ihre Gefühle gar nicht spielen müssen.

Und ihre Mutter?

Er stoppte seinen Gedankengang, rief sich deren Reaktion in Erinnerung.

Tildas Mutter hatte von Anfang an kein Wort von dem geglaubt, was ihre Tochter behauptete. Warum? Weil sie sie kannte? Sich vorstellen konnte, zu was sie fähig war?

Stopp, etwas stimmte nicht an seinen Überlegungen.

Warum sollte Tilda, nachdem sie ihnen allen tatsächlich etwas vorgemacht hatte, sich auch noch Jahre später wie eine Besessene an die Hoffnung klammern, ihr Bruder könne noch am Leben sein?

Ergab das einen Sinn?

Er hatte mit ihr zusammengearbeitet, kannte sie besser als jeder andere. Paul wagte sogar, zu behaupten, dass er sie mittlerweile besser kannte als ihre Mutter oder dieser Fatzke, der sie jetzt allein auf der Insel hatte sitzen lassen.

»Nein, unmöglich«, grummelte er vor sich hin und war versucht, mit der Faust auf den Tisch zu schlagen.

Er ließ es sein, zwang sich weiter, einen Punkt nach dem anderen zu analysieren und mit dem, was er inzwischen wusste, abzugleichen.

Noch immer sah er vor sich, wie Tilda aufgeblüht war, wann immer sie über Theo gesprochen hatte, dieses Leuchten in ihren Augen, diese Liebe, die ihr Gesicht ausgestrahlt hatte. Sie hatte felsenfest daran glauben wollen, dass er irgendwo da draußen war, es ihm gut ging. So etwas konnte nicht einmal die beste Hollywoodschauspielerin über Jahre hinweg spielen.

Und dann ihre Stimme, als er ihr gesagt hatte, dass sie ihn gefunden hatten. Seine Knochen.

Ihre Stimme hatte monoton und gebrochen geklungen. Genau wie die einer Mutter, die erfuhr, dass ihr vermisstes Kind nicht mehr am Leben war.

Nur eine eiskalte Psychopatin schaffte es, eine derartige Show abzuziehen. Und das war sie nicht. Tilda war ein herzensguter Mensch, eine wunderbare Kollegin, die beste, die er je gehabt hatte.

Eine Polizistin wie sie, sollte sie tatsächlich aufhören, würde es nie wieder geben, davon war er überzeugt. Als sie bei dieser Geiselnahme, dem schwärzesten Tag ihrer Polizeikarriere, den Jungen verloren hatte, war eine Welt für sie zusammengebrochen. Ihr Scheitern hatte sie nie verkraftet, und das hatte nicht allein an dem Jungen gelegen, den sie nicht hatte retten können.

Die Situation bei der Geiselnahme hatte sie an damals erinnert, als Theo verschwand, wie sie ihm Tage später bei einem Drink anvertraut hatte. Mit einer verzweifelten Besessenheit hatte sie das Kind aus den Händen seines wahnsinnig gewordenen Vaters retten wollen, weil es ihr damals bei Theo nicht gelungen war.

Ihre Trauer, als der Mann seinen Sohn ermordet hatte, war echt gewesen. Sie war zusammengebrochen, hatte psychologische Betreuung gebraucht, weil alles wieder hochgekommen war.

Stundenlang hatte er versucht, zu ihr durchzudringen, hatte versucht, ihr klarzumachen, dass es Dinge gab, die niemand beeinflussen konnte, weil es nicht in ihren Händen lag. Sie hatte nichts davon angenommen, hatte weiter einzig ihr Scheitern vor Augen gehabt.

Dieses Verhalten passte nicht zu dem, was Bela Anderson ihr vorwarf.

Und wenn sie die Wahrheit verdrängt hat?

Er zuckte zusammen.

Hatte er das gerade wirklich gedacht?

Seine Finger begannen zu zittern.

War so etwas möglich?

Dass ein Mensch seelisch belastende Ereignisse, vielleicht sogar sein eigenes Handeln verdrängte und viele Jahre an eine falsche Realität glaubte, die er sich zum Selbstschutz geschaffen hatte?

Ihm fielen der Psychoanalytiker Sigmund Freud und dessen Konzept der Verdrängung ein.

Traf das auf Tilda zu?

Angenommen, Bela hatte recht mit seiner Vermutung, dass Tilda die Schuld am Tod ihres Bruders trug, dann wäre es psychoanalytisch betrachtet definitiv möglich, dass sie, um nicht an ihren Schuldgefühlen zu ersticken, selbst an die Lüge glaubte, die sie ihnen allen aufgetischt hatte.

Doch wie hätte sie das alleine bewerkstelligen sollen? Ihre Verletzung hatte sich am Hinterkopf befunden, die hatte sie sich unmöglich selbst zufügen können. Und dann ihr Bruder. Er war in einem tiefen Loch im Wald vergraben worden, das konnte sie unmöglich ohne Hilfe geschafft haben.

Er richtete sich auf. Das war es!

Jemand hatte ihr geholfen.

Jemand, der in alles involviert war.

Jemand, der sie vielleicht erst auf diese schreckliche Lüge gebracht hatte.

Ihr Freund?

Sie hatte damals zwar ausgesagt, keinen Freund zu haben, doch wie glaubwürdig war diese Aussage in Anbetracht der Umstände?

Bis heute war er felsenfest davon überzeugt gewesen, dass sich alles genau so zugetragen hatte, wie Tilda damals bei all den Befragungen ausgesagt hatte, doch jetzt …

Er verstand selbst nicht, wieso sein Vertrauen in seine Kollegen plötzlich ins Wanken geraten war.

Lag es tatsächlich nur an dem Telefonat mit ihr?

Nachdenklich schüttelte er den Kopf, sprang vom Stuhl auf, lief zum Fenster, starrte hinaus ins Leere.

Alles hatte sich erst kürzlich verändert, seit sie auf der Insel war.

Der Orca ihres Bruders.

Der Knochenfund.

Von diesem Zeitpunkt an war alles ins Rollen geraten. Seit sie zu der Hochzeit ihrer früheren Freundin gefahren war, hatten sich die entsetzlichen Ereignisse überstürzt. Einer Freundin, zu der sie, wie sie ihm selbst erzählt hatte, seit fünfzehn Jahren keinen Kontakt gehabt hatte.

Das konnte kein Zufall sein.

Ein Klopfen riss ihn aus seinen Gedanken.

»Einfach reinkommen«, rief er unwirsch.

Die Tür ging auf und wenig später stand ein Mann vor ihm, der ihm vage bekannt vorkam. »Tom Winkler«, erklärte er und lächelte betreten. »Ich bin der Förster, dessen Hund die Knochen ...«

»Ja, ja.« Paul nickte und bemerkte, was ihn irritiert hatte. Der Förster trug Zivil, eine Jeans, einen Sweater und keine Uniform. »Was führt Sie her?«

Der Mann räusperte sich und Paul bemerkte das nervöse Zucken seines Kinns.

»Ich muss weiter ausholen«, begann Winkler. »Und ich hoffe, dass Sie verstehen, wieso ich erst jetzt … na ja.« Wieder brach er ab, holte Luft. »Das Waldstück, in dem die Knochen gefunden wurden, ist Naturschutzgebiet und gehört zum Stadtwald, wie Sie bereits wissen.«

»Ja, schon klar, was ist damit?«, fragte Paul. »Und jetzt setzten Sie sich endlich.«

»Danke«, sagte Winkler und ließ sich auf den Stuhl fallen. »Entschuldigen Sie, wenn ich ...«

»Ja, schon gut«, ermunterte Paul ihn. »Und weiter ...«

»Zwei unserer Mitarbeiter, Forstwirte um genau zu sein, haben die darin befindlichen Gewässer gepachtet. Die beiden haben in den Weihern für einen großen Fischbesatz gesorgt, alles aus eigener Tasche finanziert. Und nachdem es in der Vergangenheit zu einigen Wilderei-Fällen gekommen ist – genauer gesagt zu Schwarzfischen – haben die Männer Wildkameras aufgehängt. Eine davon in unmittelbarer Nähe zu dem Loch, in dem die Knochen gefunden worden sind. Die Kamera befand sich in einem Nistkasten auf zwei Meter Höhe an einem Baum. Nachdem meine Mitarbeiter von dem Knochenfund gehört hatten, haben sie die SD-Karte aus der Kamera genommen und ausgelesen. Dabei sind sie auf etwas gestoßen, was für die Ermittlungen relevant sein könnte.«

»Was war drauf?«, fragte Paul und bemühte sich, nicht ungeduldig auf die Tischplatte zu trommeln.

»Na ja.« Winkler seufzte, sah ihn düster an. »Wenn ich das früher gewusst hätte, wär ich schon längst zu Ihnen gekommen.«

Paul winkte ab. »Jetzt sind Sie ja da, also?«

»Diese Kameras, die beiden Kollegen haben sie aufgehängt, ohne es mit der Forstdirektion abzusprechen. Deswegen hat sich alles verzögert. Es tut den beiden leid, dass sie erst Tage später mit der Sprache herausgerückt sind.«

Paul hob die Brauen empor. »Haben Sie die Karte da? Darf ich sie sehen?«

Winkler nickte, schob seine Hand in die Tasche seiner Jeans, reichte sie ihm. »Die Kamera war auf Videofunktion eingestellt. Sie müssen ein wenig vorspulen, dann sehen Sie, was ich meine. Es wurde zwar in der Nacht aufgenommen, doch man erkennt trotzdem eine ganze Menge.«

Paul schob die Karte in seinen Laptop, drehte das Gerät so, dass der Förster den Bildschirm sehen und die Tastatur bedienen konnte. »Würden Sie zu der betreffenden Stelle vorspulen?«

Winkler nickte, fing an zu tippen, dann drehte er den Laptop wieder in Pauls Richtung. »Die Kamera schaltet sich ein, sowie sich etwas bewegt.«

Paul starrte auf den Bildschirm. Er erkannte den Wald wieder, die Stelle zwischen den Bäumen, an der die Knochen des kleinen Jungen gelegen hatten. Nach einer Weile tauchte eine Gestalt in dunkler Kleidung auf, sie hatte eine Kapuze auf dem Kopf, einen Rucksack auf dem Rücken.

»Sieht man die Person auch mal von vorne?«

Winkler grinste. »Gleich, warten Sie.«

Ungeduldig starrte Paul auf den Bildschirm, beobachtete, wie die Person sich zuerst eine ganze Weile umsah, schließlich zu einem der Bäume ging, über die Rinde strich. Dann lief sie zum nächsten Baum, betrachtete auch diesen ganz genau.

»Sie hat nach einer Markierung gesucht.«

»Sie?« Paul sah zu dem Mann auf.

Dieser machte eine Kopfbewegung in Richtung Bildschirm. »Moment noch. Gleich sehen Sie es selbst.«

Paul sah, wie die Person auf der Aufzeichnung etwas aus ihrem Rucksack zerrte.

»Das ist ein Klappspaten«, erklärte der Förster und Paul war versucht, zu fragen, ob er glaube, einen Idioten vor sich zu haben. Aber er biss er sich auf die Zunge, sah weiter auf das Video. Eine ganze Weile war die Person damit beschäftigt, zu graben, dann streckte sie sich, zog die Jacke aus und Paul sah, was Winkler vorhin vorweggenommen hatte.

Die Person hatte ihm zwar den Rücken zugewandt, doch er sah den Knubbel an ihrem Kopf. Ein Dutt. Aber ganz sicher war er nicht, dass es sich um eine Frau handelte. Auch Männer trugen zuweilen lange Haare.

Langes Haar, das in einem Knoten streng zurückgebunden ist. Vermutlich, um keine Spuren zu hinterlassen. Wirklich schlau, dachte er.

Minutenlang sah er zu, wie die Person weitergrub.

Plötzlich zuckte sie zusammen. Sah sich um.

Schnell drückte Paul auf die Pausetaste, zoomte das Bild näher heran. Die Gesichtszüge …

»Sie haben recht, das ist eine Frau.«

Sein Besucher nickte. »Ich hoffe, Sie können damit etwas anfangen und sehen es meinen Leuten nach, dass sie nicht gleich damit zu Ihnen gekommen sind.«

»Besser spät als nie.« Paul grinste. »Ohne diese Aufnahmen hätten wir gar nichts, also richten Sie den beiden meinen Dank aus.«

»Das mach ich.« Winkler erhob sich. »Dann kann ich gehen?«

»Es sei denn, Sie wissen, wer diese Dame ist?«

Der Mann verneinte stumm. »Meine Mitarbeiter kennen sie auch nicht.«

Wieder allein in seinem Büro, drückte Paul auf *weiter*, sah sich den Rest der Aufzeichnung an. Nach einer Weile hörte die Frau auf zu graben. Sie zog eine Plane aus dem Rucksack, breitete sie auf dem Boden vor dem Loch aus, zog sich Handschuhe an, legte sich flach auf die Folie, schien etwas in der Grube zu suchen.

Den Orca, ging es ihm durch den Kopf.

Als sie gefunden hatte, wonach sie suchte, stand sie auf, packte zusammen, blieb anschließend sekundenlang einfach nur still stehen. Dann kam Bewegung in sie.

Während sie wieder in ihre Jacke schlüpfte, leuchtete sie mit der Taschenlampe den Boden ab, verwischte ihre Spuren. Dabei drehte sie für einen Augenblick ihr Gesicht erneut der Kamera zu.

Sie grinst, dachte Paul schockiert und fuhr einen halben Meter mit seinem Stuhl zurück.

Er spürte, wie sein Herz zu rasen begann, rollte wieder zurück zum Tisch, hielt die Aufzeichnung an.

Der Blick dieser Frau …

Dieses bösartige Lächeln.

Beides zeugte von abgrundtiefem Hass.

Tilda, dachte er und spürte, wie ihm übel wurde.

Dann griff er zum Telefon.

SECHSUNDZWANZIG
SYLT

JUNI 2022

Ihr Kopf fühlte sich an, als stünde er unmittelbar davor, zu explodieren. Der Schmerz war so heftig, dass sie dagegen ankämpfen musste, zu würgen.

Sie blinzelte, als sie vom Licht geblendet wurde, versuchte, ihre Augen zu öffnen. Sie wimmerte leise.

»Auch schon wach«, erklang eine schneidende Stimme, bohrte sich wie glühender Stahl in ihre Gehörgänge.

Sie zwang sich, die Augen ganz zu öffnen, runzelte verwirrt die Stirn. Erst jetzt bemerkte sie, dass ihre Hände am Rücken gefesselt worden waren, so fest, dass es wehtat.

»Das ist ein Seemannsknoten«, sagte die Stimme kichernd. »Versuchs gar nicht erst, den bekommst du nicht auf.«

Sie sah sich um, zuckte zurück, als sie Thomas am anderen Ende des Zimmers an der Wand lehnen sah. Er musterte sie, wirkte so verzweifelt und hilflos, wie sie sich fühlte. Schuldgefühle, Traurigkeit, Schmerz – all das spiegelte sein Gesichtsausdruck wider.

»Wo bin ich?«, fragte sie ihn und erschrak angesichts der Kraftlosigkeit ihrer Stimme.

»In einem Ferienhaus«, sagte er leise. »Ich hab es für Isalie gekauft, wollte es ihr zur Hochzeit schenken, damit sie auch etwas in die Ehe mitbringt. Es sollte eine Überraschung sein, doch sie fand es heraus und nutzte es, um ...« Er brach ab, seufzte schwer.

»Nutzte es, um?« Die Stimme hatte etwas Lauerndes.

Tilda wandte den Kopf in ihre Richtung, erschrak ... »Du?«, brachte sie schwach über die Lippen. »Was ... was bedeutet das?«

Isalie funkelte sie aus der Zimmerecke zornig an. Dann glitt ihr Blick zu ihrem Vater. »Sag du es ihr, Daddy. Hilf ihrem Gedächtnis auf die Sprünge.«

»Sie weiß es schon«, gab er monoton zurück.

»Ach ja, seit wann?«

»Es tut mir leid, Isalie«, sagte Tilda. »Das mit deinem Vater und mir liegt Jahre zurück. Und es ist vorbei. Ich weiß, das willst du jetzt nicht hören, aber ich hab ihn damals wirklich geliebt.«

»Genau wie meine Mutter, du dämliche Schlampe!« Isalie stürmte auf sie zu, spie förmlich vor Zorn. »Du hast eine Ehe zerstört, ist dir das klar?«

Tilda senkte den Blick, schaffte es nicht, Isalie in die Augen zu sehen. »Dein Vater sagte damals, dass seine Ehe mit deiner Mutter lange vor mir vorbei gewesen ist.«

»Das war eine Lüge«, kreischte Isalie. »Eine verdammte Lüge! Meine Eltern hatten Probleme, was an der Krankheit meiner Mutter lag. Aber sie wäre wieder gesund geworden und ihre Ehe hätte sich reparieren lassen, wärst du nicht gewesen.«

»Du machst mich dafür verantwortlich, dass der Krebs zurückgekommen ist?«

Isalie lachte. »Wie blöd bist du eigentlich? Meine Mutter ist nicht am Krebs gestorben. Das haben mein

Vater und ich den Leuten nur gesagt, um dem Getratsche zu entgehen. Meine Mutter hat sich umgebracht, weil sie nicht damit leben konnte, dass mein Vater einer Siebzehnjährigen hinterherjault.« Isalie sah von ihr zu Thomas. »Sag du es ihr.«

Er nickte kaum merklich. »Sie hat eine Überdosis an Tabletten genommen. Ich dachte zuerst, dass der Krebs zurück gewesen sei und sie ihr Leiden beenden wollte, doch dann fand ich den Brief in meinen Sachen. Sie wusste, dass ich sie nicht mehr liebte, wusste, dass es vorbei war, und sie dachte, es läge an dir. Dass sie das mit uns überhaupt herausgefunden hat …« Thomas brach ab, sah zu Isalie.

Die beugte sich tief zu ihr hinab, funkelte sie hasserfüllt an. »Du hattest damals einen glühenden Verehrer, wusstest du das? Sein Name war Silas.« Sie drehte den Kopf zur Seite, spuckte aus, starrte wütend auf die Lache ihres Speichels. »Mein beschissener Verlobter war es, der damals seiner Flamme folgte, sie beobachtete und mit ansehen musste, wie sie es mit einem doppelt so alten, verheirateten Mann trieb. Er schoss ein paar Fotos von der Szene und setzte sich mit der Frau des Mannes in Verbindung. Mit meiner Mutter! Er rief sie an, sagte ihr, es gäbe Fotos, die ihren Mann in den Armen einer Minderjährigen zeigten, und dass er ihr die Fotos zur freien Verwendung per Mail zusenden wolle. Sie gab ihm ihre Mailadresse und als die Fotos kamen und sie sah, dass der Anrufer die Wahrheit gesagt hatte, brach sie zusammen. Sie stellte meinen Vater zur Rede, verlangte, dass er das sofort beendet, und das tat er. Doch meine Mutter merkte ihm an, dass er nicht loskam von dir, Schlampe. Sie konnte ja nicht ahnen, dass das, was meinen Vater seither umtrieb, keine Liebe war, sondern Angst. Angst davor, dass herauskäme, was ihr beide getan habt, als ihr euch zum letzten Mal gesehen habt.«

Tilda runzelte die Stirn. »Ich weiß nicht, was du meinst.«

»Wirklich nicht?« Sie sah zu ihrem Vater, dann wieder zu Tilda, presste ihre Lippen fest aufeinander.

»Isalie sagt die Wahrheit«, kam es von Thomas. »Meine Frau dachte, dass ich noch immer an dir hänge, und brachte sich deswegen vierzehn Monate, nachdem ich das mit uns beendet hatte, um. Sie dachte, ich liebte dich noch, konnte nicht ahnen, dass ich nur deswegen noch immer an dich denken musste, weil uns dieses schreckliche Geheimnis verband.«

Tilda spürte, wie ihr eiskalt wurde. Etwas in ihrem Kopf drückte von innen gegen die Stirn. Es war, als wollte etwas hervorbrechen, etwas, das sie seit Langem unter Verschluss gehalten hatte. »Was bedeutet das? Wovon redest du?«

»Weißt du es wirklich nicht mehr?«

Sie schüttelte den Kopf, ignorierte Isalies bitteres Lachen.

»Ich hab extra das Grab aufgemacht, in der Hoffnung, ich finde etwas, um deine Erinnerung auf Trab zu bringen. Der Orca, die Tatsache, dass Theo endlich gefunden wurde, das verdankst du mir.«

Tilda stöhnte. »Du hast ihn umgebracht?«

Thomas zuckte zurück, riss die Augen auf. »Isalie war es nicht!«, stieß er scharf aus, wies mit dem Zeigefinger auf sie. »Das waren wir. Wir beide, das musst du doch noch wissen!«

Tilda wurde schwarz vor Augen. In ihrem Kopf drehte sich alles.

Dann waren da plötzlich Stimmen. Ihre und die eines Mannes.

Er ist tot, Tilda. Ertrunken.

Oh Gott. Ruf den Rettungswagen.

Dafür ist es längst zu spät.

Dann Schweigen.

Sekunden.

Minuten.

Wir müssen ihn wegbringen. Vergraben. Niemand darf herausfinden, was passiert ist. Die machen uns fertig. Machen mich fertig. Ich … wir verlieren alles. Ich meine Familie, meinen Job, mein Ansehen. Du deine Mutter. Das verzeiht sie dir nie, das weißt du, nicht wahr?

Tilda riss die Augen auf, starrte entsetzt zu Thomas. »Theo ist ertrunken, weil wir nicht aufgepasst haben. Wir haben mit ihm im See gebadet, dann ist er eingeschlafen. Wir haben die Zeit genutzt, um zu reden. Du sagtest, dass es vorbei ist. Vorbei sein muss. Wir liebten uns ein letztes Mal. Und dann … dann …« Tilda brach ab, presste die Lider fest zusammen, doch sie konnte sich beim besten Willen nicht an mehr erinnern.

»Wir sind eingeschlafen«, übernahm Thomas. »Und als wir aufgewacht sind, war Theo weg. Wir haben überall nach ihm gesucht und dann hast du gesagt, ich soll den Grund des Weihers abtauchen. Da hab ich ihn gefunden.«

Tilda schnappte nach Luft, als sie sich erinnerte. »Es war deine Idee. Du wolltest, dass wir alles verschweigen, alle belügen. Du hattest den Einfall, es wie eine Entführung aussehen zu lassen.«

Er schloss die Augen, nickte ergeben. »Das war der schlimmste Fehler meines Lebens.«

»Blöd nur, dass ich kurz vorher die Fotos im Postfach meiner Mutter gefunden habe. Sie stammten von einer Mailadresse mit dem Absender Sternentaucher. Ich erkannte auf Anhieb, dass du die Frau auf den Bildern bist, und ich hab dich belauert, bin dir gefolgt und hab alles beobachtet«, sagte Isalie hämisch. »Wie du meinen Vater gefickt hast, deine Schreie, als du den toten Theo im Gras liegen sahst, nachdem Daddy ihn vom Grund des Weihers geholt hatte. Euren erbärmlichen Versuch, die ganze Scheiße zu vertuschen.«

Tilda erstarrte. »Moment mal, du hast uns die ganze Zeit zugesehen?«

Isalie nickte verbissen.

»Du hast zugesehen, wie wir eingeschlafen sind?« Tilda blickte sie fassungslos an. »Und warum hast du nichts getan, als Theo aufwachte, als er ins Wasser ging?«

Isalie biss sich auf die Lippen.

»Warum hast du nichts getan, warum hast du uns nicht geweckt, warum hast du ihn ertrinken lassen?«

»Ich war nicht da.«

»Was heißt das?«

»Verdammt, ihr habt alle gepennt, auch der Kleine und ich musste dringend pinkeln, bin dafür aus dem Gebüsch und hab mir etwas entfernter einen Platz gesucht. Und dann bin ich zu meinem Fahrrad, wollte gleich los, ich war völlig fertig, verstehst du?«

Tilda schüttelte nur ungläubig den Kopf. »Aber du bist zurückgekommen?«

»Ja, viel später. Ich hatte keinen Bock, euch weiter beim Schlafen zuzusehen oder bei was auch immer. Ich bin aufs Rad, war schon auf dem Rückweg. Aber dann hab ich dich schreien gehört und kam zurück.«

»Du hast also alles mitbekommen. Warum bist du nicht sofort zur Polizei gegangen?«, fragte Tilda matt.

»Das konnte ich nicht, dann wäre mein Vater dran gewesen. Und was meine Mutter zu dem Zeitpunkt am wenigsten brauchte, war noch mehr Aufregung. Ihretwegen hab ich geschwiegen. Und als sie schließlich starb, hatte ich nur noch meinen Vater. Ich hasste ihn für das, was er Mom angetan hatte, aber er war alles, was ich noch hatte. Dann trat Silas in mein Leben, er stand mir bei, wurde zu meinem Mittelpunkt der Welt. Er war alles für mich. Ich liebte diesen Mann so sehr, wäre ihm überallhin gefolgt. Als er mich bat, seine Frau zu werden, war ich überglücklich, doch dann, dann fand ich eines Tages einen Packen Papiere in seinen Sachen. Es waren mehre unbeholfene Versuche, ein Buch zu Papier zu bringen, der älteste davon war mehr als fünfzehn Jahre alt. Der Titel der Geschichte hat mich an etwas erinnert und es hat etwas gedauert, bis ich erkannte, was es war.«

Isalie ging dicht vor ihr in die Hocke, starrte ihr in die Augen. »Der Sternentaucher … verstehst du? So lautete der Titel von Silas Roman. Eine lächerliche Story, ganz ehrlich, aber letztendlich erfüllte sie doch ihren Zweck. Sie öffnete mir die Augen über den Mann, den ich zu heiraten gedachte.«

»Du hast Silas ermordet, weil er es war, der deiner Mutter damals diese Fotos zukommen ließ?«, fragte Tilda fast tonlos.

»Nicht nur deswegen. Mir wurde klar, dass er mich belogen hatte. Ich war nur seine zweite Wahl. In Wahrheit hat er immer nur dich gewollt. Aber du warst unerreichbar für ihn. Damals wie heute. Deswegen hat er bis zuletzt versucht, mir auszureden, dich einzuladen.«

»Dafür kommst du ins Gefängnis«, sagte Tilda und spürte Wut in sich aufsteigen. Sie konnte Isalies Handeln kein bisschen nachvollziehen. »Du tötest einen Mann auf brutalste Art und Weise, nur weil er deiner Mutter Fotos vom Betrug ihres Mannes geschickt hat und früher mal in mich verschossen war? Das ist irre, Isa, und das weißt du.«

»Niemand wird jemals erfahren, dass ich es war«, sagte Isalie mit betont gleichmütiger Stimme. »Sie werden denken, dass du es warst. Und diesmal wird mein Vater nicht auf deiner Seite stehen, sondern auf meiner.« Sie zwinkerte Thomas zu, der bei ihren Worten blassgrau geworden war.

Tilda suchte seinen Blick. Doch Thomas starrte nur auf Isalie. »Das könnt ihr nicht machen«, stammelte sie.

»Oh doch, wir können und wir werden, nicht wahr, Daddy?« Sie stieß ein schrilles Lachen aus.

Tilda sah ungläubig zwischen Isalie und ihrem Vater hin und her.

»Es wird so laufen«, setzte Isalie zur Erklärung an. »Ich werde aussagen, dass ich nach all den Jahren einen Bericht über deine Bücher in der Zeitung gesehen habe, daraufhin zusammengebrochen bin, weil dein Anblick bei mir alles wieder auflodern ließ. Jahrelang hatte ich geschwiegen, um meinen Vater zu schützen, doch plötzlich, nachdem ich dich wiedergesehen hatte, hielt ich es nicht länger aus. Ich vertraute mich Silas an, erzählte ihm, was ich damals beobachtet hatte. Da gestand er mir endlich, dass er es gewesen ist, der damals die Fotos von euch beiden an meine Mutter geschickt hat. Zuerst war ich natürlich wütend auf ihn, doch dann verzieh ich ihm, schließlich hatte er damals das Richtige getan, meiner Mutter die Wahrheit mitgeteilt. Ich werde behaupten, dass ich zur Polizei wollte, um alles aufzuklären, doch dass Silas mich davon abhielt, weil du ja Polizistin bist.«

Sie kicherte. »Gut, nicht wahr?«

Tilda schwieg, sah sie nur fassungslos an.

»Aber warte, ich habs bis zu Ende durchdacht. Nicht nur du kannst Geschichten erfinden. Also, wo war ich? Ach ja, bei Silas. Mein geliebter Silas hat auch eine Rolle in meiner Geschichte. Er warnte mich, meinte, mir würde eh niemand glauben und ich liefe Gefahr, dass du den Spieß umdrehen und mir alles in die Schuhe schieben könntest. Silas beschwor mich, zu schweigen, sagte, dass er sich etwas einfallen lassen wolle. Er überredete mich, ihn nach Augsburg zu begleiten, ließ sich Theos Grab von mir zeigen und dann hatte er die Idee, dich zur Hochzeit einzuladen.«

»Damit kommst du nicht durch«, sagte Tilda.

»Und ob ich das werde.« Wieder kicherte Isalie. »Ich behaupte einfach, dass Silas das Grab geöffnet und den Orca genommen hat, weil er dich aus der Reserve locken und dazu bringen wollte, alles zuzugeben. Niemand von uns konnte ahnen, wie weit du gehen würdest, um dein Geheimnis zu schützen, damit deine Karriere als Autorin keinen Schaden nimmt.«

»Wie weit ich gehen würde?«

»Warte, ich bin noch nicht fertig. Jetzt kommt mein Vater ins Spiel.«

»Du bist doch vollkommen durchgeknallt. Kein Polizist der Welt kauft dir das ab?«

»Ganz im Gegenteil. Pass gut auf, vielleicht kannst du von mir noch was lernen für deine dämlichen Thriller ... hoppla ... daraus wird ja wohl nichts mehr. Aber lass mich zu Ende erzählen ... Wir werden aussagen, dass mein Vater dir blöderweise verraten hat, was er mir zur Hochzeit schenkt, und dass außer dir keiner davon etwas gewusst hat. Somit hattest du den perfekten Ort, um mich verschwinden zu lassen. Du hast mich überwältigt, hierher geschleppt und gefesselt zurückgelassen.«

Isalie hielt inne, streckte ihr wie zum Beweis die Arme entgegen, an dessen Unterarmgelenken sich tiefrote Fesselstriemen abzeichneten.

Sie lachte. »Du siehst, ich hab an alles gedacht, und das, obwohl ich keine Polizistin bin. Jedenfalls hast du Silas getötet, wolltest auch meinen Vater umbringen, später alles mir in die Schuhe schieben und vorgeben, mich in Notwehr getötet zu haben.«

»Warum sollte ich das?«, fragte Tilda.

Isalie tippte sich an die Stirn, »Warte, auch das habe ich bedacht. Wir hatten natürlich Zeit, uns auszutauschen, und du hast mir genau erklärt, wie du mir den Mord an Silas unterschieben wolltest.«

»Den in Wahrheit du begangen hast? Das ist absolut krank, das glaubt dir kein Mensch.«

»Oh doch, meine Liebe.« Sie lächelte mit verkniffenen Augen. »Dein Plan war folgender: Du wolltest aussagen, ich sei dahintergekommen, dass es Silas war, der meiner Mutter damals die Fotos schickte. Dass ich mich quasi an ihm und meinem Vater für den Tod meiner Mutter rächen wollte. Und ich, liebe Tilda, ich werde aussagen, dass dein perfider Plan fast aufgegangen wäre ...« Sie hob den Finger. »Fast! ... Dass mein Vater es aber schaffte, sich und mich zu retten, dich dabei aber tödlich am Hals verletzte.«

Wieder hielt Isalie inne, sah sie schulterzuckend an. »Ich gebe zu, die Story ist nicht ganz perfekt, aber nachdem Daddy und ich zu zweit sind, um sie zu bestätigen, werden sie es wohl glauben müssen. Na, was sagst du? Bin ich gut?«

Tilda sah sie nur entsetzt an. »Komm zur Besinnung Isa! Das wird nicht funktionieren.«

»Oh doch!« Isalie sah zu ihrem Vater, machte eine auffordernde Kopfbewegung. »Du bist dran!«

Thomas starrte seine Tochter sekundenlang schweigend an, nickte schließlich. Er zog sein Taschenmesser hervor, ließ es aufschnappen, kam auf sie zu.

»Das kannst du nicht machen, du bis doch kein Mörder«, stammelte Tilda und wich vor ihm zurück, knallte dabei mit dem Hinterkopf gegen die Wand.

Er sah sie an, seufzte, starrte verzweifelt auf das Messer in seiner Hand.

Tilda konnte seine Verzweiflung fast mit den Händen greifen. Sie wusste, dass er das nicht tun wollte, ihm aber keine andere Wahl blieb.

»Ist ganz einfach, du musst es nur in ihren Hals stechen. Bei Silas ging alles ganz schnell«, feuerte Isalie ihn an.

Die Augen des Mannes weiteten sich, dann hob er das Messer und Tilda hielt instinktiv die Luft an, bereitete sich auf den Schmerz vor.

Das Nächste, was sie spürte, war ein Lufthauch, dann stieg ihr Thomas herber Geruch in die Nase.

»Ich kann nicht«, stammelte er.

Nur Bruchteile von Sekunden später ertönte Isalies Wutschrei.

»Dann mach ich es eben selbst, verdammt!«

Tilda öffnete die Augen, sah, wie Isalie auf ihren Vater zustürmte, ihm wutentbrannt das Messer aus der Hand riss.

»Fallen lassen«, ertönte eine Stimme. »Sofort!«

Tilda schloss erleichtert die Augen.

Bela Anderson …

Wieder ein Wutschrei, dann sah Tilda ein metallisches Blitzen.

Ergeben schloss sie die Augen, hörte einen lauten Knall.

Feuchtigkeit besprenkelte ihr Gesicht.

Sie riss die Augen auf, sah Isalies vor Schmerz erstarrtes Gesicht.

Ihr Blick glitt zu der Hand, in der Isalie vor wenigen Sekunden noch das Messer gehalten hatte. Jetzt lag es am Boden und neben ihm mehrere von Isalies Fingern.

Bela Andersen musste auf ihre Hand gezielt haben.

Sie schluckte, sah zu ihm auf.

Er reagierte nicht, wirkte nur angepisst.

Und dann wurde es ihr klar.

Bela Anderson wusste alles.

In seinem Gesicht konnte sie lesen, wie fassungslos er darüber war, dass sein Freund hatte sterben müssen, weil zwei verantwortungslose Menschen fünfzehn Jahre lang gelogen hatten.

»Es ist vorbei«, sagte er an sie alle gewandt.

EPILOG 1

SYLT

»Es tut mir unendlich leid«, sagte Tilda und schaffte es kaum, Paul in die Augen zu sehen, der mit ihr zum Strand gelaufen war.

»Ist nicht deine Schuld. Ich sollte diesem Wichser das Maul polieren, eine Minderjährige zu verführen und sie anschließend zu einem dermaßen verblödeten Plan zu überreden.«

»Ich wollte es«, gab Tilda zu bedenken.

»Was?«

»Beides.« Sie seufzte. »Ich wusste genau, worauf ich mich einließ, als Thomas mich zum ersten Mal küsste. Ich wollte es, wollte ihn. Und was die Lügen angeht …« Tilda schnappte nach Luft, sah Paul fest ins Gesicht. »Ich hätte Nein sagen können, hätte darauf bestehen können, die Polizei zu rufen, doch ich tat es nicht. Ich entschied mich genau wie Thomas für diese Lügen, das ist das Schlimmste daran.«

»Deswegen hast du anschließend alles verdrängt«, sagte Paul sanft. »Du konntest mit der Gewissheit, dass Theo gestorben ist, weil du eingeschlafen bist, nicht leben, hast deswegen deine eigene Lüge geglaubt, sie zu deiner Realität werden lassen. Und wegen all dieser tief sitzenden Schuldgefühle bist du schließlich selbst Polizistin geworden. Etwas in dir wollte, dass du wiedergutmachst, was einst falsch gelaufen war.« Er sah sie an, zog sie in seine Arme. »Du warst jung, gerade siebzehn, und Teenager machen nun mal Fehler. Theos Tod war ein Unfall, für den du nicht das Geringste konntest. Das hätte jedem passieren können. Und diese Lügen, die Story, die du erzählt hast ...«

»Ich habe wirklich geglaubt, dass alles so gewesen ist.«

»Ich weiß, Tilda. Doch tief in deinem Innern wusstest du immer, wie falsch das war. Doch es wäre an dem einzigen involvierten Erwachsenen gewesen, dafür zu sorgen, dass die Wahrheit ans Licht kommt. Du warst verliebt, hast natürlich getan, was er dir in den Kopf pflanzte, auch wenn du heute sagst, dass es deine Entscheidung war.« Er schob sie von sich weg, sah sie an. »Wann sagst du es deiner Mutter?«

Ihr Mund klappte auf. »Das hast du noch nicht getan?«

»Ich dachte, das würdest du gerne selbst übernehmen. Ehrlich einen Fehler zuzugeben, ist der erste Weg in die richtige Richtung.«

»Sie wird mir trotzdem niemals verzeihen.«

»Du würdest dich wundern, wozu Mütter in der Lage sind.«

»Theo war ihr kleiner Liebling.«

»Du bist ihre einzige Tochter. Gib ihr Zeit, du wirst sehen, irgendwann begreift sie, dass du nicht schuld am Tod deines Bruders bist.«

Tilda schluckte, nickte schließlich.

»Und was ist mit Isalie? Was passiert mit ihr? Woher wusste Bela das alles überhaupt?«

»Sie wurde auf Band aufgenommen. Im Wald, während sie das Grab ausgebuddelt hat.«

»Dann hast du Bela angerufen?«

Paul nickte.

»Aber wie konnte er uns so schnell finden?«

»Als ihm klar wurde, dass es Isalie war, die hinter allem steckte, fuhr er ins Hotel zu Nicole, Anne und ihrer Tochter. Er wollte wissen, ob jemand eine Ahnung habe, wo Thomas steckt. Annes Tochter hat ihm den Tipp mit dem Hochzeitsgeschenk für ihre große Schwester gegeben. Thomas hatte es ihr erzählt und sie beschworen, niemandem von dem Ferienhaus zu erzählen. Gott sei Dank hat die Kleine gespürt, wie ernst die Lage war, und so fügte sich alles doch noch zum Guten.«

Tilda seufzte. »Außer für Silas …«

»Auch das ist nicht deine Schuld«, sagte Paul. »Isalie hat ihn umgebracht und ihr Vater hat alles gewusst und trotzdem geschwiegen.«

»Er war von Anfang an involviert?«

»Zu Anfang wusste er nichts. Erst als Silas tot war, reimte er sich so einiges zusammen. Er sagte, dass er Isalie nichts von dem Ferienhaus erzählt habe, sich aber vorstellen konnte, dass sie es irgendwie herausgefunden hatte. Er fuhr hin und da war sie, zwang ihn, ihr bei der weiteren Ausführung ihres Plans zu helfen.«

»Er konnte es aber nicht.«

»Zustechen? Nein, das konnte er nicht. Aber er hat geschwiegen, obwohl er wusste, zu was sie fähig war. Das ist genauso schlimm.«

»Sie ist seine Tochter.«

»Stimmt, das erklärt die Sache, entschuldigt sie aber nicht.«

»Dann kommt er ins Gefängnis?«

»Für die Sache mit der Verschleierung von Theos

Unfall wohl kaum. Euch beiden wird dahingehend nichts vorgeworfen werden können, außer dass ihr aus Angst gelogen und unsere Ermittlungen in eine falsche Richtung gelenkt habt. Niemand ist deswegen zu Schaden gekommen, denn Theo war ja bereits tot. Was Silas und den Angriff auf dich angeht, wird Thomas wohl der Beihilfe zur Vertuschung eines Mordes, sowie der Beihilfe und Planung eines weiteren Mordes angeklagt werden. Ob er ins Gefängnis muss wie Isalie, bezweifle ich. Aber auf eine Bewährungsstrafe wird es definitiv hinauslaufen.«

Tilda räusperte sich, sah Paul an. »Danke«, sagte sie dann schlicht, verzog das Gesicht zu einem verunglückten Lächeln.

»Wofür?«

»Dafür, dass du zu mir hältst, dafür, dass du extra hergekommen bist.«

Paul grinste, wandte den Kopf in Richtung Meer, starrte sekundenlang schweigend auf die Wellen. »Wir sind Freunde, in guten und in schlechten Tagen.«

»Ich glaube, du verwechselst da was.«

Er schüttelte den Kopf. »Tue ich nicht.«

Sie grinste. »Ich kann dich auch gut leiden.«

»Denkst du, dass du zurückkommst?«

»Bis vorgestern hätte ich Nein gesagt, aber jetzt, wenn ich ganz ehrlich bin, ich weiß es noch nicht.«

»Du kannst ja beides machen.«

»Als Polizistin arbeiten und Thriller schreiben?«

»Wenn es jemand schafft, dann du.«

Sie sah ihn an, lächelte. Dann erhob sie sich, klopfte sich den Sand von der Hose, warf einen letzten Blick auf die tobenden Wellen. »Sollen wir? Wir verpassen unseren Autozug, wenn wir jetzt nicht losfahren.«

EPILOG 2

AUGSBURG, DREI WOCHEN SPÄTER

Paul hatte ihr angeboten, sie zu begleiten, doch sie hatte abgelehnt. Ihre Mutter wünschte sich ein sehr privates Begräbnis für ihren Sohn, und Tilda wollte diesem Wunsch unbedingt entsprechen, weil sie fand, dass sie ihr einiges schuldig war. Alles eigentlich.

Seit ihrer Rückkehr von der Insel hatten sie sich nur zweimal gesehen. Einmal, als sie ihr alles gestanden hatte und einmal beim Bestatter, wo sie gemeinsam eine Urne für Theo ausgesucht hatten. Die heutige Beerdigung war das dritte Aufeinandertreffen und es würde wahrscheinlich das schlimmste werden.

Ein wenig fürchtete sich Tilda davor, doch dann fielen ihr Pauls Worte ein, die er ihr vor ein paar Wochen am Strand gesagt hatte. Sie holte Luft, lief auf das Tor zur Aussegnungshalle zu, schluckte gegen die Enge in ihrem Hals an.

Anders als erwartet, hatte ihre Mutter nicht aufgebracht und wütend oder gar enttäuscht auf ihr Geständnis reagiert. Stattdessen hatte sie sie ganz ruhig angesehen und zu ihr gesagt, dass sie also all die Jahre recht gehabt und ihr Gefühl sie nicht getrogen habe. Und dann hatte sie etwas getan, was Tilda niemals erwartet hätte: Sie hatte zugegeben, dass sie früher auch nicht gerade die *Mutter des Jahres* gewesen war und sie gebeten, ihr zu vergeben.

Tilda wäre am liebsten im Erdboden versunken und nie wieder aufgetaucht, doch dann hatte ihre Mutter erklärt, dass sie alles daran setzen und versuchen würde, ihr ebenfalls zu verzeihen.

Irgendwann ...

An jenem Tag war Tilda wie betäubt nach Hause gefahren, hatte sich die ganze Zeit über gefragt, ob sie es überhaupt verdiente, dass ihr verziehen wurde.

Später hatte sie Paul angerufen, ihm von dem Gespräch mit ihrer Mutter erzählt und er hatte sie aufgebaut, mal wieder. Er war so ein guter Freund. Wahrscheinlich der beste, den sie jemals haben würde.

Auch Oliver hatte sich nach der Zeit auf Sylt noch einmal bei ihr gemeldet, jedoch nur, um seine Klamotten aus ihrer Wohnung abzuholen. Seither war Funkstille, doch Tilda fehlte er noch immer nicht. Ganz im Gegenteil dämmerte es ihr so langsam, dass das, was Oliver und sie bis vor Kurzem verbunden hatte, keine Liebe gewesen sein konnte. Sie hatte zu ihm aufgeblickt und er hatte sie als sein Projekt angesehen, sein kleines verwundetes Vögelchen, das er aufpäppeln und dem er zum Fliegen verhelfen konnte.

Als ihm klar geworden war, dass das Vögelchen in Wahrheit ein Raubvogel war, der keine Hilfe brauchte, hatte er das Weite gesucht.

Er war ein Feigling, da hatte Paul nicht unrecht, wenngleich sie auch wusste, dass er Oliver nur so niedermachte, weil er ihn nicht ausstehen konnte.

Und ihre Mutter?

Nach dem Geständnis war sie ihr wieder tagelang aus dem Weg gegangen, hatte ihre Anrufe ignoriert, und gerade als Tilda gedacht hatte, es ginge zwischen ihnen so weiter wie die Jahre zuvor, war diese SMS gekommen. Ihre Mutter hatte sie gebeten, sie zum Bestatter zu begleiten.

Tilda streckte die Schultern, griff nach der Klinke der Tür, hinter der Theo wartete, damit sie ihn auf seinem letzten Weg begleitete.

Als sie in die Halle trat, saß ihre Mutter bereits in der ersten Reihe. Sie trug einen hellblauen Hosenanzug, Theos Lieblingsfarbe. Auch Tilda hatte sich etwas Blaues angezogen.

Zögernd ging sie auf ihre Mutter zu, setzte sich neben sie. Der Redner am Pult erhob das Wort und eine Weile hörten sie beide wie erstarrt zu. Dann plötzlich spürte Tilda eine Hand auf der ihren. Sie sah ihre Mutter an, fühlte, wie ihr Herzschlag sich veränderte, als sie die Tränen auf deren Gesicht bemerkte.

Sie nahm all ihren Mut zusammen, nahm ihre Mutter in die Arme, drückte sie, so fest sie konnte.

»Es tut mir alles so leid, Mama«, stammelte sie und kämpfte verzweifelt gegen die Tränen an.

Ihre Mutter hob den Blick, sah sie an, nickte ihr zu. »Das weiß ich doch. Ich wusste es schon die ganze Zeit über, meine Kleine.«

ENDE

GEWINNSPIEL

Liebe Leserin, lieber Leser, es handelt sich bei ***Deine perfekte Lüge*** um meinen 39. Thriller. Und natürlich freue ich mich sehr, dass es stetig mehr Leser werden :-)

Deswegen möchte ich auch diesmal wieder unter jenen meiner Leser, die nicht bei Facebook oder Instagram sind, ein Gewinnspiel veranstalten. Verlost werden insgesamt mehrere Preise (Buchpakete, Amazon-Gutscheine und vieles mehr …) unter all meinen Newsletter-Abonnenten.

Wer mitmachen möchte und bereits meinen Newsletter abonniert hat, muss nichts weiter tun, da er automatisch im Lostopf ist und dies auch bei künftigen Veröffentlichungen sein wird. Alle anderen schreiben mir bitte eine Mail an:

autorin@daniela-arnold.com

und landen somit in meinem Newsletter-Verteiler und im Lostopf.

DANKSAGUNG

Ich danke meiner grandiosen Coverdesignerin Kristin Pang, für das tolle Cover! Auf eine weiterhin so fruchtbare Zusammenarbeit!

Ich danke meiner Lektorin Inca Vogt und meiner Korrektorin Ilka Bredemeier. Ihr hab wieder einmal eine wunderbare Arbeit geleistet, danke für das tolle Teamwork mit euch.

Ich danke Inca Vogt, dafür, dass sie meinen Büchern ein so wundervolles Innendesign verpasst.

Ich danke all jenen Lesern und Kollegen, die mich bei der Coverauswahl und sonstigen Problemchen unterstützt haben. Ich drücke euch von Herzen und bestimmt kann ich das auch ganz bald wieder in der Realität. Hoffen wir auf nächstes Jahr, was Buchmessen angeht.

Ich danke euch Bloggern da draußen, für all das, was ihr für uns Autoren macht. Eure Arbeit und Mühe ist so wertvoll – danke sehr!

Ich danke meinen Kollegen für das offene Ohr in Hinsicht auf Klappentext-Bastelarbeiten (das ist wirklich keine meiner Stärken). Besonderer Dank geht vor allem auch an Inca Vogt, die neben dem Buch-Layout auch noch mit wachsamen Augen über den gesamten Text geht und im Zuge dessen, schon so manchen Klopper entdeckt hat.

Ich danke meinem Sohn, der, obwohl er meine Bücher nicht liest, dennoch Verständnis hat, wenn ich mich tagelang im Büro verbarrikadiere und zickig bin wie … (mir fällt gar kein Vergleich ein, so schlimm ist das manchmal) ;-).

Nicht zuletzt, danke ich meinen Freunden, die mich aufbauen, wenn ich am Boden bin.

Eventuelle Fehler, die meinen Protagonisten bei der Ermittlung unterlaufen sind, gehen übrigens einzig und allein auf meine Kappe oder sind meiner Fantasie geschuldet. Im Übrigen habe ich mir auch in diesem Roman wieder einige künstlerische Freiheiten genommen – welche selbstverständlich nicht verraten werden.

Über Mails mit Anregungen und Kritik freue ich mich unter:

autorin@daniela-arnold.com

LESEPROBE WEITERER BÜCHER

DANIELA ARNOLD

EIN FINSTERER GAST

NORWEGEN THRILLER

ÜBER DAS BUCH

Eine junge Mutter, allein mit ihren zwei kleinen Kindern in einer abgelegenen Lodge im tiefen Wald.

Ein Schneesturm zieht auf, alle Zufahrtsstraßen sind gesperrt, das Handynetz bricht zusammen und die Familie befindet sich in einer schier ausweglosen Lage.

Als nachts ein Fremder an ihre Tür klopft, spitzt sich die Lage dramatisch zu. Aus dem geplanten Weihnachtsurlaub wird ein Kampf ums nackte Überleben.

Prolog **Oslo:** Ein kleiner Junge wird von seiner Mutter als vermisst gemeldet. Als wenig später sein Leichnam gefunden wird, vermutet Hauptkommissarin Tjara Frederiksen zunächst ein Familiendrama. Die Beamten der Kriminalpolizei Oslo ermitteln fieberhaft in alle Richtungen. Dann wird ein weiterer Junge vermisst und

Tjara findet heraus, dass etwas abgrundtief Böses hinter allen Fällen steckt. Offenbar treibt ein Serienmörder sein Unwesen in der norwegischen Hauptstadt.

Kann Tjara ihn stoppen und verhindern, dass noch weitere Kinder sterben?

PROLOG

Ein leises Geräusch riss ihn aus dem Schlaf. Eine Art Kratzen oder Scharren, das in ein Quietschen überging. Er zuckte, schreckte hoch, blinzelte verwirrt. Neben ihm regte sich ein warmer Körper.

»Was ist los?« Ihre Stimme klang verschlafen.

Er beugte sich zu ihr, sog den süßen Duft nach Vanille und Rosen ein, schloss für einen Moment die Augen. Dann küsste er sie auf die nackte Schulter. Alles in ihm sehnte sich danach, diesen weichen, warmen Körper an sich zu ziehen und wieder in einen tiefen Schlaf zu sinken.

»Nichts, Schatz, schlaf weiter«, flüsterte er liebevoll.

Er wartete ab, bis ihr Atem sich beruhigte und anzeigte, dass sie wieder eingeschlafen war. Dann schlug er die Decke zurück, stand auf, blieb einige Sekunden einfach nur stehen und lauschte. Nichts.

Hatte er dieses Geräusch nur geträumt?

Doch dann fiel ihm ein, dass erst vor wenigen Tagen bei einer jungen Familie in seiner Straße eingebrochen worden war. Kurz darauf waren die Täter mitten in der Nacht in die Häuser seiner direkten Nachbarn eingestiegen. Sie hatten sämtliche Wertgegenstände mitgehen lassen und den Bewohner, der sie überrascht hatte, schwer verletzt zurückgelassen.

Er straffte die Schultern, unterdrückte ein Seufzen.

Es half nichts. Wenn er noch ein wenig Schlaf finden wollte, musste er zumindest nachsehen, ob in seinem eigenen Haus alles in Ordnung war. Er würde sonst kein Auge zutun.

Nach einem letzten Blick auf die friedlich Schlummernde verließ er das Schlafzimmer, schloss leise die Tür und überprüfte zuerst die Räume des oberen Stockwerks.

Nachdem er sich versichert hatte, dass hier alles in bester Ordnung war, machte er sich auf den Weg nach unten. Doch weder im Wohn- und Esszimmer noch in der Küche fiel ihm etwas Ungewöhnliches auf.

Aufatmend ging er zum Kühlschrank, nahm eine Flasche Orangensaft heraus, trank einen Schluck, stellte sie zurück.

War es das?

Konnte er sicher sein, dass sich wirklich kein Eindringling im Haus befand?

Was, wenn sich jemand über den Keller Zugang verschafft hatte? Oder über die Garage?

Im gleichen Moment hörte er ein leises Klirren.

Es kam von unten. Aus dem Keller.

Ein Adrenalinstoß jagte durch seinen Körper.

Blitzschnell lief er in den Gang, nahm den hölzernen Baseballschläger aus dem Schirmständer, machte sich auf den Weg zur Kellertür. Kurz überlegte er, ob er seine Waffe aus dem Safe holen sollte, doch dann entschied er sich dagegen. Er war groß und kräftig und würde es doch wohl schaffen, ein paar halbstarke Kriminelle zu vertreiben.

Vorsichtig drückte er die Klinke der Kellertür hinunter, öffnete sie, verzichtete darauf, das Licht anzumachen.

Wut stieg in ihm auf. Diesen Arschgeigen würde er es zeigen. Er würde ihnen keine Gelegenheit geben abzuhauen und sie auf frischer Tat ertappen.

Gegen ihn hatten sie keine Chance.

Er kannte den Keller wie seine Westentasche, würde sich selbst im Schlaf zurechtfinden, auch ohne etwas zu sehen. Er wusste, wo Gerümpel herumstand, wo er aufpassen musste, im Gegensatz zu diesen verbrecherischen Wichsern.

Am Fuß der Treppe angekommen, blieb er stehen, lauschte. Er vernahm ein leises Geräusch, das ein wenig wie ein Klappern klang.

Stirnrunzelnd ging er weiter, hob den Schläger in Abwehrhaltung vor seinen Oberkörper, setzte langsam einen Fuß vor den anderen. Inzwischen hatten sich seine Augen an die Dunkelheit angepasst und er erkannte die Umrisse der Schränke an den Wänden des ersten Kellerabteils. Jeden Laut vermeidend schlich er weiter in den Heizungsraum.

Auch hier war niemand zu sehen.

Seine Hand auf dem Baseballschläger schwitzte. Er griff fester zu, schlich in den Raum nebenan, sah sich um, überprüfte jeden Winkel, jede Ecke.

Nichts.

Hier war niemand außer ihm.

Irritiert ließ er den Schläger sinken.

Was zum Teufel hatte er da gehört? Er war absolut sicher gewesen, dass jemand hier unten sein musste.

Er war gerade wieder auf dem Weg zur Treppe, als er hinter sich ein Schlurfen vernahm. Dann ein leises Keuchen.

Erschrocken wirbelte er herum, schwang den Schläger kraftvoll durch die Luft. Er spürte, wie das feste Holz auf Widerstand traf. Hörte ein Wimmern, Bruchteile von Sekunden später ein hohles Ploppen. Das

Geräusch erinnerte ihn an das Aufspringen einer überreifen Wassermelone.

Kurz darauf bemerkte er den Geruch nach Kupfer in der Luft.

Ein Rascheln erklang, dann ein leiser Seufzer.

Er stieß die Luft aus, ließ den Schläger sinken.

Seine Ohren und sein Gefühl hatten ihn also doch nicht getäuscht. Jemand war durch die Garage in seinen Keller eingedrungen. Doch er hatte ihn erwischt, ihn mit dem Baseballschläger niedergestreckt.

Schwer atmend tastete er sich zu dem Lichtschalter an der gegenüberliegenden Wand vor, drückte darauf, blinzelte, bis seine Augen sich an die plötzliche Helligkeit gewöhnt hatten. Dann drehte er sich um, zuckte zurück, als er den reglosen Körper auf dem Fußboden seines Kellers liegen sah.

»Scheiße, verdammt!«, entfuhr es ihm, als er sah, was er angerichtet hatte. Seine Beine verweigerten den Dienst, er sank zu Boden.

Schließlich bemerkte er das Blut.

So viel Blut.

Es sammelte sich zu einer riesigen Lache.

Langsam streckte er die Hand zu dem reglosen Körper aus, stieß mit dem Zeigefinger dagegen, hielt atemlos die Luft an.

Nichts.

Keinerlei Reaktion.

Er schloss die Augen, schluckte.

Was, um alles in der Welt, hatte er getan?

OSLO

1. AUGUST, 2020

»Wir sollten los«, mahnte Liam, sah sie düster an.

Tjara schloss seufzend die Akte vor sich auf dem Tisch und erhob sich. »Seit wann ist der kleine Mann verschwunden?«, fragte sie ihren Kollegen.

»Angerufen hat die Mutter vor knapp dreißig Minuten«, erklärte er. »Aber sie konnte nicht genau sagen, seit wann Morten vermisst wird. Er sei bereits weg gewesen, als sie wach wurde.«

Tjara warf einen verwunderten Blick auf die Uhr. »Es ist bereits Mittag. Demnach kann das Kind seit Stunden verschwunden sein und die Mutter hat das eben erst bemerkt?«

Liam nickte, folgte ihr aus dem Zimmer.

Als sie gemeinsam im Aufzug auf dem Weg nach unten waren, sah Tjara ihn an. »Wissen wir schon Genaueres? Wie alt ist das Kind? Ist es bereits einmal weggelaufen? Wie ist die familiäre Situation?«

Ihr Kollege zuckte ratlos mit den Schultern. »Das Team vom Notruftelefon hat nicht viel aus der Mutter herausbekommen. Sie lebt offenbar allein mit dem Kind und scheint ziemlich durch den Wind zu sein.«

Wenig später waren sie mit dem Einsatzwagen unterwegs zu der angegebenen Adresse. Beide schwiegen. Tjara fand, dass das eine der guten Eigenschaften ihres Kollegen war. Er hasste genau wie sie belanglosen Small Talk und schätzte die wenigen Momente der Stille während ihres aufreibenden Jobs. Als sie keine zwanzig Minuten später aus dem Wagen stiegen und auf das Haus zuliefen, in dem Leah und Morten Rosedahl lebten, wurde die Tür zu der kleinen Einliegerwohnung aufgerissen, die sich rechts unterhalb des Haupteingangs befand.

Eine junge Frau, Tjara schätzte sie auf achtzehn bis höchstens Mitte zwanzig, eilte auf sie zu. Ihre Augen waren rot und verquollen, das Gesicht blass und von Kummer gezeichnet.

Das musste Leah, die Mutter des Kleinen, sein, überlegte sie und reichte ihr die Hand. »Mein Name ist Tjara Fredriksen und das ist mein Kollege Liam Sund«, stellte sie sich vor. »Wir sind von der Kriminalpolizei Oslo. Unsere Kollegen vom Notruf haben gemeldet, dass Ihr Junge verschwunden ist.«

Leah sah von ihr zu Liam und brach in Tränen aus. »Ich mach mir solche Sorgen«, schluchzte sie. »Morten ist noch nie weggelaufen, er ist ein braves Kind, zuverlässig und sehr schlau für sein Alter.«

»Dürfen wir vielleicht ins Haus kommen?«, fragte Tjara und sah sich um. »Drinnen können wir uns in Ruhe unterhalten.«

Leah riss die Augen auf, dann nickte sie. »Natürlich, bitte, entschuldigen Sie. Ich bin nur …« Wieder brach sie in ein Schluchzen aus und Tjara ahnte, dass es schwierig würde, schnell an alle wichtigen Informationen zu kommen.

Als sie gemeinsam in Leahs winziger Küche um den

Esstisch saßen, sah Tjara die junge Mutter an. »Wie alt ist Morten genau?«, fragte sie schließlich.

»Er ist fünf.«

»Dann geht er bereits in die Vorschule?«

Leah nickte, sah Tjara an, zuckte zusammen. »Ich weiß, worauf Sie hinauswollen«, stieß sie aus. »Und klar, Sie haben recht, eigentlich müsste er um diese Zeit dort sein, aber er kränkelt ein wenig, hat seit Anfang der Woche Halsschmerzen. Eine der Regeln in der Vorschule besagt, dass niemand sein Kind krank zur Schule bringt. Damit soll verhindert werden, dass sich andere Kinder anstecken und deren Eltern dann nicht zur Arbeit gehen können. Selbst wenn ein Kind nur einen Schnupfen hat, wird es nicht gerne gesehen, wenn es trotzdem zur Schule kommt.«

»Sie haben Ihren Sohn also krankgemeldet?«

»Am Montag bereits, ja.«

»Um welche Uhrzeit müsste er normalerweise in der Schule sein?«

»Um neun Uhr.«

»Und wann genau bemerkten Sie heute, dass Morten nicht in seinem Bett lag?«

Leah wurde rot, senkte den Blick. »Das war gegen zehn Uhr dreißig«, gab sie nach einigem Zögern zu. »Ich bin letzte Nacht sehr spät zu Bett, hab deswegen etwas länger geschlafen. Jetzt, wo Morten krank ist, macht es ja nichts, wenn wir unsere Morgenroutine ein wenig schleifen lassen. Außerdem weckt er mich jeden Morgen, sobald er wach ist, doch heute …«

Erneutes Schluchzen.

»Dann ist es also normal, dass Morten vor Ihnen aufwacht und Sie weckt?«

»Er kommt oft noch für ein paar Minuten unter meine Decke zum Kuscheln. Anschließend bereite ich das Frühstück vor und dann bringe ich ihn zur Schule.«

»Müssen Sie mit dem Auto fahren, um dort hinzukommen?«

Die junge Frau schüttelte den Kopf. »Wir gehen zu Fuß, sind ja nur wenige Minuten bis dorthin.«

»Also kennt Morten den Weg?«

Leah Rosedahl nickte. »Er wollte auch schon alleine zur Schule gehen, weil er findet, dass er groß genug dafür ist, aber …« Sie brach ab.

»Ist er bereits alleine zur Schule gelaufen?«

»Einmal, ja«, bestätigte Leah. »Ich war krank, habe es nicht aus dem Bett geschafft. Morten meinte, er würde das hinbekommen und es ist ja auch alles gut gegangen. Morten muss auf dem Weg zur Schule nur zwei Straßen überqueren, und was seine Verkehrssicherheit angeht, muss ich sagen, dass er zuverlässig ist. Er kennt die Regeln, weiß, wann er gehen darf und wann er warten muss. Trotzdem hatte ich ein mieses Gefühl dabei, ihn alleine laufen zu lassen.«

»Blieb es bei dem einen Mal?«

»Ja, und ich hab mir Vorwürfe gemacht. Ich weiß, es war grob fahrlässig, doch damals … ich hatte keine andere Wahl, verstehen Sie?«

Tjara nickte mitfühlend. Sie konnte sich vorstellen, auch ohne eigenen Nachwuchs, dass es verdammt schwer war, ein Kind großzuziehen. Hinzu kam, dass Leah eine sehr junge Mutter war. Vermutlich hatte sie viel zu früh in die Rolle einer reifen und verantwortungsbewussten Erziehungsberechtigten hineinwachsen müssen.

»Wäre es möglich, dass Ihrem Jungen die Schule und seine Freunde fehlen und er einfach heute Morgen alleine dorthin gelaufen ist?«

Leah schüttelte den Kopf. »Daran habe ich auch schon gedacht und deswegen bereits in der Schule angerufen.«

»Er ist nicht dort?«

»Nein. Niemand hat ihn gesehen.«

»Und Sie? Wann haben Sie Morten zuletzt gesehen?«

»Gestern Abend«, kam es von Leah. »Ich hab ihn gegen neun Uhr zu Bett gebracht und ihm noch eine Geschichte vorgelesen.«

»Und danach war Ruhe? Er kam nicht noch einmal zu Ihnen? Zum Beispiel weil er Angst vor etwas hatte oder Durst?«

Leah verneinte.

»Und was ist mit Mortens Vater?«

»Was soll mit dem sein?«

»Haben Vater und Sohn Kontakt?«

Leah stieß ein bitteres Lachen aus. »Mortens Daddy ist ein Idiot. Er hat seinen Sohn nicht einmal besucht, zahlt auch keinen Unterhalt. Wir beide waren gerade siebzehn, als ich schwanger wurde. Doch während mich die Schwangerschaft zum Erwachsenwerden zwang, blieb er, wie er war. Unreif und verantwortungslos.«

»Dann sind Sie alleinerziehend?«

Leah nickte.

»Und Ihre Familie? Mortens Großeltern?«

»Meine Mutter hilft, wann immer sie kann. Aber momentan …« Leah brach ab. »Wir hatten neulich Krach. Heftigen Krach. Deswegen ist gerade Funkstille.«

Tjara nickte verständnisvoll. »Haben Sie trotzdem nachgefragt, ob Morten vielleicht bei ihr ist?«

Leah sog scharf die Luft ein. »Meine Mutter und ihr neuer Mann wohnen am anderen Ende von Oslo, in einer Villa am Stadtrand. Ich wüsste nicht, wie Morten da ohne Hilfe hätte hinkommen sollen.«

»Wir müssen alle Möglichkeiten durchgehen und dürfen nichts ausschließen«, erklärte Tjara. »Könnte es sein, dass Morten vorhatte, seine Großmutter zu besuchen?«

»Ich weiß es nicht.«

»Wie ist denn das Verhältnis zu seiner Großmutter?«

»Er liebt sie über alles.«

»Hat Morten etwas von dem Streit zwischen Ihnen und seiner Oma mitbekommen?«

»Ja, leider.« Leah biss sich auf die Lippe.

»Könnte es sein, dass er zu seiner Oma wollte, weil er überfordert war? Vielleicht hat er sie vermisst oder wollte zwischen ihnen vermitteln.«

Leah nickte seufzend. »Gut möglich. Er hat sie seit einem knappen Monat nicht mehr gesehen.«

»Und vor dem Streit?«

»Fast jede Woche ein- bis zweimal.«

»Genau das meinte ich. Immerhin hat Morten keine Vaterfigur, umso wichtiger sind die Bezugspersonen für ihn. Und ein Streit zwischen seiner Mutter und seiner Oma – das hat ihn bestimmt aufgewühlt.«

Leah nickte betreten. Dann stand sie auf, nahm ihr Handy zur Hand, tippte auf das Display ein.

»Ich hab ihr eine Nachricht geschickt«, erklärte sie leise. »Doch es ist nahezu unmöglich, dass er bei ihr ist. Außerdem hätte sie sich dann längst bei mir gemeldet.«

»Und wie sieht es mit anderen Bezugspersonen aus?«, fragte Tjara. »Der Vater fällt wohl aus?«

»Ja!«

»Wie steht es um einen Lebensgefährten? Gibt es jemanden in Ihrem Leben?«

Leah schüttelte langsam den Kopf, wurde rot. »Zumindest niemanden Festes.«

»Wie sieht es mit Freunden aus? Wäre es möglich, dass Morten bei einem von ihnen ist? Vielleicht war ihm langweilig und er ist deswegen weggegangen. Wer weiß schon, was im Köpfchen eines Fünfjährigen vor sich geht.«

»Wie bereits erwähnt, er ist zuverlässig, ist zuvor noch niemals weggelaufen.«

»Gab es einen Streit zwischen Ihnen beiden?«, mischte sich Liam in das Gespräch ein. »Eine Meinungsverschiedenheit oder eine Diskussion? Manche Kinder reagieren extrem auf die Zurechtweisung durch eine Bezugsperson. War er vielleicht verletzt oder wütend auf Sie?«

Leah hob die Schultern. »Ja, er war wütend auf mich, weil er zur Schule wollte und ich ihn nicht gehen ließ. Morten liebt das Lernen, er ist gerne dort, vor allem weil er viele neue Freunde gefunden hat. Ich hab ihm erklärt, dass er Geduld haben muss, doch er hat komplett dicht gemacht. Am Ende führte eins zum anderen und dann habe ich …«

»Dann haben Sie was?«

»Ich hab ihm eine Ohrfeige gegeben.«

»Wann war das?«

»Vorgestern Nachmittag. Wir sind vom Einkaufen gekommen. Bereits im Laden haben wir heftig über dieses Thema diskutiert. Morten hat sich von meiner Hand losgerissen und ist dabei fast von einem Radfahrer umgefahren worden. Er wollte einfach nicht hören, war richtig bockig. Zu Hause sind mir dann endgültig die Nerven durchgegangen.«

»Aber es wäre doch möglich, dass das der Grund für Mortens Verschwinden ist?«

Leah schüttelte den Kopf. »Ich hab mich noch am selben Abend bei ihm entschuldigt und hatte das Gefühl, dass alles wieder okay zwischen uns ist.«

»Aber jetzt ist er verschwunden«, setzte Liam nach. »Ganz so okay war es für ihn scheinbar doch nicht.«

Leah zuckte sichtlich zusammen.

Tjara warf Liam einen scharfen Blick zu, doch der hob nur die Schultern.

»Haben Sie schon nachgesehen, ob er irgendetwas mitgenommen hat? Ein Spielzeug, Klamotten?«

Die junge Frau sog die Luft ein. »Er hat seinen Hund dabei. So ein wuscheliges dunkelbraunes Ding aus Plüsch. Er nennt ihn Stinky. Ohne Stinky geht er nirgendwohin, selbst in der Schule ist das Plüschtier immer dabei.«

»Fehlen Kleidungsstücke von ihm?«

Kopfschütteln.

»Sonst haben Sie nichts bemerkt? Kein fehlendes Geld, verschwundene Schmuckstücke oder Ähnliches?«

Leah Rosedahl wurde blass. »Glauben Sie, es könnte jemand in meine Wohnung eingebrochen sein? Jemand, der meinen Morten entführt hat?«

»Was ich glaube oder vermute, ist irrelevant. Wichtig sind nur Fakten. Und deswegen dürfen wir keine Option bei der Suche nach Ihrem Kind auslassen.«

Leah nickte, sah aus, als würde sie jeden Augenblick vollends die Nerven verlieren.

»Hätten Sie etwas dagegen, wenn wir unsere Kollegen der Spurensicherung hinzuziehen? Ich möchte ausschließen, dass jemand sich Zutritt zu Ihrer Wohnung verschafft hat. Wir lassen die Schlösser von Fenster und Türen überprüfen, das dürfte ausreichen. Aber noch mal: Sind Sie absolut sicher, dass es keine Hinweise darauf gibt, dass jemand Fremdes in der vergangenen Nacht hier gewesen sein könnte? Ein Einbrecher ...«

Leah nickte stumm.

»Was ist mit Bekannten, mit jemandem, der einen Schlüssel zur Wohnung hat?«

»Nur meine Vermieter haben einen Ersatzschlüssel«, sagte Leah. »Die beiden wohnen über mir und würden niemals einfach so unsere Wohnung betreten. Sie achten unsere Privatsphäre. Außerdem schließe ich nachts immer die Tür ab und achte darauf, dass Fenster nur gekippt sind. Und was meinen Schlaf angeht, der ist nicht gerade besonders fest. Wäre also tatsächlich jemand hier gewesen, dann hätte ich es auf alle Fälle mitbekommen.«

Tjaras bemerkte, dass Liam die junge Mutter nachdenklich musterte. Sie kannte diesen Blick, hatte ihn schon oft genug an ihm gesehen. Auch verriet seine Körperhaltung, dass er angespannt war. Alles Zeichen dafür, dass er Leah Rosedahl kaum etwas von dem glaubte, was sie ihnen erzählte.

Tjara beobachtete Leah eingehend, bemerkte selbst das kaum wahrnehmbare Zittern ihrer Finger sowie das unruhige Zucken ihres rechten Augenlids.

Hatte sie gelogen?

Wenn ja, was war wahr, was erfunden?

Ihr Kollege hatte eine Art Radar für Lügner. Es war fast, als könne er es riechen, wann immer jemand ihn belog oder versuchte, ihm was vorzumachen oder zu verschweigen.

Am liebsten hätte sie sich kurz mit ihm verständigt. Aber das musste warten. Grübelnd blieb ihr Blick weiter auf der Mutter haften und sie hatte selbst das starke Gefühl, dass diese ihnen etwas absichtlich vorenthielt.

Warum zum Teufel tat sie das? Was verheimlichte Mortens Mutter vor ihnen? Es ging doch nicht um eine Lappalie, sondern um das Verschwinden ihres gerade einmal fünfjährigen Sohnes …

Printed in Germany
by Amazon Distribution
GmbH, Leipzig

29587312R00168